U0943617

中国传统记忆丛书

图说老游戏

中国传统记忆丛书

图说老游戏

矫友田 著

济南出版社

图书在版编目（CIP）数据

图说老游戏 / 娇友田著. —济南：济南出版社，2016.6（2018.11重印）

（中国传统记忆丛书）

ISBN 978-7-5488-2206-6

Ⅰ.①图… Ⅱ.①娇… Ⅲ.①散文集—中国—当代 Ⅳ.①Ⅰ267

中国版本图书馆CIP数据核字(2016)第151622号

出版人　崔　刚
丛书策划　张元立
责任编辑　吴敬华
装帧设计　侯文英

出版发行　济南出版社
地　　址　济南市二环南路1号（250002）
发行热线　0531-86116641　86922073
编辑热线　0531 – 86131721　86131722
网　　址　www.jnpub.com
经　　销　新华书店
印　　刷　青岛国彩印刷有限公司
版　　次　2016年7月第1版
印　　次　2018年11月第3次印刷
规　　格　150毫米×230毫米　16开
印　　张　15.75
字　　数　219千
印　　数　12001–22000
定　　价　47.00

写在前面

转瞬之间，《中国传统记忆丛书》第一批书目推出已经一年有余。这套经过我们悉心筹划的丛书自推出以来，不仅赢得了读者的喜爱，也获得了社会的认可：国家新闻出版广电总局和全国老龄委把它作为“向全国老年人推荐优秀出版物”，教育部把它列入“全国中小学图书馆（室）推荐书目”。在欣慰之余，我们也坚定了在“中国传统记忆”这个主题上继续走下去的信心与勇气。

传统文化，是一个永恒而博大的主题。它需要我们细心地去探究，在点点滴滴间还原历史的足音。

我们应该知道，传统文化是一个民族宝贵的财富之一。一个民族，之所以能够屹立在世界文明之林，与它独特而充满魅力的传统文化有着密不可分的关系。

在五千多年的文明历史进程中，我们的祖先创造了辉煌灿烂、丰富多彩的传统文化。那些优秀的传统文化，是中华民族的历史见证和发展脚步的印痕。时至今日，它们仍在默默地滋养着中华民族的灵魂。

然而，在这个日益喧哗和浮躁的红尘中，我们却不经意地逐渐远离了那些优秀的传统文化。甚至有很多人因为误解，将传统文化归入守旧、迷信、贫穷之列。“去传统化”观念的泛滥，使得传统文化的传承，陷入一个尴尬的窘境。有些传统文化已经支离破碎，有些还在苟延残喘。这样说，绝非危言耸听，而是一种真实的写照。

譬如，以传统节俗来说，有许多能够起到密切宗族亲情，弘扬民族气节与情感的节俗，在繁华的城市里早已消失殆尽。即使在广大农村地区，随着城镇化建设的发展，一些有着丰富内涵的节俗，也已经变得形同虚设。这样的结果，最终只能导致年轻一代人对传统文化的无知，以及在民族认同感上的失落。

一个人丢失了记忆，就会失去自我；一个民族丢失了传统，就会失去世界。

传统文化中所蕴含的民族精神和诸多道德理念，无论何时都具有强大的生命力。正是因为有了传统文化的熏陶，中华文化才源远流长，才养育了一代又一代的民族精英。

因此，传统文化里所保留下来的精华，是一个民族永远不该忘记的记忆。留住那些传统记忆，不仅仅留住了一方心灵的栖息地，更重要的是留住了一条绣满中华基因密码的"金丝带"。在它的上面，凝结着中华民族勤劳勇敢、自强不息、前赴后继的可贵的民族精神和民族大义。

正是基于这种使命，我们自感责任重大，也有必要通过不懈的努力，将"中国传统记忆"这个主题不断深化下去。我们在创作与出版第一批图书的经验和基础上，广泛汲取读者的合理建议，在文字与图片的质量上进一步悉心打磨，倾心推出"中国传统记忆"第二批——《图说老节俗》《图说老行当》《图说老婚俗》《图说老游戏》。

我们真诚地希望这套系列丛书，能够进一步激发起读者对传统文化的兴趣，帮助每一位读者重温那些淳朴而又美好的记忆，使其从那些与历史、民俗相关的记述中，体味到中华民族传统文化的本源。

留住传统文化的根脉，我们的灵魂将不再孤独，我们的生命也会逐渐吐露出浓郁的芳香……

矫友田

2016年6月

目　录

第六辑：节令娱乐篇

第七辑：益智赛巧篇

第一辑：体育竞技篇

风流一绝蹴鞠乐

今天，足球是一项风靡世界的体育竞技游戏，令不计其数的球迷如醉如痴。而中国，是世界公认的足球发源地。不过，古人游戏时所玩的足球，称为“蹴鞠”或“踏鞠”。“蹴”“踏”均是用脚踢的意思，“鞠”就是球。

蹴鞠

关于蹴鞠这项竞技游戏的起源，在我国民间曾流传这样一种说法：相传，在上古时期，中原的黄帝部落与南方的蚩尤部落在涿鹿（今河北涿县）进行了一场战争。这场战争打了好多年，后来黄帝部落取得了胜利，擒杀了蚩尤。为了发泄余恨，黄帝便命人将蚩尤的胃挖出来，里面塞满毛发，做成球让士兵踢。后来，人们仿效此法，将动物的胃充满毛发做成球踢着玩，逐渐演变成蹴鞠游戏。当然，这只是民间的一种传说，可信度不高。

20世纪60年代，考古工作者在云南沧源县境内的高山峭壁上，发现了距今3400年的岩画，其中就有绘有多人玩球的图案。这些岩画，虽然不能完全证明古代蹴鞠游戏的起源时间，但却反映了它有着相当久远的历史。

蹴鞠游戏，最早见诸文字记载是在春秋战国时期。据《战国策》记载，主张六国联合抗秦的苏秦，在游说魏王，向魏王介绍齐国的繁荣景象时说：“临淄甚富而实，其民无不吹竽鼓瑟，击筑弹琴，斗鸡走犬，六博蹋鞠。”由此可见，在战国时期，蹴鞠已经成为相当流行的娱乐活动了。

蹴鞠娃，现代铜塑作品

秦统一六国后，这一游戏曾一度低落。但进入汉代，蹴鞠游戏随着经济、文化的发展开始兴盛起来。首先是在民间，蹴鞠活动蔚成风气。据汉代刘歆撰写的《西京杂记》记载：汉代开国皇帝刘邦的父亲，就是一个铁杆蹴鞠迷。他被封为太上皇住进深宫后，由于没有蹴鞠玩耍，整天闷闷不乐。

刘邦知道后，就在长安城的东部选了一块地方，按照他家乡的模样，建造房舍，起名“新丰”。随后，刘邦令人把家乡的老邻居，以及他父亲的那些球友全都迁到了这里居住，从而使他的父亲恢复了原先的生活。

在汉代，蹴鞠不仅是一项娱乐活动，还被正式列入兵家，当作军事训练的辅助手段。东汉学者班固在《汉书·艺文志》中，对“兵伎巧”的内容，做过如下的说明：“伎巧者，习手足，便器械，积机关，以立攻守之胜者。”意思是说像蹴鞠之类的活动，可以锻炼士卒，使之手脚灵活，熟练地使用兵器，反应灵敏，在攻防中学会相互配合。西汉学者刘向撰写的《别录》说得更明确，指出：“蹋鞠，兵势也，所以练武士，知有材也，皆因嬉戏而讲练之。”这里还提到，用足球练兵，士卒有兴趣。他们不仅训练了体力，体会了实战中的攻守意识，而且在比赛中也能得到欢乐。

汉武帝时期，骠骑将军霍去病远征塞外，有时军中缺粮，战士情绪低落，霍去病就带领将士以蹴鞠为乐，振作士气。

汉代时，军人以蹴鞠游戏作为军事训练项目之一

汉代的蹴鞠游艺有两种形式：一种是以音乐伴奏为主的蹴鞠舞，踢时不受场地限制，表演者凭自己的技巧在音乐伴奏下踢出各种花样。

在汉代画像石、画像砖上，常常能见到这类图案，而且以表现女子蹴鞠的画面为主。这说明女子蹴鞠游艺在当时已开了先河。另一种，则是在球场上进行的以对抗性比赛为主的蹴鞠。汉代供足球赛的场地有两种，一种是长方形，四周有围墙，叫作“鞠城”，城的东西两面各有六个鞠室（是进球的区域）；一种是只有鞠室没有鞠城。比赛时，分两队，每个鞠室各有一人防守，以射进对方鞠室的球数多少决定胜负。

汉代红陶胡人踏鼓蹴鞠像

唐代是蹴鞠大发展的时期，蹴鞠出现了一系列的改革，成为一种纯粹的娱乐活动。唐代以前，球体是在皮革里面填充毛发制成的。到了唐代，在球的制造上来了一次革命，出现了充气球，又称“气毬”。它是采用灌气的动物的尿泡为胆，外层用八片熟过的皮子缝制而成，踢起来轻捷便利。这样一来，蹴鞠就有了“蹴毬”“筑球”等新的名称。

唐代时，人们还发明了一种小型风箱来为球充气，叫作“打揎法”。蹴鞠的改革，促进了蹴鞠游戏的普及。由于球体变轻，弹性较好，人们不用激烈奔跑，因此蹴鞠游戏受到了女子们的喜爱。女子蹴鞠，大为盛行。

唐代含光殿“球场”石志

唐代文人康骈撰写的《剧谈录》记载了这样一件事情：一群军中少年在玩蹴鞠，路旁大槐树下站着一个十七八岁的少女，梳着三个环形发髻，衣衫褴褛不堪。这时候，一只球正好冲她飞来，只见她并不躲闪，抬起穿着木屐的纤纤玉足，一记劲踢，将球踢起数丈高，惊得军中少年目瞪口呆。

唐代的女子蹴鞠，就是以蹴高、蹴出花样为能事。尤其在寒食清明前后，女子蹴鞠更是活跃，在当时形成了一种风俗。

其次，唐代的球门，也由汉代的“鞠城”“鞠室”发展为挂网的球门，即在球场两端各插两根柱子，在柱子之间拉一张网。球门的柱子，则是用两根三丈高的竹竿做成。比赛的规则，由汉代的每队12人改为6人，比赛双方各设一个守门人，同现代足球比赛更加接近了。唐代的球门有两种：一种是球场里有两个球门，东西各一个。甲队攻乙队的门，乙队攻甲队的门，交相竞逐，运动量大，竞技性强。另一种，是球场里只有一个球门，球门在场地中央，甲乙两队共踢一个球门。双方各在一侧，中间以球门相隔，以射门“数多者为胜”。这种球门高，进口小，要求有较高的射门技术。

宋代佚名画家作品中儿童玩蹴鞠游戏的情景

宋代的蹴鞠，继唐代之后，进一步在民间开展起来。当时，主要流行在场地中央设一个球门的游戏形式，与唐代的单球门形式基本一致。球门是在竖起的两根高约三丈的竹竿上结一网，网的上面留有一个直径一尺左右的洞，称为“风流洞”。比赛时，双方各有6人或12人，站在网的两侧。比赛开始，先奏音乐，两队分别穿红、黑两种不同颜色的锦衣。先由红队开球，一名队员开始盘带球或做一些其他球技表演，随后将球传给“次球头”（副队长）。“次球头”向“球头”（队长）供球后，由“球头”起脚射门。

球射过“风流洞”，对方接球后若能再通过这个球门洞把球踢还回去，即为胜一球，反之为败。经过一定时间的比赛，计算得分，胜队有赏，败队“球头”要象征性地挨几下麻鞭子，并且脸上

北宋宫廷画师胡廷辉绘《宋太祖蹴鞠图》

涂满黄白粉子以示惩罚。宋代这种单球门的竞赛方式，是继承了唐代单球门的踢法，从射门技巧和娱乐性上来看，比前代提高了许多，但其竞赛方式却是退步了。

宋代帝王和大臣中，爱蹴鞠者不乏其人。北宋宫廷画师胡廷辉所绘《宋太祖蹴鞠图》就是明证，画上人物有太祖、太宗、赵普、郑恩、楚昭辅、石守信六人。他们都是蹴鞠迷，而且脚法相当出众。北宋时，有一名叫李邦彦的宰相也是蹴鞠高手，他曾自诩道："赏尽天下花，踢尽天下球，做尽天下官。"南宋学者王明清撰写的《挥尘后录》和明代小说家施耐庵撰写的《水浒传》中都讲述过一个叫高俅的，因为踢球的技艺高超而成为宋徽宗的宠臣，官至太尉之职。

北宋以后，随着城市经济的发展，蹴鞠由一种大众性的健身运动，变成了江湖艺人的专业表演项目。为了相互切磋技艺，宋代民间的蹴鞠艺人还组织了会社团体，叫做"齐云社"，又称"圆社"或"蹴鞠社"。

该球社在京城产生过不小的影响，曾流传过"若论风流，无过圆社"的溢美之词。参加球社的人要遵守社规，如不许做"入步拐、退步踏、入步肩、退步肩"等危险动作。球社还规定"狂风起不踢，酒后不可踢"等，提出踢球时应注意运动卫生。

明代前期，蹴鞠活动仍是各种球类游戏中最流行的一种，踢法大都沿袭宋代的方式。女子蹴鞠也十分风行。蹴鞠在各个阶层女子中广泛开展，也得到了她们的喜爱。明代文人陈继儒撰写的《太平清话》记载的彭云秀，就是长于蹴鞠之技的女艺人。明朝洪武年间，她在江湖以此艺为生，遍游大江南北。在表演蹴鞠时，只见球在她身上左右滚动，上下颠簸，旋转纵横，但就是不落地。有人曾

蹴鞠游戏在民间有着广泛的影响，这是民间木版年画艺人以蹴鞠为题材创作的年画作品

询问她有多少踢球花样，她回答说有解数16套，能用脚面、脚尖、脚侧、头顶、额头、鬓角、肩背、胸腹、腰肚、大腿等各个部位踢拐、环绕、滚弄，可谓极尽奇巧灵活之能事。

尽管蹴鞠在宫廷和民间的娱乐性活动方面仍占重要地位，但众多富家纨绔子弟和社会闲散人员的参与，使得这门传统竞技游戏渐渐步入歧路。此外，蹴鞠甚至还成为妓女娱客的手段，和放荡行为发生了密切的联系。

《明史》中记载，拥兵三吴，称兵割据的吴王张士诚的弟弟张士信，“每出师，不问军事，辄携樗蒲（一种赌具）、蹴鞠、拥妇女酣宴”。蹴鞠和女色连在了一起。明朝中后期，朝廷曾下旨禁止军中将士蹴鞠。整体来说，蹴鞠在明代的社会影响已远不如前了。

到了清代，因上层社会习俗的转变，蹴鞠作为一种娱乐活动，不仅在宫廷、府第中销声匿迹，而且在民间也极为少见。民国以后，蹴鞠游戏便完全被现代足球运动所取代了。

轻盈翻飞踢毽子

毽子

踢毽子，是中国民间一个传统的健身游戏项目。毽子，是以布料或皮革缝裹小铜钱为底座，上插一束鸡毛制作而成。这一游戏的历史十分悠久，但究竟始于何时，并无确切的史料记载。不过，据现代专家学者考证，在汉代画像砖的图案中，就已经出现了踢毽者的形象。由此推断，踢毽子游戏至迟起源于两千年前的汉代。

到了南北朝时期，踢毽子的技巧已经相当高了。唐代释道宣所撰《高僧传·魏嵩岳少林寺天竺僧佛陀传》中有这样一段记载：有一天，佛陀禅师在途经洛阳天街时，看见一个12岁的小男孩站在高高的井栏上，十分灵巧地踢毽子，一口气踢了500多个。佛陀十分惊异，就收了这个男孩做徒弟。这个踢毽子的小男孩，就是后来有名的少林高僧慧光。一个12岁的小男孩，站在一个很危险，且又不十分宽敞的地方，一口气踢500个毽子，可见其技艺之熟练。这也反映出踢毽子游戏在当时的普及程度。

唐、宋时期，踢毽子游戏在民间大为风行，就连嫔妃宫女也莫不爱此游戏。宋代文人高承撰写的《事物纪原》，对当时踢毽子的情景作过详细的记载："今时小儿以铅锡为钱，装以鸡羽，呼为毽子。三五成群走踏，有里外廉、拖枪、耸膝、突肚、佛顶珠、剪

在古代,踢毽子游戏深受广大儿童的喜爱

刀、拐子各色，亦蹴鞠之遗事也。”

“里外廉”，就是用脚的内外侧交替踢；“拖枪”，就是在跑动中在身体后面用脚掌踢；“耸膝”，就是用膝盖踢；“突肚”，就是用肚子接住往后再踢；“佛顶珠”，就是用头顶。

宋人记述的这么多踢毽子的方法，其实大部分都是从蹴鞠中借用过来的。难怪高承会认为踢毽子是“蹴鞠之遗事”，看来不是没有道理的。宋代，是中国古代民间娱乐活动发展比较活跃的一个时期。南宋文人周密在《武林旧事》中，描述临安城（今杭州）的手工业时，曾提及“毽子”“象棋”“弹弓”等不少手工作坊。也就是说，当时已经出现了专门制作和销售毽子的店铺，由此我们可以想象得到，踢毽子游戏已经相当普及了。

到了明、清时期，踢毽子游戏更加普遍，技艺也愈加精湛。而由于踢毽子趣味多多，且看起来赏心悦目，所以它成为众多艺术家，尤其是民间艺术家的创作题材。在一些水墨画、年画、木雕、瓷器上面，出现了大量表现踢毽子游戏的图案。

清代山东高密年画《踢毽子》

明代刘侗、于奕正合著的《帝京景物略》中有这样一首童谣：“杨柳儿青，放空中；杨柳儿死，踢毽子。”

童谣里所说的“放空中”，是指春天放风筝。到了秋冬时节，天气冷了，踢毽子由于活动量大，就比较适宜。当时，踢毽子竞赛的形式有多种：一是比踢的数量多少，以踢数多为胜；二是比时间，以踢毽子时间长而不落地为胜；三是比花样技巧，盘、拐、钩、旋、顶等各种踢法相互对比，以花样多难度大为胜。参赛的人数，少则二三人，多则十余人，灵活多样，富有情趣。

踢毽子游戏既有趣，运动量又可大可小，所以非常适宜男女老少玩。清代妇女踢毽子尤为引人注目。清朝康熙年间文人李胜振的《竹枝词·踢毽儿》咏道："青泉万迭雉朝飞，闲蹴鸾靴趁短衣；忘却玉弓相笑倦，攒花日夕未曾归。"当时，女孩子们特别爱玩"攒花"的游戏，即"数人更翻踢之"的踢毽子游戏。为了玩得痛快，她们常会脱掉裙裳，只穿短衣，踢得乐不思蜀。

在皇宫里面，踢毽子亦是嫔妃宫女的消遣乐事。清朝光绪皇帝的瑾妃，堪称清宫踢毽子的高手。瑾妃的侄子唐海，在回忆瑾妃踢毽子的情景时写道：午休后，吃完加餐，喝完茶，瑾妃亲自带我们到御花园里走走，但更多的时间是在殿前踢毽子玩。踢毽子时，瑾妃要把大衣襟的下摆拉起来塞到腰褡上，和我赛着踢，对着踢。她自己踢时，会越踢越带劲，有时把毽子踢到前殿挂匾后边，这时宫女便传来小太监，用竹竿弄下毽子来。

清代时，踢毽子已经成为一种全民普及的游戏。在男子当中，也出现了很多踢毽子的高手

清代，是踢毽子这项传统游戏的鼎盛时期。塞外承德，在当时有"踢毽之乡"的美誉，几乎家家有毽子，人人都会踢。据说，清光绪年间，承德有位百岁老人，能踢出"喜鹊登枝""金龙挥爪""狮子滚绣球"等100多种花式。

当时，广州正月十五还有"毽子会"，热闹至极的踢毽子活动，为元宵佳节锦上添花。清代文学家屈大均在《广东新语》中，对"毽子会"有这样的记载：当年广州，每逢元宵节，"昼则踢毽五仙观，毽有大小，其踢大毽者市井人，踢小毽者豪贵子"。所谓大毽、小毽，可能指的是踢毽子的方式，因为毽子可以一个人踢着玩，也可以多人轮流着踢。

"毽子会"时所穿的鞋靴与表演服装

清代时，还出现了不少以踢毽子表演为生的艺人。这些艺人，都具有较高的踢毽子水平。据清代文人潘荣陛撰写的《帝京岁时纪胜》记载：这些江湖艺人踢起毽子来，手舞足蹈，连贯流畅。毽子在他们的头上、脸上、后背、前胸、脚上等部位盘旋飞舞，妙不可言。

清代翟灏编纂的《通俗编》一书中，也有相关的记载："今京市为此戏最工，顶额口鼻，肩背腹臂，皆可代足，一人能兼应数敌。自弄，则毽子终日绕身不坠。"

当然，"终日绕身不坠"可能有些夸张，但足以说明当时专业踢毽人的技巧高超。每逢各处举行庙会，那些踢毽好手便纷纷前往，切磋技艺。

双层花毽

到20世纪30年代，我国民间涌现出了一大批名扬四方的踢毽子高手，如北京的谭俊川、林少庵、金幼申，河北的杨介人，浙江的谢叔安，上海的周柱国、陈鸿泰，等等，数不胜数。

北京踢毽子高手谭俊川，绰号"毽儿谭"，从13岁就开始练习踢毽子，数十年从未间断过。青年时代，他经常到踢毽名手聚集的隆福寺、白塔寺等地寻师会友，切磋技艺。他练到一口气能踢6000多下，并能接连不断踢出20多套花样。后来，他下海卖艺，跑江湖撂地摊，以专门表演踢毽子和耍飞叉为业。1902年，他将多年踢毽子的经验汇集成毽谱，创作出了一部踢毽子专著《翔翎指南》，为这项民间体育活动的继承与发展做出了不小的贡献。

清末办新学时，学校的体育课里还设有踢毽子一项，这是当时最受学生们欢迎的课目之一。

民国时期，踢毽子的内容与形式不断丰富发展，北京、河北、山东、浙江、湖南、上海、广东等省市都曾举行过规模较大的踢毽子比赛。1935年，在第六届全国运动会上，踢毽子还被列为国术比赛项目之一。当时，取得女子盘踢与交踢冠军的是来自浙江的程月珍，而男子盘踢冠军为上海的周克扬，交踢冠军则是南京的戴金尧。

踢毽子游戏，给很多人留下了难忘的童年记忆

踢毽技术在普及的基础上得到提高，踢法丰富多彩，高难翻新的动作层出不穷，令观者眼花缭乱，惊叹不已。

在古代，毽子通常是用羽毛和金属钱币做成。随着制作材料的丰富，现代毽子的种类也更加多样化，除了沿用古代的样式外，一般还有两种形式：一种是以各种颜色的布料做缨，以大纽扣做底的布毽；另一种是以塑料材质做成的各种颜色的花毽。

踢毽子，作为一项流传了千百年的传统民俗游戏，在我国民间具有较强的生命力，至今仍然深受人们的喜爱。

眼明手快抖空竹

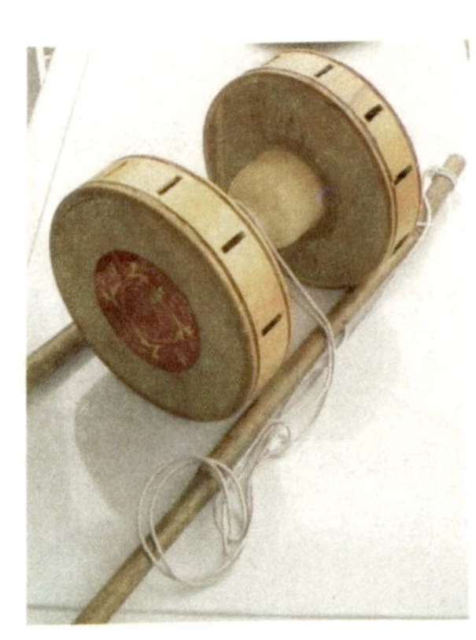
双头空竹

抖空竹，亦称“抖嗡”“抖地铃”“扯铃”等。在过去，它是一项深受大人孩子喜爱的民间游戏，曾风靡大江南北。

空竹，在我国民间有着悠久的历史。据考证，它最早是由“陀螺”演变而来，是一种儿童玩具。相传在三国时期，曹植就作过一首《空竹赋》。如果这件事情属实的话，那么空竹的历史至少也有1700年了。

元末明初的著名小说家施耐庵，在《水浒传》第一百一十回里面就提到了“空竹”。当时，宋江在受命征讨方腊的路上，他看到有些人在路旁玩“胡敲”，不由得想到了宿太尉的保举之恩，便作了一首小诗：“一声低一声高，嘹亮声音透碧霄；空有许多雄气力，无人提携漫徒劳。”

当然，小说是后人写的，其中的一些情节可能带有虚构的成分，但至少可以看出，在元末明初时期，抑或更早，空竹已经在民间盛行开了。

明代文人刘侗、于奕正撰写的《帝京景物略》，对当时的空竹是这样描述的：以竹木刻成，用绳绕其柄，绳穿入竹尺，用力勒绳即落地飞转。因空腔的周围有口，空竹在旋转的时候就能发出哨音。由此可见，早期空竹的玩法，跟后来的玩法是有区别的：玩空竹时所用的动作不是抖，它的转动也不是在空中，而是在地面上。

旧时,抖空竹是孩子们最喜欢的游戏之一

这里所记“空竹”，跟现在孩子们玩的音响玩具“地轴”非常相似。

到了清代，对空竹的史料记载就更为多见了。据嘉庆年间刊印的《燕京杂记》记载，当时空竹的转动已经从地面升到了空中，几乎跟现在一样了。

清代文人李虹若在《朝市丛载》中，生动地记述了当时民间抖空竹的情景：每逢庙会，都会有人做抖空竹的表演。他们用绳将空竹抖响，然后抛起数丈高，再将其接住。在抛接之间，他们采用各种不同的姿势，令人眼花缭乱。《朝市丛载》上所记载的空竹，就是我国民间空竹发展历史上的一种极为典型的空竹。

这种典型的空竹，一般分为单轴和双轴两种。轮和轮面为木制，轮圈为竹制。竹盘中空，有哨孔，在旋转的时候，能够发出“嗡嗡”的声响。空竹中柱腰细，以便于缠线绳抖动时旋转。

抖空竹者，双手各持一根二尺左右的小木棒或小竹棍，其顶端系一根约5尺长的棉线绳；两手握住小木棒的一端，将线绳绕轴一圈或两圈，一手提一手送地抖动，加速旋转使之发出鸣叫声。

单头空竹

清代抖空竹的活动，除了在民间流行之外，还传入了宫中，为嫔妃宫女所喜爱。当时，有一位宫中诗人，在看到妃子和宫女们抖空竹的热闹场面之后，忍不住咏了一首《玩空竹》：“上元值宴玉熙宫，歌舞朝朝乐事同；妃子自矜身手好，亲来阶下抖空中。”

清代的杂技艺人们，在空竹原有花样的基础上，又创造出许多新鲜的表演花样和高难度技巧。抖空竹，逐渐发展成为一项深受群众欢迎的杂技节目。艺人不仅表演那种典型的双头空竹，还设计出了陀螺式的单头空竹，并且可以把茶壶盖、小花瓶等器物作为抖弄的道具进行表演。

近代民俗学者张次溪在《天桥丛谈》一书中，详细记载了清朝末期民间抖空竹的技巧及空竹的分类：“至光绪末年，堂会中各项玩意，将此（抖空竹）列入，颇受人欢迎。至其抖法，名目繁多，如撇高、串腕、骗马、过顶、秦琼背剑、钓鱼、猴爬杆之类，名目繁多。又光绪初年，只有双头空竹，后乃偶见单头者，轴之一头安鼓，一头不安，是则尤为难抖。近则抖单头者，日见其多，依此谋生之人，更近而抖瓶子、壶盖等器，益难能矣。”

清代佚名画家所绘《童戏图》上面，有儿童抖空竹游戏的情景

据说末代皇帝溥仪也非常喜欢抖空竹，北京故宫博物院里，至今仍收藏着两件溥仪当年抖过的空竹。

民国时期，是我国民间抖空竹技艺发展迅猛的一个阶段。这一时期，一些身怀绝技的抖空竹艺人，由于生活所迫，纷纷撂地卖艺，将抖空竹作为谋生的手段。他们为了吸引更多的观众，不断创新自己的技艺，由此涌现出不少抖空竹高手，其中最著名的当属老北京的王氏父女，即王雨田、王葵英、王桂英等。

王雨田，是“王氏空竹”的创始人。清末之时，王雨田曾在步营当过差。民国初年，他又进入警界，在粮库门前站岗。不久，他因为得罪当地一个权势人家的司机，并为车主势力所屈，愤而闯荡江湖。

王雨田通过勤学苦练，练就了一身抖空竹的绝活。后来，他又把抖空竹的绝活传授给了自己的几个女儿，其中尤以王葵英的空竹技艺最为出色，其父都望尘莫及。

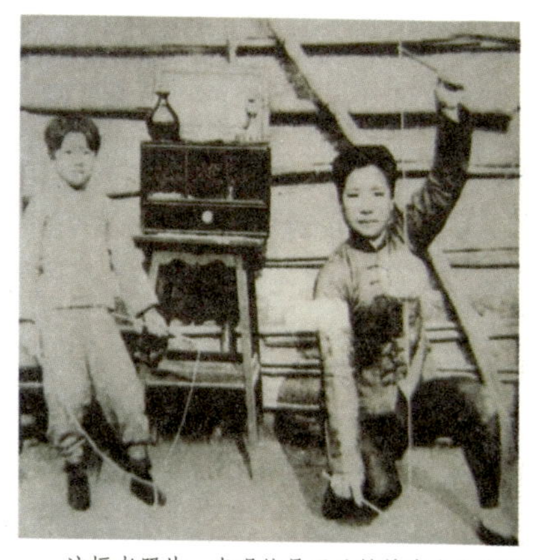
这幅老照片，表现的是王氏姊妹在老北京天桥抖空竹卖艺的情景

王氏父女表演抖空竹，以王葵英和王桂英姊妹为主，王雨田做配角。王雨田先把空竹抖转了，然后一松一扔，他的女儿在一丈外张开绳子就把空竹接住了，而后一边抖一边说笑。她先抖双头空竹，接着抖单头空竹，然后再抖茶壶盖和酒葫芦。前两样是竹木制品，掉在地上不会碎；后者是瓷的，不能掉，一掉地上就碎。

王葵英和妹妹王桂英抖空竹，有一套动作，她们把空竹抖转之后，接着会抖出各式花样，有“风摆荷叶”“回头探月”“骗马”“流星赶月”“黄瓜架”等。

空竹的种类，除了“单头空竹”（轴一端为圆盘）和“双头空竹”（轴两端各有一圆盘）之外，还有“双轴空竹”。所谓“双轴空竹”，即在圆盘中心两侧各连接一根轴。而无论是“单头空竹”“双头空竹”，还是“双轴空竹”，凡是连接多个发生轮的（2个以上），均称为“楼子空竹”。而从空竹圆盘哨口的数量来看，可分为双响、4响、6响，甚至是36响。拽拉抖动的时候，各哨音同时发音，高亢雄浑，声入云霄。

抖空竹的常见技巧之“仙人跳”

抖空竹光有空竹还不行，还得有竿。空竹竿也分为竹子的、木头的、铁的、玻璃钢的，等等。自古至今，使用竹子竿的人最多，因为竹子竿材料好找，光滑结实，价钱又便宜。竿的长度也有要求，一般长度在40至50厘米左右。当

然，有用长一点的，也有用短一点的，这个因人而异。

线绳用一般的棉线就行，但是要注意线绳拧的方向。右手抖空竹，线绳向右拧；左手抖空竹，线绳向左拧。如果反了，在抖空竹的过程中，线绳会自动绕开。线绳长度，以竿长加四分之三臂长为宜。

抖空竹的操作技巧有“扔高”“呲竿”“换手”“一线二”“一线三”等多种方式。

空竹的基本玩法简单易学，但要玩好却不容易。空竹最常见的玩法有“鸡上架”“仙人跳”“满天飞”。“鸡上架”，就是在空竹急转之后，解开绕线将空竹抛开，然后用竿接住，令其在竿上滚转或转到另一竿上。“仙人跳”，就是用脚踩在绳的中端，使在脚一侧转动的空竹由脚背上跃到另一侧，在脚的两侧绳上来回跳跃。“满天飞”，就是将空竹抛在空中，然后用绳接住或再抛起。另外，还有“大股线”“黄瓜架”“压三铃”“风摆荷叶”“回头望月”“扑蝴蝶”“小猴翻竿”等玩法，其动作更为灵巧敏捷，需要有一定的功底。

抖空竹的常见技巧之“回头望月”

抖空竹的时候，欲想把动作全都贯穿起来，是有一定难度的，因为每一个动作并非都可以相连接。比如在表演“小猴爬竿”过后，就不能做“上下翻飞”等动作，因为前一个动作过后，空竹就没有速度了。因此，表演者在表演的时候，要把每个动作都设计分配好，使它们之间能够衔接顺当，恰到好处。

现代的空竹技艺，更加大胆进取，出现了许多富于变化、神奇莫测的新花样，有“彩云追月”“织女纺线”“二郎担山”“蚂蚁上树”“金鸡上架”“鲤鱼摆尾”“鹞子翻身”“海底捞月”“青山直上”等。

其中，最为惊险骇人的是“蚂蚁上树”：表演者将长绳一端系在树梢上，另一端持在手中；另有一人抖动一只空竹，忽然将飞转的空竹抛向长绳，持绳者用力拉动长绳，将空竹抖向高空，飞向五六十米之外。待空竹落下之后，抖空竹者再稳稳将其接住。凡初见此技者，无不为之惊叹。

抖空竹集健身、娱乐、表演于一体，一年四季都可练习，是男女老少皆适宜的传统民间游戏活动。尽管现在练习抖空竹的人越来越少，但我们有必要了解和认识这一项传统游戏。

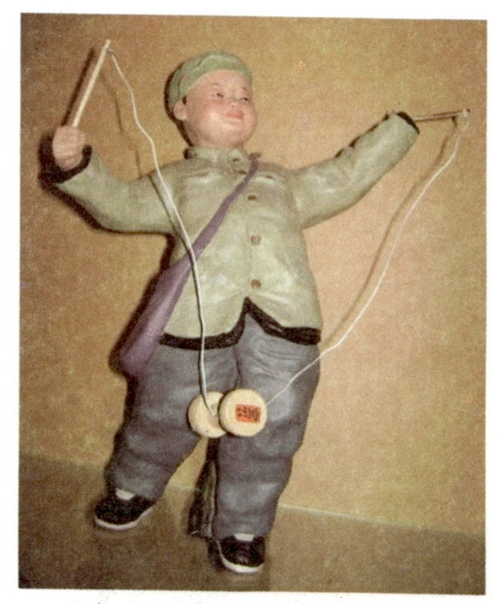

空竹，曾经是孩子们最喜欢的玩具之一。而今，会玩这个游戏的孩子已经屈指可数了

惊险激烈打马球

唐代，是马球运动非常兴盛的一个时期

马球，古代称为“击鞠”“打球”或“击球”等，是骑在马上以球杖击球入门的游艺形式。这是一项激烈、惊险的体育竞技活动，在我国古代流行了一千多年，唐、宋时期尤为盛行。

马球起源于何时、何地，目前尚无定论。一种观点认为起源于吐蕃（我国西藏地区），向东西方传播；一种观点认为起源于波斯（今伊朗），由波斯传到西域，再由西域传入长安；还有一种观点认为在我国汉代就已经出现，是由蹴鞠演变而来。

古代有关马球的最早记载，见于公元3世纪。东汉后期的曹植在他的乐府诗《名都篇》中，描写“京洛少年”们穿着颜色鲜丽的服装，佩着宝剑，挟着雕弓，“长驱上南山”行猎。打猎归来，饮宴之后，他们就在马球场上练习骑术和打马球。“连翩击鞠壤，巧捷惟万端”，即是对这种情景的描述。

从这些描绘狩猎和打马球的诗句中，我们可以看出，东汉末年已经出现了打马球这一竞技游戏，且打马球者具备了很高的技艺。

打马球虽然是一项惊险激烈的运动，但唐代有不少女子也热衷于此游戏

唐代，是马球游戏十分兴盛的一个时期。在这一时期，打马球所用的球，状小如拳，用质轻坚韧的木材制成，中间掏空，外涂红漆，

有的还加彩绘雕饰，唐诗中美称之为“画球”“珠球”“彩球”“七宝球”等。用来击球的球杖有数尺长，也是木制的，头部如杖头，呈月牙状，与现在打冰球的球杆很相似。所以，曾有诗人以“初月飞来画杖头”，来形容人们挥杖击球时的情景。

唐代打马球，分为单、双球门两种比赛方法。单球门，是在一个木板墙下部开一尺大小的小洞，洞后结有网囊，以击球入网囊的多寡来决定胜负。双球门的赛法与现代的马球相似，以击过对方的球门为胜。

马球场建在宽阔的场地上，外围竖立24面红旗。比赛时得一分，称得一筹。裁判员被称作“唱筹”。得一筹者，在本方增一面旗子，失一筹者被拔去一面旗子。比赛结束后，双方以旗数的多少定胜负。唐代诗人韩愈曾描写当时马球赛的情景，是“击鼓腾腾树赤旗”。

唐代马球的兴起，主要有两个原因：一个是由于唐代骑兵的大发展。从汉代以后，随着骑术的进步，马具的改革，骑兵在唐代达到鼎盛。唐代盛行轻骑兵，它有着快速机动和可远程奔袭的优势，同时，马上作战、砍杀更为灵活。而打马球可以作为骑兵训练的辅助方法，通过打马球将士们不仅可以提高骑马技术，锻炼身体，发展在快速行进中攻防的能力，而且还可以得到很好的娱乐。

唐代铜镜上的打马球纹饰

唐朝各地军队驻地，都有宽阔平坦的马球场。据史料记载，唐僖宗年间，徐州军队3000人经过许昌（今河南许昌）时，节度使薛能接待他们在球场住宿。当时的军中球场之大，由此可见一斑。

在大唐军中，有不少勤于骑马打球的将领。如徐州节度使张建封，他本是文官出身，为了熟练掌握骑马技术，提高作战本领，经常在军中打马球。当时，担任张建封幕僚的韩愈，为了这位节度使的安全，曾多次劝他不要这样做。但张建封非但没有中止打球，反而写了一首《酬韩校书打球歌》，反问韩愈道：您劝我骑马不要快跑，担心会出危险，可是我不这样做，又怎么能训练军队呢？他这种老当益壮的豪迈激情，令韩愈非常钦佩。

当时的左右神策军，是皇帝的警卫部队，其驻地，也是他们经常陪皇帝打球的地方。因此，神策军就更加重视马球活动。唐代许多打马球的高手都出自神策军，而且有好几位因球技高超升任了节度使。

这件黄杨木雕作品，表现的是唐中宗景龙三年，大唐马球健儿与吐蕃马球手一争高下的情景

除了军事上的原因，马球的盛行与唐代上层社会的喜爱与重视有关。唐代的皇帝及王室贵族，大都喜爱马球活动。关于唐代君王热衷于打马球的事迹，在唐人以及后人所撰写的正史、野史和其他艺术作品中，有不少生动翔实的描述。

唐中宗李显，是推动唐代马球发展的一个重要人物。唐中宗是一个马球迷，他经常到梨园亭马场观看马球赛。据唐人封演撰写的《封氏闻见记》记载：一次唐中宗和官员们观看马球赛，吐蕃国使臣向中宗要求与汉人一比高低。唐中宗就命宫中几名马球选手与他们比赛，结果打了几场都输了。唐中宗大为不悦，便派他的侄子临淄王，即后来的唐玄宗李隆基，与嗣虢王李邕以及两位驸马杨慎交、武崇训四人上场，与吐蕃的十人马球队进行比赛。当时，李隆基在场上往来奔驰，如风驰电掣一般，他挥动球杖，所向无敌，结果大获全胜。球赛之后，吐蕃大臣赞咄连连称赞说：“想不到王爷会有这样好的球技！”唐中宗龙颜大悦，赐四人绢数百缎。

唐玄宗李隆基，是唐代帝王中最喜欢打马球，也是球技最为高超的一位。他62岁时，还经常同御林军的将士，在骊山行宫马球场一起打马球。唐玄宗在位45年，活了77岁，是唐代皇帝中寿命最长的一个，这可能与他喜欢打马球，坚持体育运动有关吧。

唐穆宗、敬宗、宣宗、僖宗等，也都是打马球的高手，其中尤以唐敬宗痴迷最甚。他日夜迷恋打球，竟至荒废国事。为了使球场的地面平滑，他不惜洒油筑球场。他在玩球的时候，经常玩过头，甚至弄得有人头破血流、断肢折腿。后来，唐敬宗被击球军将（主将）苏佐明杀死在更衣室内。

唐玄宗在62岁时，还经常跨上骏马与御林军的将士一起打马球

打马球游戏，不仅在唐代的宫廷和军队中流行，民间的一些文人学士也都喜爱。唐昭宗光化年间（898~900年），进士王定保在《唐摭言》中记载了这样一件事情：晚唐僖宗乾符四年（877年），新科进士们集会在月灯阁，准备用球赛的方式庆祝进士及第，场外顿时围上来数千人。

这时候，突然来了几名神策军的军官，他们想炫耀一下武将们的球技，就向众进士们发起挑战。当众人迟疑不决的时候，一名叫刘覃的新科进士，策马持杖，跑上去与神策军官们进行较量。这些神策军官，都是经常陪皇帝打球的高手，哪里把这位书生放在眼里。

不料，开赛后几个回合，球便被刘覃夺得。只见他动作敏捷，速度飞快，犹如风驰电掣。他因为只有一个人，无法传球，便在马上连击几次之后，一个“大打”，把球打向空中。球疾飞而去，神策军官们连球的踪影也找不到。这几个神策军官想不到刘覃一介文人竟然有如此高超的球技，个个面红耳赤，只得灰溜溜地跑掉了。当时，月灯阁旁的数千名观众哄笑不止。

唐代某些权贵之士在去世之后，甚至要用打马球的陶俑陪葬。或许，他们是希望在另一个世界仍继续此游戏吧

唐代时，不仅男子喜欢打马

球，就是一些窈窕淑女也会玩。不同之处是，有些女子是骑驴打球的，所以又称“驴鞠”。由于驴子体型较小，动作缓慢，人骑它不易磕碰致伤，所以驴鞠深受女子的喜爱。

当时的剑南节度使郭英，专门组织了女子驴鞠队，不惜每天花费数万钱，教授她们打球技艺。驴鞠虽然没有骑马打球激烈，但是更容易将女子们纤柔婀娜、轻盈灵活的身姿展现出来，因此具有十分浓厚的表演性和观赏性，深得王公贵族的赏识和喜爱。

到了宋代，由于尖锐民族矛盾的存在，当时的统治者不得不在一定程度上重视武装力量的训练，而打马球也被视为“军中戏”。北宋初期，宋太宗命令有关部门研究制定了马球比赛的一些规则。据《宋史·礼志》记载，每年三月，朝廷都要在大明殿前举行马球比赛。

明代画家所绘《明宪宗行乐图》中，明宣宗正在观看打马球比赛

然而，自宋太宗以后，马球活动比唐代明显地衰落了，这与当时社会大环境有关。宋朝的国土面积，比唐朝时缩小了很多，由于丧失了西北产马地，骑兵的数量大减。另外，宋朝对外族的侵略采取守势，而骑兵是一种进攻型兵种，不善于防守战术，加上统治者主观上不重视骑兵建设，这就使与骑兵联系紧密的马球运动受到了限制。

宋代文弱之风日盛，儒臣极力反对这项活动，因此，史料中鲜有宋代宫廷打马球的记载。帝王不再举行观看打马球的庆典，下属们自然也不会再去重视这种尚武的球戏了。

到了金、元时期，由于北方少数民族地区素善骑射，马球运动有所恢复，金朝甚至曾把马球列为进士的考试科目。

元代的马球，无论是在制作上，还是在打法上，都与前代不尽相同。以前的球是一种若拳大小的木质球，元代则变为皮缝的“软球”了。球杖也比以前的长，用来拖球，或弹打，使球不落地，然后纵马驰至球门，击球入门。

明朝初期，马球游艺活动还时有开展。如明朝永乐年间，中书舍人王绂曾在东苑陪朱棣观看马球表演，并写下《端午赐观骑射击球侍宴》一诗：

忽闻有诏命分棚，球先到手人夸能。
马蹄四合云雾集，骊珠落地蛟龙争。
彩色球门不盈尺，巧中由来如破的。
𫘝然一击电光飞，平地风云轰霹雳。
不知何以能尔为，人人武勇张天威。
鬼神变化妙莫测，此技乃知聊尔嬉。
圣心举此重阅武，逸不忘劳在戎伍。
帑币鲜华夹道陈，驰骋许教便捷取。
自矜得隽意气粗，万夫夸羡声喧呼。
拟金伐鼓助喜色，共言此乐人间无。

这首诗歌，对当时皇帝下诏新开球场，举行骑射、击球等游艺活动的盛况，特别是马球分队竞赛的激烈场面进行了生动形象的描绘。不过，从总体上看，这时的马球已经呈衰落之势。尤其是进入明中叶以后，打马球活动只在宫廷庆典或民间节日活动时才得以短暂地开展。

民国时期的牙雕艺人以打马球为题材创作的牙雕作品

到了清代初期，曾在中国古代游艺舞台上闪烁了千余年光彩的马球游戏，最终湮没在岁月的风尘中，难觅其踪。直到民国初年，西方现代马球传入我国，马球运动才又缓慢地发展起来。

以艺服众玩捶丸

很多人都知道高尔夫这项运动，它风靡于世界各国上流社会人士的休闲娱乐生活中。在现代中国人的眼里，这项运动完全是一种“舶来品”，殊不知，在一千多年以前，我国民间就已经有了类似的竞技游戏——捶丸。

古代儿童捶丸游戏塑像

“捶”即击的意思，“丸”指的是球，“捶丸”的意思就是击球。捶丸，是一种非常古老的游戏，它的起源跟盛行于唐代的球类活动有着密切的关系。唐代，除了蹴鞠、打马球之外，还出现了一种拿球杆徒步打的球类游戏，叫做“步打球”。玩时分队，用杖击球，以球入对方的球门为胜。

唐代诗人王建，曾为宫廷中的步打球游戏写过一首《宫词》：“殿前铺设两边楼，寒食宫人步打球；一半走来争跪拜，一棚先谢得头筹。”这首词生动地描绘出了唐代宫人进行步打球游戏时的活跃场面。

到了宋代时，步打球改变了原来的竞赛规则，取消了球门，而改用球穴，以球进穴计分。竞赛形式发生了变化，比赛的名称也随之改为“捶丸”。

捶丸的场地，平地、凸地、凹地、草地或斜坡地都可。游戏之前，首先在地上画一个球基，约一平方米。在距离球基数十步至百步之内，挖上一定数目的球窝，也称“球家”。然后在每个球窝旁边，竖立起一面彩旗。

捶丸比赛的方式有三种：第一种是分队的，组队又依人数的多少，分为“大会”“中会”和“小会”；第二种为多数人参加对抗，分出个人胜负；第三种为两人对抗，谓之“单对”。

捶丸所用的工具叫作“棒”。这种棒不是单一的，而是分为很多种，例如“杓棒”“朴棒”“撺棒”“单手”“鹰嘴”等。这些棒在不同的条件下可以打出不同的球，要根据具体情况应用。在比赛时，玩家可以根据自己的情况选择全副、中副、小副球棒，全副有10根球棒，中副有8根，小副就是少于8根。

古代玩捶丸游戏时使用的赘木小球

捶丸游戏的用球也十分讲究，一般要求球要足够坚固。据史料记载，捶丸所用的球，基本都是由赘木制作的。赘木，就是俗称的“树瘤”，这种木头的纤维绞结在一起，十分坚固。球的重量要求适中，因为太重了击打起来费劲，太轻了击出去发飘。比赛场地选好了，棒有了，球齐了，就可以进行比赛了。

比赛开始，球员分别将球从球基处击入球窝。在三棒之内击入者得一筹，犯规者有两种方法判罚：一种是少计一筹，另一种是倒扣一筹。最后胜负按得筹多少计算。

捶丸参赛者，要以艺服众，不可以诈而谋利。在场内喧哗者，即逐去之，颇有周代射礼之风。可见我国体育运动，自古就有“于锻炼身体之中，寓涵养德行之意”。

捶丸，在发展的过程中，曾大盛于宋、金、元三代，上至皇帝大臣，下至三教九流，皆乐此不疲。

宋徽宗算得上是这项活动的铁杆粉丝。平日，他“深求古人之宜制，而益致其精也”，就像现代人借助教练与教学录像改善球技那样，以古为师，使球技愈加精湛。宋徽宗所用的球杆，都是以纯

山西省洪洞县水神庙里的元代壁画《捶丸图》

金打造边缘，顶上缀饰玉器。比赛结束后，所用的球具不是装在球袋里，而是装在锦盒中。今天，那些数十万一套的名贵球具与之相比，恐怕也会显得寒碜。

上有所好，下必甚焉。宋代，捶丸游戏在社会富裕阶层中十分流行，连小孩子都非常喜欢。宋代文献《过庭录》记载，北宋官吏滕元发（他的外公就是大名鼎鼎的范仲淹）幼时酷爱此游戏，他用的球是用骨头制成的，因为屡教不改，最后他的父母命佣人拿来铁锤，将他的球打碎，碎渣四溅。

捶丸游戏，元人的散曲、杂剧多有提及。元人无名氏杂剧《逞风流王焕百花亭》第二折道，王焕自夸什么游戏都会，包括捶丸、围棋、双陆等等。此外，在《庆赏端阳》一剧中，也有“你敢和我捶丸射柳，比试武艺么”的道白。最形象、最完整地反映当时捶丸活动情形的，是现存于山西省洪洞县水神庙壁画中的元代《捶丸图》。图中，在云雾缭绕的树石之间的平地上，两男子着朱色长袍，右手各握一短柄球杖。左一人正面俯身作击球姿势，右一人侧蹲注视前方地上的球穴，稍远处有两个侍从各持一棒，棒端为圆球体，居中者伸手向左侧击球人指点球穴的位置。这幅壁画，是对元代民间捶丸活动的真实反映。

明代画家所绘《明宪宗行乐图》中的捶丸游戏

在元代，我国民间还诞生了第一部关于捶丸游戏的论著，即《丸经》。这部专著，成书于元世祖忽必烈至元十九年（1282年），作者是一位老人，他的书房名为“宁志斋”，故而通常被称为“宁志斋老人”。

《丸经》篇幅较短，多汇刻入丛书得以流传。现存较早的《丸经》版本是明嘉靖壬戌年（1562年），由顾起经刊刻的《小十三经》本。全书共分32章，追述了捶丸游戏的发展历史，讲解了捶丸的场地、器具、竞赛规则，以及各种不同的击法和战术，还特别强调了体育运动的道德。《丸经》是迄今获存最早的中国古代球戏专著之一，是一本珍贵的民间传统游艺史料。

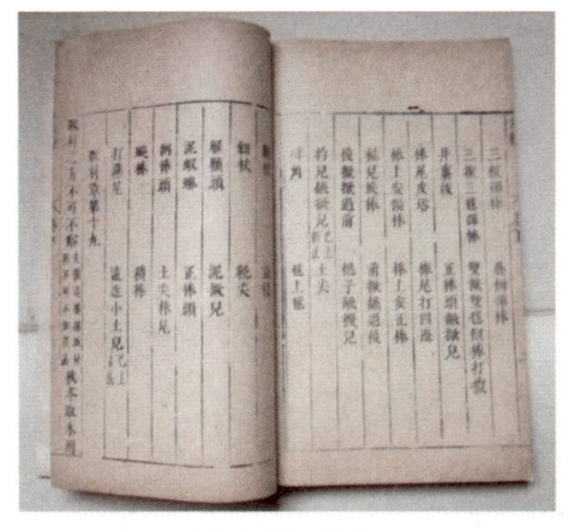

明刻本《丸经》书影

捶丸发展到明代，已经远不如前代那样普及。不过，直到明代中期，捶丸游戏尚未绝迹。明万历年间，周履靖重刻《丸经》时，曾作跋附于卷后，有云：“予壮游都邑间，好事者多好捶丸。”

到了清代时，捶丸活动趋向没落，所能见到的，仅仅是流行于妇女、儿童间的简单的捶丸游戏。

捶丸这项活动，在清代上流阶层中的销声匿迹，或许与官宦人士富不外露的心态有一定的关系。因此，人们最终抛弃了这项无论场地还是器具，处处刻着“奢侈”二字的球戏。

智勇并重数摔跤

在原始部落时期，为了抵御猛兽和其他部落的侵犯，产生了原始的摔跤形式

摔跤，在古代又被称为“角抵”“角力”“相扑”等，是中国民间一项较量臂力、演练搏斗技巧的体育竞技游戏。很多少数民族地区也都流行此游戏。

摔跤，在我国有着非常悠久的历史。早在数千年前的原始社会，人类为了生存，在狩猎的过程中，或在人与人，以及部落与部落之间的冲突中，利用徒手搏斗的形式，以求得食物或自卫，这样便产生了最原始的摔跤动作。

相传，蚩尤氏耳鬓如剑戟，头顶长着锐利的角。他跟轩辕氏（黄帝）交战的时候，以角抵人。蚩尤被黄帝杀死后，他的神威仍然显赫。当许多部落不听黄帝号令时，黄帝“遂画蚩尤像”，使得万邦臣服。有不少史志记载，秦、汉时期在中原一带产生了“角抵戏”。最初，人们是模仿“蚩尤与黄帝争斗，以角抵人”的故事，头戴牛角相互较量，故称为“蚩尤戏”。

这种“蚩尤戏”，也称“角抵戏”，它就是我国古代摔跤的雏形。春秋战国时期，是我国奴隶社会向封建社会过渡的大变革时期，诸侯国之间互相攻伐，战争频繁，因此作为军事训练的摔跤活动，也得到了广泛的发展。

据战国时期公羊高所撰《公羊传》一书记载，宋闵公手下有一员大将名叫长万，他不仅力大无比，而且有一身摔跤的好功夫。宋闵公因嘲讽长万曾被鲁师所俘，将其激怒，长万突然将宋闵公抓起来，而后高高举过头顶，将他活活给摔死了。

汉代蚩尤戏画像石拓片

公元前211年，秦始皇统一中国后，曾下令禁止民间私藏武器。这就为徒手相搏的摔跤活动，提供了一个有利的发展机会。

秦代的摔跤，以角力为主，更多地用于娱乐与表演。因此，在禁武的秦朝，摔跤不仅没有被禁止，反而广泛流传开来。正因为摔跤主要用于娱乐表演，所以它一进入宫廷，就变成统治者逸乐的手段。

秦代的摔跤以角力为主，娱乐和表演的色彩十分浓厚

到了汉代，摔跤活动迅速在民间推广开来，就连田间地头也成了摔跤比赛的场所。由于汉代重视摔跤活动，摔跤的技术有了长足的发展。同时，在摔跤比赛中，还出现了裁决胜负的裁判员，这也是我国历史上最早的摔跤比赛裁判。

在当时郡与郡之间的联欢会上，双方都要推选出一名力士作为代表，进行摔跤比赛。比赛开始时，现场的气氛瞬间就会被推向高潮。如果哪一方的摔跤手获胜，就会被所在郡的人们视为英雄。

汉代有不少名将，自身就是摔跤的高手。甘延寿是西汉名将，他曾和另一位名将陈汤一起远征西域，战胜了在西域欺压弱邦的匈奴郅支单于。甘延寿就是一位摔跤高手，他精通一种名为“手搏”的运动技巧。《汉书·艺文志》中记载，“手搏”是属于“兵家伎巧类”。

另一位摔跤高手名叫金日磾，他是汉武帝寝宫中的贴身侍卫。

汉武帝的托孤大臣金日磾，在当时就是一位有名的摔跤高手

有一天，汉武帝还未起床，江充与莽何罗谋反。莽何罗携带武器闯入寝宫准备刺杀汉武帝，却被金日磾发现。金日磾抢前一步，一个“捽胡”就把莽何罗摔倒在殿下，然后将他生擒活捉。“捽胡”，就是抓住对方的脖子将其摔倒在地，这是一个纯粹的摔跤动作。

三国时期，摔跤被称为“相扑”。这一活动又冒出一些新的花样，出现了女子摔跤。据西晋教育家虞溥的《江表传》记载，在东吴被晋国灭亡之前，其末代君主孙皓曾命上千名宫女摔跤供他赏玩，场面真是无比壮观。

隋、唐时期，我国的摔跤运动进一步发展。唐太宗李世民、玄宗李隆基、穆宗李恒、敬宗李湛等，都是十足的“摔跤迷”。他们不仅喜爱观看摔跤比赛，而且有的自身就是摔跤行家，如唐僖宗经常在内苑跟太监们进行摔跤比赛。

唐、宋以来，民间摔跤活动越来越盛

唐朝末年，朝廷还建立了官办的“相扑棚”，召集和训练摔跤能手。当时的入选者，被称为“相扑人”。每当朝会、聚宴、祭祀之时，“相扑人”都会专门进行摔跤表演。

正所谓上行下效，唐代民间摔跤活动的开展也是极为普遍。当时，在民间的集市、庙会上，已经出现了以表演摔跤糊口的卖艺者。

尤其是在一些重大节日期间，民间各地都能见到摔跤比赛的情景。据唐代文人张文规撰写的《吴兴杂录》记载，唐代时，每到中元节来临，民间有摔跤的习俗，据说在这一期间举行摔跤活动可以

"避瘴气"。显然，"避瘴气"不过是民间的一种迷信观念罢了。而实际上，摔跤习俗应为农闲时的一种娱乐游戏。

宋代，是我国民间摔跤运动绽放异彩的一个时期。当时关于摔跤的称谓，官方名称仍沿袭前朝叫"相扑"，而民间又多了一种称谓，那就是"争交"。

宋代宫廷御用摔跤高手在进行擂台赛

这一时期，作为宫廷宴会娱乐压轴节目的摔跤比赛，开展得比唐代还要普及。当时，除了宫廷的宴会之外，朝廷的外交宴会上也会有摔跤比赛。北宋时期，军中有职业"相扑手"。南宋时期，朝廷还从"左右军"中选出120名膂力过人者，组成"内等子"。

"内等子"，平时在宫廷宴会和宴请使臣时做摔跤表演，并展示剑棒技艺。皇帝外出时，身怀绝技的"内等子"则在御前担任警卫。

宋代的摔跤活动大致分为两种形式，一种是正式决定胜负的比赛，有"打擂台"的性质，获得最终冠军的摔跤手可以获得旗帐、银杯、彩缎、马匹等奖赏。南宋都城临安（今杭州）的南高峰摔跤比赛，是当时全国最高级别的比赛，冠军得主的奖品非常丰厚。宋理宗景定年间，温州的韩福夺得了冠军，他不仅获得了物质奖励，还被封了官，"补军佐"之职。

受社会风气的影响，孩子们也喜欢玩摔跤的游戏

另一种，则是在当时的"瓦舍"等场所里进行表演，其竞争不像前者那样激烈。

宋代，随着城市经济的繁荣，当时的大城市如汴梁、临安等人口增至数十万，城市中出现了许多供市民娱乐的"瓦舍"。在"瓦舍"的各种娱乐表演项目中，摔跤表演是最受欢迎的。很自然，摔跤艺人也是各种表演艺人中数量最多的。

每逢摔跤比赛，观者如潮。在当时的“百戏”演出中，摔跤表演是最能够引起观众兴趣的项目。

临安城内的“瓦舍”众多，每一处“瓦舍”，都有不少摔跤高手在里面卖艺。仅南宋文人周密的《武林旧事》一书记载，当时著名的男摔跤选手就有王侥大、王急快、撞倒山、张关索等不下50人。此外，还出现了“角抵社”“相扑社”等职业性质的摔跤组织。

这一时期的摔跤比赛规则，分为三个回合。在比赛当中不许抓住“口儿”或拽住“口儿”，但是可以“拽直拳”“使脚剪”，拳打脚踢都行。这跟现今日本的相扑比赛有些相似。比赛结束之后，获胜者可以得到“银碗”等奖品。

在那些“瓦舍”里面，还有小儿摔跤的表演，并且出现了一种名为“女飐”的表演节目。所谓“女飐”，就是女子摔跤比赛。虽然东吴的国主孙皓，曾经令宫女为其做过摔跤表演，但是女子摔跤作为一个固定的节目，应该是从宋朝开始的。

宋代的女子摔跤是排在男子摔跤之前进行表演的，也就是作为摔跤表演的开场赛。只要那些女子摔跤手一出场，三教九流便纷纷聚拢过来，叫声、喊声、嬉笑声一浪高过一浪。后来，也曾短暂出现过女子专场的摔跤表演。

明刻本《三才图会》里的角抵表演

宋代的摔跤比赛装束，沿袭汉唐旧制。比赛双方上身完全赤裸，下身光腿赤脚，仅在腰胯束一短裤；头上一般是梳髻不戴帽子，有时脚下穿靴或鞋。至于当时女子摔跤的装束，可能跟男子差不多吧。

宋景祐年间，有一年的元宵节，宋仁宗诏令民间艺人进宫献艺，女子们赤裸着上身赫然登场，进行摔跤表演。这在封建礼教森严的宋代，不能不说是一道奇特的风景了。皇帝和内眷们看得不亦乐乎，在表演结束之后，宋仁宗还厚赐给她们银、绢等物品。

宋代时，已经有摔跤的专著问世。当时，署名调露子的《角力记》，是我国最早的一部关于摔跤运动的史书。由此可见，社会对开展摔跤运动的意义，已经有了深刻的认识。

元朝王室兴起于北方的蒙古族，在辽阔的草原上以游牧为主，向来重视射箭、骑马和摔跤。这三项运动，被称为“男子三项竞技”。在部落联盟选举大会上，只有“男子三项竞技”超群者，才有资格被推选为部落联盟首领。成吉思汗手下的名将合撒儿、木华黎、别勒古台、哲别等，都是“男子三项竞技”的高手。

金代相扑勇士陶俑

元朝统一中国之后，对汉族和其他兄弟民族实行阶级压迫和种族歧视。为防民反，元朝廷严禁民间习武和举行摔跤活动。《元典章》规定，凡是练习摔跤或舞弄枪棒者，都会被处以重刑。

然而，蒙古本族的摔跤活动，却方兴未艾。摔跤原本就是蒙古族的传统运动项目，故元朝的统治者格外重视摔跤。在每年三月二十八日的东岳庙会上，摔跤比赛是必备的项目。元政府曾专门设立管理摔跤的机构，并给摔跤冠军以丰厚的物质奖励。

明代的摔跤，除了作为朝廷宴会上的一个表演项目外，在民间也有专业摔跤艺人进行表演。明朝万历年间刊印的《万法宝全》一书中，就有详细的古代摔跤图样。

当时，明朝政府还把摔跤列入“六御”，作为军队作战训练的一个重要项目。只不过，后来随着拳术的迅猛发展，摔跤的主导地位相对有所减弱。

清人绘的“善扑营”表演赛

清朝是以武力起家的，满族人入主中原之后，一直保持着尚武崇战的风气。另外，清朝历代皇帝都提倡摔跤运动，因此它得以迅速发展。清代称摔跤为“撩跤”“布库”“掼跤”等，其中“布库”是满语“摔跤”的音译。清王室提倡摔跤的目的，一方面是为了训练士兵的力量和搏斗技术，“布库诸戏，以席武事”；另一方面也是为了和蒙古族诸王联欢。

清王室跟蒙古族诸部落建立了友好同盟，每逢联欢宴会，便会有力士摔跤助兴。清太宗皇太极曾赐蒙古族的摔跤高手“勇士”称号，并让他们向满族摔跤手传授蒙古族的摔跤技艺。此后，满族摔跤又吸取了汉族民间摔跤的特长。因博采众长，清代的摔跤技艺，大大超过了前代。

清朝皇室明确规定，皇室子弟，以及宗室人员，年幼时必须练习摔跤。清康熙帝玄烨和乾隆帝弘历，都自幼喜欢摔跤。

清朝初期的御前侍卫也大都擅长摔跤。按照清廷礼制，王公大臣都不准携带武器上朝，侍卫也是徒手，因此要保卫皇帝的安全，他们必须有一身过硬的功夫。清初，康熙皇帝智擒权臣鳌拜，就是用了摔跤这一手段。

康熙皇帝8岁登基时，朝廷的大权已经掌握在大臣鳌拜手中，7年之后，康熙皇帝决定铲除这个心腹之患，收回政权。但是，康熙考虑到鳌拜的党羽太多，势力又太大，怕一旦走漏了风声，反而会酿成大乱，于是便选了一些小太监，命他们练习摔跤，即使鳌拜入朝奏事，他们也不回避。在鳌拜的眼里，他们只不过是一群玩游戏的孩子罢了，所以他根本没把他们放在心上。结果有一天，康熙抓住时

“二贵摔跤”这一表演形式，就是由康熙皇帝智擒鳌拜的故事演化而来

机，一声令下，十几个小孩一齐拥上前去，将鳌拜擒获。

后来，民众为了颂扬康熙皇帝的圣明，特将摔跤比赛的场面衍化成为“二贵摔跤”，亦称“二鬼摔跤”这一民间表演形式。

表演者在表演“二贵摔跤”的时候，将摔跤道具牢牢地绑在背上，双腿全蹲，双手倒穿一双薄底布靴；在道具围子的隐藏下，用两只胳膊扮演对方的两条腿，从而形成两个夸张的矮人摔跤姿态。

天桥“八大怪”之一的沈三，就是以高强的摔跤功夫而名震江湖

然后，在场边乐队的伴奏下，表演者手足并用，做出许多如抢、转、滚、扫、磕、绊、支架子、下绊子等摔跤的动作。一个人，活灵活现地表演两个满族武士摔跤的场面。这个节目表演起来，强悍有力，动作诙谐幽默，因此极具观赏性和独特的艺术魅力。

清代，民间业余摔跤叫“私跤”，为的是玩，也有在专门场合掼跤的。当时北京的跤场遍布全城，绿茵场上、垂杨柳下，经常有摔跤迷进行摔跤比赛。他们双双走进场子，跳起“黄瓜架”，轻盈漂亮，引得观众阵阵喝彩……

从角抵到相扑，再到摔跤，这一盛行了数千年的中华民族传统游戏，至今仍活跃在世界各地的舞台上。

搭弓射箭显神技

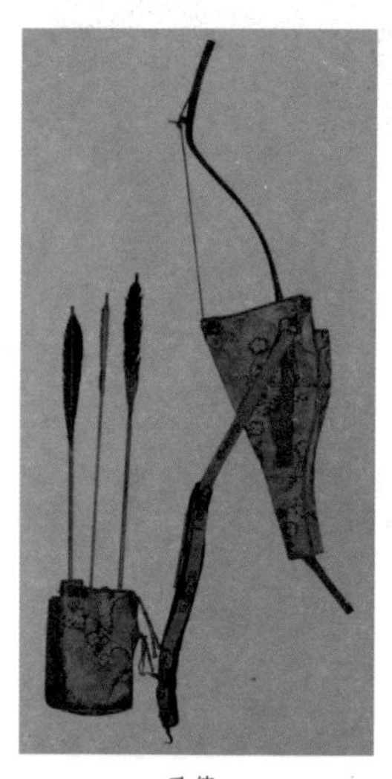

弓箭

射箭，在古代被称为“射鹄”“射鼓”“射候”等。射箭这一古老的技艺，最早是用来捕获猎物的手段。随着时代的变迁，人类开始进行团体生活，弓箭又被用来作为争夺地盘和战争的武器。因此，古人对这项技艺十分看重，平时经常操练演习。在一些传统娱乐盛会和民间游戏活动中，也少不了这个项目。

弓箭的出现，在中国有着非常悠久的历史。据考古发现证明，在距今二万八千年的山西朔县峙峪人遗址，已有石箭头，说明那时候人们已经开始使用弓箭了。弓箭在中国问世的确切年代已经无从考证。据东汉学者应劭撰写的《风俗通》记载：古人看到鸟群落到柘树上，把树枝压弯了，当鸟群飞起来时，树枝猛地弹起，打得鸟群“哇哇”直叫。我们聪明的祖先从中受到了启发，便发明了弓，取名“鸟号之弓”。最初的弓是用来发射石头弹丸的，后来人们把手掷的矛枪进行改造放在弓上发射，从而有了射箭。

在古代传说和史料中，有许多善射的英雄，后羿就是最突出的一个。传说在唐尧时期，天上有十个太阳，晒焦了土地，天下大旱，庄稼都枯死了。地上的妖魔鬼兽也出来祸害百姓，人间犹如地狱，哀鸿遍野。于是，唐尧派人请来本领高强的后羿，用神箭射下了九个太阳，并射杀了那些祸害百姓的妖魔鬼兽，这样百姓又过上了安宁的日子。这个神话反映出，人类在掌握射箭的技艺之后，极大地增强了迎对恶劣生存环境的力量与信心，同时也表现出人们对射箭本领高强者的歌颂。

后羿射日的传说，为射箭技艺增添了一抹壮丽的色彩

周代时，人们对射箭是非常重视的，家里生了男孩，要在门口挂一张弓，并用六支箭向天地及四方各射一支，寓意孩子长大后志在四方。《周礼》中记载的“六艺”——“礼”“乐”“射”“御”“书”“数”，即将射箭列入其中。当时规定，男子15岁就要开始习射。习射的要求也很高，必须达到五个标准，也称“五射”，即“白矢”“参连”“剡注”“襄尺”和“井仪”。

男子成年以后，再按不同的等级，在不同的场所继续练习射箭，而后参加每年举行的不同等级的射箭比赛。比赛时，要有饮酒、奏乐等一系列的礼仪，称“射礼”。

春秋战国时期，由于战争频繁，当时的射术有了很大提高。许多国君，以重赏和提高武士地位的办法来鼓励射箭。魏国的相国李悝，在做地方官的时候，曾制定过促使人人练习射箭的“习射令”。李悝为了防范秦国的进攻，积极组织郡内的人练习武艺。他要求每个人都要学会射箭，并且都能成为一个善射者。所谓“善射”，就是要百发百中。

当时，思想文化领域里的诸子百家，也对射箭表现出了极大的关注和热情。孔子、荀子、墨子等，均是当时的射箭高手。同时，他们还将射箭作为对学生进行教育的主要内容之一。

春秋战国时期，战争频繁，为了赢得军事上的胜利，各国君主均重视对属下射术的培养

由于射箭的普及，当时出现了不少技艺高超的射手。例如，楚国的养由基，以“百步穿杨”的射艺

楚国小将养由基射术高超，可谓百发百中，被后世誉为“春秋第一箭”

名震四方。据《左传》记载，养由基是楚国的一员小将，在晋楚鄢陵之战中，他一箭射死了晋国大将魏锜，阻止了晋军的进攻，受到楚王的赏识。

楚军中另一员小将名叫潘党，也是一个神箭手。他不服养由基的本领，与养由基比赛射箭。他们在射圃中立了靶子，站在百步之外，两人各射十箭，结果都是箭箭中的，不分高下。有人出了一个主意：染红靶场边杨树上的一片叶子，让两人都射这片叶子，看谁能射中，结果潘党没有射中，养由基却一箭射中红叶。潘党又提出第二项比赛，射胸甲。潘党叠了五层甲，一箭射穿。养由基又增加了两层，射穿了七层胸甲。这一场比赛，要求射手既要有高超的射箭技艺，又要有很强的臂力，还要有上等的弓箭。可见战国时期的射箭技术和弓箭的制作水平，均达到了相当高的水平。

汉代，射箭更为普遍，射箭理论和技术也有较大进步。仅东汉历史学家班固编纂的《汉书》，就记载了《阴通射法》《逢门射法》《李将军射法》《魏氏射法》等二十余篇。

自汉代以后，射箭的竞技和娱乐色彩渐浓，并产生了正式的射箭竞赛活动。《北史·魏宗室常山王遵传》记载：孝武帝在洛阳的华林园举行过一次射箭比赛，当时是将一个能容二升的银酒杯悬于百步以外，19个人进行竞射，射中者即得此杯。结果，濮阳王顺喜获此奖杯。这应该是我国历史上最早的奖杯赛吧。

唐代时，射箭由于所具有的竞赛性和娱乐性，常常成为文人的一项文娱活动。唐代浪漫大诗人李白、诗圣杜甫，均是射箭高手。

唐朝宫廷内还出现了一种“射粉团”的游戏。五代王仁裕撰写的《开元天宝遗事》一书，曾记述历史上有名的风流天子唐玄宗李隆基与众宫女射粉团的故事：“宫中每到端午节，造粉团、角黍，贮于金盘内，以小角造弓子，纤妙可爱，架箭射盘中粉团，中者得食，盖粉团滑腻而难射也。都中盛于此戏。”

射粉团游戏也很考验人们的射术

射粉团游戏，曾流行于唐代的都城长安，以及宫廷里面。一直到明、清时期，射粉团仍是宫中的游戏项目之一。

宋代时，由于射箭活动在民间十分普及，人们开始打破束缚人的射礼，将其作为一种游戏方式。北宋时期的欧阳修，便参照古礼制定出“九射格”。

九射格，就是将古射礼纳入酒令，并以九种动物的形象绘制成一个箭靶。熊居中，上虎、下鹿，右绘雕、雉、猿，左侧绘雁、兔、鱼，每种动物各有筹。射中哪一种动物，则视筹所在的位置而饮之。

宋代时，民间在端午节这天，还有举行射柳游戏的习俗。射柳游戏，最早始于古代匈奴、鲜卑等北方少数民族的祭天活动。发展至辽金时期，射柳已经成为深受人们喜爱的一项民俗游戏。据《金史》记载，女真族于每年重阳节这天，行拜天礼后，在球场插柳两行，进行射柳比赛。

参加射柳比赛者，“各以帕识其枝”，即各自把手帕系在柳树的枝条上，作为自己骑射的目标。然后，将这根柳枝的树皮用刀子刮去一段，使柳枝露出白色。比赛开始，先由一人“驰马前导”。随后，参赛者用没有箭羽的横头镞，进行射柳比赛。比赛成绩的评定分为三等：第一等是在马上把断柳接住，即“既断柳又以手接而驰去者”；第二等是，一箭射断了柳枝，但当马从柳枝下跑过，而未能用手接住柳枝；第三等是，一箭只是射断了柳枝。如果是断其青处，或未能射断，以及未能射中者，都算失败。金人端午节射柳，赛场极为隆重，“每射必伐鼓以助其气”。与射柳相类似的射箭游戏，还有射绸、射香火、射线、射兔等。

明人所绘《明宪宗行乐图》中的射箭游戏

清朝中叶以前，射柳游戏仍然盛行。清代的八旗兵是“以弓马定天下”，即使作战中已经可以使用火器，清军仍非常重视骑射。据《清史稿》记载，当时即便是火器营也必须“月习步射六次，骑射六次，马上技艺六次”。清代统治者强调“以满洲夙重骑射，不可专习鸟枪而废弓矢，有马上枪箭熟习者，勉以优等”。

清代早期，北京城里的官宦之家，几乎家家都有射圃。家庭射圃后来虽然大都作为闲时游戏之地，但早期也是用于武备的。据清人曼殊震钧撰写的《天咫偶闻》记载：“国家创业，以弧矢威天下，故八旗以骑射为本务。而士夫家居，亦以射为娱。家有射圃，良朋三五，约期为会。其射之法不一。曰射鹄子，高悬栖皮，送以响箭。鹄之层亦不一，最小者为‘羊眼’。”由此可知，清政府重视射箭由来已久，甚至相沿成俗。

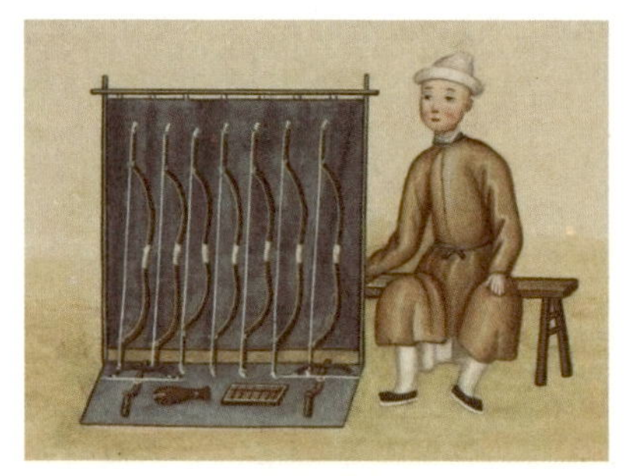

卖弓的商贩

清朝中叶以后，八旗兵腐败不堪，骑射也日渐衰败了。端午节射柳这一习俗，也逐渐消失了。而市井间所设的“箭场”，大都成为那些纨绔子弟玩乐赌博的地方。到了民国时期，这些以赌博为业的“箭场”也逐渐销声匿迹。现在的民间游艺活动中，传统的射箭游戏已经很少见了。

第二辑：寻趣动物篇

乐此不疲斗蟋蟀

千百年来，就是这种名叫“蟋蟀”的小昆虫，令不计其数的人为之痴迷

蟋蟀，又名“蛐蛐”“促织”，所以斗蟋蟀亦称“斗蛐蛐”“斗促织”，是中国民间影响颇大的一项游戏。

斗蟋蟀这项游戏的历史非常悠久，但究竟起源于何时，至今还未发现明确的史料记载。然而蟋蟀这种小昆虫，很早就引起了古人的注意。

我国古代最早的诗歌总集《诗经》，多次写到蟋蟀，有“蟋蟀在堂，岁聿其莫”“十月蟋蟀入我床下”等诗句。古人已注意到蟋蟀与节令有密切的关系，天热时它们生活于野外，天寒时它们就会登堂入室，寻找温暖的地方。不过，《诗经》中还没有提到两雄相斗的习性。

一直到唐代，吟咏蟋蟀的诗赋不少，但都是描写蟋蟀的鸣声，以及在诗人心中引起的情感波澜，没有一篇是写斗蟋蟀游戏的。

而五代时期的文人王仁裕在《开元天宝遗事》中记载：“每至秋时，宫中妃妾辈，皆以小金笼捉蟋蟀，闭于笼中，置之枕函畔，夜听其声。庶民之家皆效之也。”

这就是说，那些囿于深宫的嫔妃与宫女们，喜欢在秋天畜养蟋蟀，并将其放在枕边，听其鸣声，借此打发寂寞的长夜。后来民间纷纷效仿，并以此为乐。

尽管古人畜养蟋蟀的初衷，只是为了听其鸣声，但在畜养的过程中，有人发现长有两尾的雄性蟋蟀具有好斗的习性。而斗蟋蟀，显然要比听鸣声更加有趣。于是，人们竞相仿效，渐成风俗。宋代学者陈槱认为斗蟋蟀游戏兴起于唐朝天宝年间。他在《负暄野录》中如此写道："斗蛩（蟋蟀）之戏，始于天宝间。长安富人镂象牙为笼而储之，以万金之资付之一喙。"

斗蟋蟀不是大人们的专利，旧时孩子们也热衷于此

唐代赌博之风甚盛，斗鸡、走马均可赌以金钱，民妇小儿甚至以蝉鸣时间的长短来比赛输赢。故而，兴起不久的斗蟋蟀游戏很快便被用于赌博。而《负暄野录》上所说的"以万金之资付之一喙"，并非是夸大之词。那些长安的富豪贵戚们有万贯家私，既然肯以金玉象牙为笼养一只小虫，当然也舍得拿出银子来相赌取乐。至于一般百姓，虽然出手不会像达官贵族们那样大方，但多少也会赌以金钱，为斗蟋蟀游戏增加一些"催化剂"，使之变得更有魅力。由于有金钱因素的加入，斗蟋蟀游戏开始迅猛发展起来，到宋代时已达到相当规模了。

宋代斗蟋蟀之风极盛，尤其是南宋，在斗蟋蟀史上堪称著名的时代。当时的都城临安（今杭州），常常有全民性的斗蟋蟀活动。

据南宋文人西湖老人编撰的《繁胜录》记载：秋天，每当蟋蟀出没之际，杭州街上有专门出售蟋蟀的市场。从早晨起，就有三五十伙市民斗赌。有的蟋蟀若能斗赢两三场，便能卖上一两贯钱。个头较大且善斗的蟋蟀，一只可以卖得一两银子。这种热闹的场面，每天如此，直到寒潮袭来之后才停止。因此，城外许多农民专在蟋蟀盛出的秋天，捉蟋蟀入城贩卖。街上也有人出售专门用来畜养蟋蟀的各种笼子，并出现

旧时用以饲养蟋蟀的食槽和水槽

了以驯养蟋蟀为职业的“闲汉”。南宋民间斗蟋蟀之盛，由此可见一斑。

就在这种全民以斗蟋蟀为乐的热潮中，出了一位有名的“蟋蟀宰相”，他就是南宋末年的权相贾似道。他集国家大权于一身，却不以军国大事为重。在大宋江山岌岌可危之际，他仍然悠哉地跟妻妾于闲堂斗蟋蟀，落得个千古骂名。然而，作为这项游戏的忠实粉丝和参与者，他却撰写出了世界上第一部关于蟋蟀研究的专著——《促织经》。

此书共两卷，分为论赋、论形、决胜、论养、论斗、论病几部分，对蟋蟀的各个方面都进行了详尽的论述。虽然其中不免虚妄，但总体来说，它确实是对当时人们玩斗蟋蟀的总结，包含很多科学的内容。后来出现的《蟋蟀谱》《促织志》《蟋蟀心经》等一系列著作，几乎无一不是以贾氏的《促织经》为蓝本，除了内容上稍有增益，体例上并没有什么突破。

正襟危坐的明宣宗痴迷斗蟋蟀，故而有“蟋蟀皇帝”之讥称

斗蟋蟀之风到明代越刮越盛，竟然刮出一个酷好此戏的“蟋蟀皇帝”明宣宗来。与这位蟋蟀天子比起来，南宋的“蟋蟀宰相”便显得有些“小巫见大巫”了。明宣宗不仅喜好斗蟋蟀，而且到了入迷的程度。据明代文人沈德符撰写的《万历野获编》记载：宣宗皇帝身为一国之主，为了能找到擅斗的蟋蟀，甚至一本正经地又是下诏书，又是派专人到四处采办。

岁岁有征，民不堪扰，不知有多少人为进贡蟋蟀而倾家荡产，家破人亡，故有民谣讽刺道：“促织瞿瞿叫，宣德皇帝要。”

后来，清代文学家蒲松龄曾将此事写成一个故事，题名为《促织》，内容说的是在宣德年间，吏胥奉上司之命，向一个穷困潦倒的读书人成名索要蟋蟀。成名到处捕捉都捉不到，就在惶惶不可终日、忧闷欲死的时候，他终于捉到了一只上好佳品，谁知却被自己的儿子捏死了。他的儿子担心被父亲责骂，便投井自尽了，其魂魄变成了一只轻捷善斗的蟋蟀。成名得之，得了重赏。这个故事，入木三分地揭示了封建社会的黑暗。

在明代很长的一段时间里，各行各业都热衷于此戏，这几乎成了一个严重的社会问题。“贵游至旷厥事，豪右以销其赀，土荒其业”，甚至连军中将领也沉湎于斗蟋蟀的赌场中。马士英为明末将领，曾为南明东阁大学士，进太保，清军进攻迫在眉睫之际，他不为抗清大计思虑，仍大斗蟋蟀，故被后人斥为“蟋蟀相公”，可与贾似道的“蟋蟀宰相”并为“不朽”。

明代已经完全摒弃笼养之法，普遍采用盆养。明代文学家袁宏道在《畜促织》中提到：“京师人至七八月，家家皆养促织。瓦盆泥罐，遍市皆是。不论老幼男女，皆引斗以为乐。”这段记载，不仅是对当时斗蟋蟀之风大盛的写照，而且也反映出当时人们养蟋蟀普遍用盆。

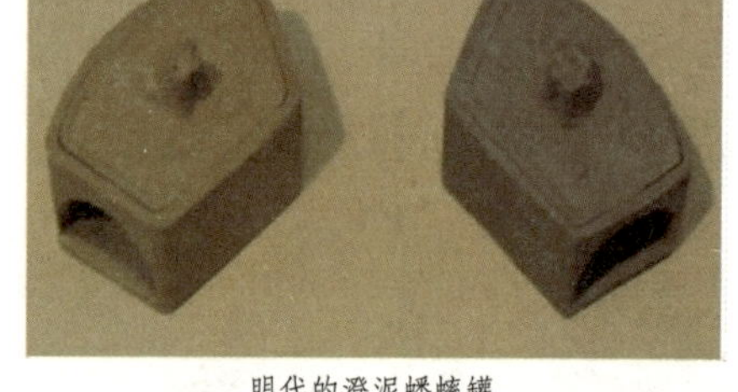

明代的澄泥蟋蟀罐

这与南宋西湖老人在《繁胜录》上记载的南宋杭州城里售卖各种蟋蟀笼，正好形成一个鲜明的对照。随着蟋蟀盆的普遍使用，明代出现了专门的蟋蟀盆制造业，并涌现出一大批手艺精巧的工匠艺人。他们制作的蟋蟀盆，不仅实用，而且精致工巧，在当时成为一种新兴的民间工艺品。

清代，斗蟋蟀游戏又达到了一个前所未有的高潮。当时的王公贵族们都是嗜斗蟋蟀的能手。每年初秋季节，是斗蟋蟀的黄金时节。而官方织造府又专门负责此事，牵头在京城架设宽大棚场，开局斗蟋蟀，致使京城几成赌城。

清代苏杭地区斗蟋蟀也曾风靡一时，每年秋天那里都要举行斗蟋蟀大赛。赛场周围，酒肆茶棚、饭铺食摊，以及糖食果饼之类，无所不有，场面十分热闹。苏杭地区周围的斗客，搭车乘船，不远千里，风尘仆仆地赶来参赛。后来，苏州消歇，赛场便又移至昆山、嘉善、松江等地。清代苏州文人顾禄在所著《清嘉录》

一书中，详细地记述了时人斗蟋蟀赌博的情景："白露前后驯养蟋蟀，以赌斗为乐，谓之秋兴，俗名斗赚绩。斗时在台上两造认色，或红或绿，曰标头，台下观者，即以台上之胜负为输赢，谓之贴标头。分筹码，谓之花，以制钱（即铜钱）一百二十文为一花，一花至百花千花不等，凭两家议定，胜者得彩，不胜者输金。"

清代天津杨柳青年画《斗寒虫争富贵》，其实也隐含着斗蟋蟀赌博竞胜负的色彩

按照顾禄所记，一花为一百二十文制钱计算，那么百花就是12贯，千花则是120贯。按当时一贯约等于一两白银的钱价折算，赌注最多高达120两银子，这是相当惊人的。所以，当时因为斗蟋蟀而倾家荡产者亦大有人在，从中可以看出斗蟋蟀作为赌博活动的残酷性。

斗蟋蟀既然斗得如此疯狂，那么每个参与者肯定都想成为赢家。为了实现这个梦想，那些铁杆玩家在蟋蟀的选择与畜养上便非常下功夫。

选择蟋蟀很重要，捕捉到的成虫要经过严格精选。简单说，先要看外观，即头要大。头部颜色要真青、真黄、真紫；眼要凸，灼灼有神，眼角要黑；脸要长而方，黑或紫；牙齿要干亮，色金，或紫或银白。

拣选蟋蟀只是前奏，重头戏还是喂养。养蟋蟀一定要用蟋蟀盆，以澄泥陈年老盆最好。如果是新盆，则须经过处理才能使用。新捕获的蟋蟀，先以用水焯过的青菜嫩叶、去皮熟绿豆、米粥粒喂养，日喂食二三次，定时定量。稍大以后，还要以小米、白薯、玉米粉、豆类为主食，以青菜、胡萝卜、苹果等为副食，经常饲喂虾肉、鲫鱼肉、鸡蛋白、熟肉皮等以增加营养。

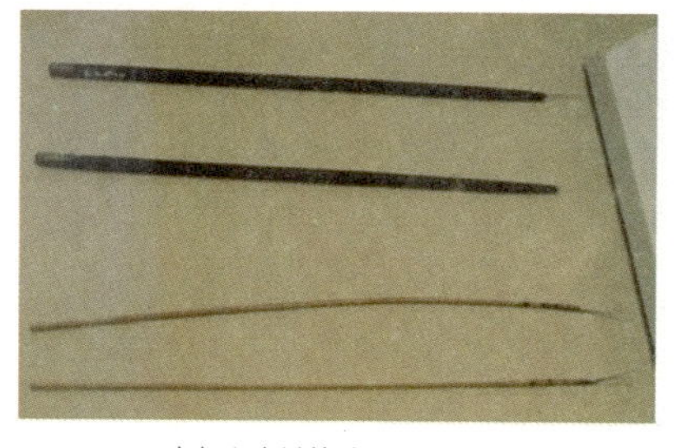
旧时专业斗蟋蟀的工具——探子

清代的蟋蟀局

白露前捕的蟋蟀叫“热虫”，要用古方“荷叶露”喂饮和洗浴，以祛暑气。中秋后捕的蟋蟀叫“冷虫”。这类虫儿较健壮、成熟，要特别关注它的婚配问题，要给它找一只同种的“三尾儿”（雌蟋蟀）结为夫妻。“未养将军先畜雌”，这是养蟋蟀圈内的共识。

蟋蟀素有“百日虫”之称，自白露时节被捕捉后，其中绝大部分最多活到农历十月下旬即僵死。而北京善养蟋蟀的高手，每至深秋，必以虾仁、生羊肝等精细食物饲养异品蟋蟀。挨到冬至这天，便以虫会友，进行传统的“封盆”比赛。凡战而胜之的蟋蟀，皆被冠以“将军”之称号。

旧时，斗蟋蟀游戏分为三六九等，最下等不过是几个小孩蹲在自己的庭院或者胡同里斗蟋蟀。普通百姓斗蟋蟀，也多以点心、水果赌输赢。若以金钱下注，一般数目也不是很大，仍然是以娱乐为主。但上等富绅的斗法则完全不同，设局的人要在每年白露前后“开盆”，事先发出大红请帖，遍请圈内的名家高手。

蟋蟀局，多设在养主家的庭院或空房里，也有不少直接设在官方注册的斗蟋蟀场所内。有司秤、记账、监局等分工，由专人担任。现场陈设豪华，备有免费的各类名茶、糕点、小吃、饮品，甚至上等酒席等。

这幅清末老照片，表现的就是时人在街头斗蟋蟀赌博的情景

配斗前，双方主人不得互看对方的虫，由司秤人负责丈量虫儿的体重与身长，规格相同的方可允许格斗。斗前先下赌注，交由监局人保管，赌资不限。一场赌斗，参与者双方可以下注，旁观者亦可以自由下注。

斗蟋蟀的方桌上铺着红毡毯，

中间放着一个斗盆，旁边放着象牙筒、牙筹、探子等。监局人站在斗桌旁，负责记录胜负情况。双方各自把蟋蟀放入斗盆之后，手持探子引导自己的蟋蟀，等到两只蟋蟀的须搭在一起的时候，就不能再下探子了。

刹那间相遇，两只蟋蟀遂同时张开两扇大牙拼命地厮杀起来，大有粉身碎骨而在所不惜的英雄气概。如此低等而渺小的昆虫，格斗的战术与姿势竟然千变万化：忽而拧成一个“麻花扣”，忽而对顶成“铁板桥”，忽而猛一口将对方咬翻按于盆底来一个“饿虎扑食”……

一般用不了多长时间就会决出胜负。这时候，胜利的一方就会展翅鸣叫，失败的一方则会落荒而逃。接下来，胜者的主人会用探子引导自己的蟋蟀追击对方，常常追得对方满盆乱窜，甚至狗急跳墙蹦到斗盆的外边去。一般的规则是：败方的蟋蟀如果在盆中三次遇到胜者掉头逃走，就算输了。此时，监局人就会让双方各自将蟋蟀提走，然后在胜方的条子上写个“上”字，在败方的条子上写个“下”字，交给记账人下账。

一场鏖战，如此收场，也算得上是圆满。但在很多时候，胜负双方的蟋蟀往往皆有伤残，或掉须，或断腿，或折尾，或被咬裂头顶与腹部而满盆流汤（相当于血液），显得颇为悲壮惨烈。

斗蟋蟀时，不是同一等级的人不能相斗，这是沿袭已久的俗规。但是，也有不按照常理出牌的，那就是清末的慈禧太后。

民间瓷板画上的孩童斗蟋蟀游戏

民间斗玩、饲养，以及捕捉蟋蟀的各种器具

慈禧太后不但醉心于政治权利，而且也极会享受，会吃，会玩，特别喜欢斗蟋蟀游戏。清光绪年间，每年重阳节这天，她都要住进颐和园开赌斗蟋蟀。慈禧太后身居高位，又为女性，所以她并不亲自动手，而是让宫中的“把式”代替，她只在旁边观赏取乐。宫中斗蟋蟀多是太监、宫女所为，主要是为了取乐，赌注一般是点心、果品之类，输赢很有限。但到了慈禧时，赌注一律变成银钱，而且她下注很大，一局下来，输赢数目相当大。

由于西太后一方的蟋蟀都是精挑细选出来的，每一只都个大善斗，而且她还不按常理出牌，即使对方的虫体极瘦小，她仍命“把式”取大个的蟋蟀与之格斗，结果几乎不用猜，都是西太后赢。据说，仅此一项，西太后每年都会有一笔数目不小的“外快”。

清末民初，我国民间斗蟋蟀之风仍比较盛行。当时，民间善养蟋蟀的主儿专为大户人家饲养这玩意儿，这也算是三百六十行中的一技之长，俗称“蛐蛐把式”。

新中国成立之后，民间斗蟋蟀的习俗逐渐消失，所能见到的，也只不过是孩子们之间的游戏罢了。但近几年，随着人们生活水平的提高，以及文化娱乐活动的多样化，民间斗蟋蟀的风气又开始露头。不过，现在的斗蟋蟀游戏，已经远离了赌博的陋俗，变成了一种与种花、养鸟一样，用以丰富人们生活的游戏。

威风雄鸡斗千场

斗鸡，又称“咬鸡”“打鸡”“军鸡”等。这种游戏，是人们把经过特殊训练、本身就具有好斗性格的雄鸡放在一起，让它们争斗，以此取乐。

这项游戏的起源非常早，相传夏朝第七代皇帝少康，在年轻的时候就喜欢喂养斗鸡，迄今已经有4000多年的历史了。当然，这只是一种传说，还不足以为据。

到了春秋战国时期，斗鸡游戏已经广为流行。在西汉史学家刘向编纂的《战国策·齐策》中有这样的记载：齐都临淄人“无不吹竽鼓瑟、击筑弹琴、斗鸡走犬……”这说明斗鸡游戏在当时已成为民间一项重要的娱乐活动。西汉另一位著名史学家司马迁在《史记·鲁周公世家》中，记载了这样一件趣事：

斗鸡是一项非常古老的游戏，曾经在我国民间广泛流行

鲁昭公二十五年（公元前517年），鲁昭公的王亲昭伯与鲁大夫季平子斗鸡。季平子给鸡套上皮甲，昭伯则给鸡绑上金属爪子。季平子在斗鸡失败之后，竟然嫉恨于心，故意在昭伯的属地里扩建自己的住宅，寻衅闹事。

季平子专横跋扈、目无国君的行为，令鲁昭公十分恼火，他便伺机削弱季氏的权力。季平子得悉鲁昭公的意图后，联合叔孙氏、孟孙氏，三家共伐鲁昭公。最终鲁昭公失败，逃亡齐国，昭伯则被孟孙氏杀死。由一场斗鸡游戏引发出国家政权动荡的大事件，可谓千古奇闻。不过，想来斗鸡游戏也不过是双方权力争斗的导火索罢了。

唐代，可以说是斗鸡的全盛时期，斗鸡活动已经普及到城乡，当时长安城中嗜好斗鸡的人不计其数。一些养不起鸡的人，甚至用“木鸡”来斗，聊做充饥的“画饼”。

唐玄宗时期，长安城里有一个名叫贾昌的人，号称“东城老父”。他自幼就能识别斗鸡的优劣，就像伯乐善于相马一样。而且他还精通斗鸡的训练方法，经他调教出的斗鸡，几乎战无不胜。斗鸡迷唐玄宗，对贾昌颇为赏识，任命13岁的他为“鸡坊五百小儿长”，使他成为养鸡场的总管。除了给他加官晋爵之外，唐玄宗还破例为他在皇宫中修建了一座斗鸡殿。这件事传开之后，老百姓就在背后编了这样一首民谣：“生儿不用识文字，斗鸡走马胜读书。”

唐代朝野疯狂的斗鸡游戏，影响了一批又一批遣唐僧人、留学生及外交使馆人员。中国的斗鸡游戏，在这个时期随同日本人东渡扶桑，并很快在日本宫廷盛行起来。

清代瓷板画上的《斗鸡图》

斗鸡之风，到明代时仍然很盛。明朝天启年间，文人张岱在龙山脚下设立斗鸡社，他的朋友们经常携带古董、书画、文锦、川扇之类的物件作为赌注，前来斗鸡。张岱的鸡英勇无比，经常取得胜利。此风一直延至清代。

清代文人李声振，还专门为京城的斗鸡习俗作了一首诗：“红冠空解斗千场，金距谁堪冠五坊；难怪木鸡都不识，近人只爱九斤黄。”

这首诗中所说的“九斤黄”，便是当时一种有名的斗鸡品种，这种鸡体壮、力足、凶猛、耐斗，在斗鸡场上冠压群雄。

我国民间的斗鸡游戏，大致可分为两种方式：一种是随意斗，另一种则比较正规。一般都是两鸡争斗。当然，在古代也有“群斗”的，即多只鸡同场争斗。但这一游戏多见于宫廷内的斗鸡活动，民间较为罕见。

随意斗，常见于市井街头，且以孩子间的游戏居多。斗鸡之前，双方都把鸡抱在怀里，等讲好条件，即可开斗。随意性质的斗鸡游戏，以取乐为主，没有那么多的讲究。正规斗鸡游戏的讲究就多了，参赛之鸡首先要做登记，然后根据其重量、年龄、体形，分组比斗。

在现代的一些民俗展演活动中，仍能见到斗鸡表演

在斗鸡比赛之前，先要选择“斗鸡坑”。所谓“斗鸡坑”，是因斗鸡场地低于四周的地面而得名。在斗鸡坑的两端，各备有一桶清水，供斗鸡饮用，可以使它们保持体力和清醒。

两只斗鸡狭路相逢，恶战随之而起。它们时而用翅膀猛打对方；时而腾空猛啄，进行“空战”；时而又冲过去狠叼对方的羽毛，死死不松口。斗鸡场上顿时尘土飞扬，羽毛纷纷落地。

两鸡争斗时，十分钟为一盘，一般三四盘便可以分出胜负。斗鸡的结局，往往双方都损失惨重，两只斗鸡皆血流如注，甚至双目皆瞎。两鸡在争斗时，一鸡逃遁且不再迎战，即为输。若一鸡“趴盘”（卧地），站鸡叨打卧鸡3分钟，卧鸡仍无力站起，站鸡为胜。站鸡不进攻卧鸡，则两鸡为和。参加完比赛的斗鸡，经常精疲力竭，没有办法喝水。这样，主人就要用吸管喂斗鸡水喝。

旧时的斗鸡游戏，通常与赌博结合在一起，为了避免引发参与者之间的矛盾，发生争斗，游戏规定：到场人员，不论双方斗得如何精彩顽强，只能下注赌博，不准拍手叫好。场边观赛的人也有讲究，绝不能说闲话。若在现场差评哪一只时，被斗鸡主人听见了，闲话人肯定会被轰出场外。

这种历代相沿的斗鸡游戏，给古代人民的业余生活带来了不少乐趣。现在，随着社会的进步，斗鸡活动已摒除旧时的赌博成分，成为一个丰富人民文化生活的健康的游戏项目。

鸣虫声声心悠然

蝈蝈鸣声可爱,时至今日仍有不少人喜欢畜养

畜养和玩赏蝈蝈，是中国民间老少皆宜的一项游戏。

蝈蝈是我国北方地区对它的俗称，其中山东、河北等地，还有将其称为“乖乖”的；南方地区则称之为“叫哥哥”。不过，在古代的时候，蝈蝈多写作“聒聒”或“蛞蛞”。

蝈蝈一般体长5厘米左右，触角细长，黄褐色，腹部膨大，翅短呈绿色。雄蝈蝈前翅近茎部有一个微微凸起的“发声器”，越是天气炎热，其鸣叫愈欢快、愈响亮。

自古至今，在鸣虫玩家的眼里，蝈蝈都是非常重要的一宗。盛夏酷暑，畜养一只青绿可爱的蝈蝈，听它们那“吱啦——吱啦——”清脆的鸣声，犹如被一阵阵凉风拂过，顿时消除了心头的烦闷。

经过精心喂养，它们的生命可以延续到深秋，甚至隆冬。当秋去冬来，黄叶扫地，万物寂寥之时，人们的内心便会产生一种莫名的惆怅与失落。这时候，如果有一只欢叫的蝈蝈陪在左右，无疑是一种莫大的享受。

畜养和玩赏蝈蝈，在我国有着十分悠久的历史。“蝈”这个字，最早出现在《周礼·秋官·蝈氏》一文中。当然，这里的“蝈”是指青蛙。据说，因为青蛙鸣声太大，过于喧闹，所以古代专设有除蛙之官，称为“蝈氏”。由此看来，《周礼》中所说的“蝈”，与现代人们所说的“蝈蝈”并不是一回事。

蝈蝈这种小昆虫深得人们的喜爱，这是民间年画《戏蝈蝈图》

不过，对此也有持不同意见的，那就是清代的乾隆皇帝。他写过一首题为《榛蝈》的诗，诗的后半部道：“蛙生水族蝈生陆，振羽秋丛解促寒。”该诗的最后有一段按语：“蝈乃络纬、蟋蟀之类。”乾隆的意思是说“蝈”就是蝈蝈，不应该解释为蛙。

不过后来也有很多人对乾隆的这种观点持否定态度。乾隆皇帝是一个鸣虫迷，尤其喜爱蝈蝈，所以人们认为，他是出于偏爱，望文生义，是想把玩赏蝈蝈的历史提前一些罢了。谁对谁错，我们已没有必要纠结，最重要的是我们能够从中看出，畜养和玩赏蝈蝈，是一项上至天子，下至平民，皆喜欢的游戏。

在唐、宋时期，民间已经有人开始玩赏鸣虫，尤其喜欢络纬。宋代学者罗愿在所撰《尔雅翼》一书中曾提及宋人畜养络纬的情形：“莎鸡振羽作声……其声如纺丝之声，故一名梭鸡，一名络纬，今俗人谓之络丝娘。今小儿夜亦养之听其声，能食瓜苋之属。”

这里所说的络纬，就是现在乡野间常见的“纺织娘”。它与蝈蝈同属昆虫类的螽斯科，像蝈蝈一样能够发出清脆悦耳的鸣声。既然有人玩赏络纬，那么肯定也有人畜养蝈蝈。只不过在当时，热心这一游戏的，除了寂寞的宫女，就是妇女儿童，似乎正人君子不屑为之，也没有形成一股较强的社会风气。

鸣虫迷们用来畜养蝈蝈的葫芦

到了明代时，这种情况有了很大的变化，玩赏鸣虫之风渐成气候。与斗蟋蟀比起来，畜养鸣虫既能以声娱人又无破财之忧，有益而无害，故而受到一般民众乃至文人雅士的喜爱。所以到了明、清时期，鸣虫畜养活动十分活跃，京城尤甚。上至王公贵族、下至平民百姓，都以畜养鸣虫为乐。

明代文学家袁道宏写有《畜促织》，记述京城畜养鸣虫和自己玩赏鸣虫怡情乐性的韵事："京师人至七八月，家家皆养促织。……又有一种，似蚱蜢而身肥大，京师人谓之聒聒，亦捕养之，南人谓之纺线娘，食丝瓜花及瓜瓤，声音与促织相似，而清越过之。"

袁道宏在文中所说的"聒聒"，就是蝈蝈。当然，作者也犯了一个常识性错误，那就是将蝈蝈与"纺织娘"混为一谈了。不过，这两种昆虫太过相似了，就是现代，也有很多人难以辨清。

清代的几任皇帝，对鸣虫都有特殊的爱好。康熙皇帝每以聆听虫鸣为赏心乐事，曾命清宫内务府奉宸苑在宫中备暖室孵育蟋蟀、蝈蝈等鸣虫，以助宫廷初春时节设宴时博乐，用那连绵起伏的唧唧虫声，来增添内廷欢乐喜庆的气氛。

旧时，由于喜欢畜养蝈蝈的人很多，在秋日的街市上，有不少贩卖蝈蝈的小贩

末代皇帝溥仪，从小就受此风气的影响，乃至上朝时怀里还揣着蝈蝈葫芦呢！至于各府王爷，也大都热衷此事。庆亲王载振，每到冬天便把专做鸣虫生意的"罐家"招到府中，不惜高价选购蝈蝈、金钟儿、油葫芦，并购置了很多精致的葫芦虫具，放置在铜制的暖箱里，以便在寂寥的冬日里欣赏各类鸣虫悠扬的鸣声。

清代，民间赏玩蝈蝈的风气亦非常盛行。为了满足举国上下畜养鸣虫的需求，民间出现了许多以捕捉、养殖鸣虫为业的手艺人。清代文人顾禄在《清嘉录》里写道："秋深笼养蝈蝈，俗呼为'叫哥哥'，听鸣声以为玩。藏怀中，或饲以丹砂，则过冬不僵。笼刳干葫芦为之，金镶玉盖，雕刻精致。虫自北来，薰风乍拂，已干管，百□集于吴城矣。”

顾禄所记述的，是其家乡苏州畜养鸣虫娱乐的盛况。当时，山东、天津一带的商贩，还将收购来的蝈蝈通过运粮的商船，带到南方出售。另外，北京、天津等大城市，也是蝈蝈的主要销售市场。城市周边的农民在农闲时，到山上或庄稼地里大量捕捉蝈蝈，将它们装在秫秸编织的小笼子里，小贩携往城里卖给市民。其中，以易县蝈蝈最为有名。易县蝈蝈产于山上，个大体黑，鸣声洪亮宽厚，寿命也长，所以最受欢迎。

纺织娘，是一种形似蝈蝈的昆虫，其鸣声悦耳

按民间说法，蝈蝈有若干种类：金蝈蝈、银蝈蝈、铁蝈蝈、豆蝈蝈，等等。其中，铁蝈蝈的叫声最响，金蝈蝈也很善鸣。捉到的蝈蝈，要放在竹、草或秫秸等编成的蝈蝈笼内。笼子的大小不一，形状有圆柱形、四方形、扁平形、立柱形等，但都设有便于开关的门，以便进食和清扫残物。夏秋之际，人们常把蝈蝈笼挂在屋檐下，通风、透光；天冷之后，再把蝈蝈放入葫芦里面，外包暖套，放在炕上或火盆旁边，尽力延长蝈蝈的寿命。

即便如此悉心照料，这种野外捕捉的蝈蝈寿命仍很短，大概只能存活三四个月的时间，所以民间才会有“百日虫”之说。大多数市民买的都是这一种，价钱很便宜，一二文就能买到一只，且连带蝈蝈笼一起。我国民间还有一种人工繁殖的冬蝈蝈，一般在入冬后才上市，只是售价非常贵。

清代，人工繁殖冬虫的产地主要在北京，清末以后才逐渐传到天津，直到现在，仍以京津地区为主。冬虫之所以价贵，固然有奇货可居的因素，更主要的是因为繁育冬虫费工费时，十分不容易。

鸣虫油葫芦与蟋蟀的形体非常相似，较明显的区别是其全身油光发亮

据说清末北京人繁殖冬虫的方法是这样的：在秋虫盛鸣时，

叫卖冬蝈蝈的小贩

于室内搭火炕，炕上铺豆枝草叶，炕下煨温火。每日往炕上淋水，任枝叶腐烂。选蝈蝈、蟋蟀、油葫芦等雌雄俱健壮者，纵于炕上，任其自由配偶，交配产卵于火炕上。中秋过后，可望甩子。蝈蝈幼虫脱过两次皮之后，便需要单独饲养，否则它们会相互蚕食。待其长为成虫以后，便可以售卖了。其间，任何一个环节出问题，都可能导致鸣虫大量死亡，甚至全军覆没。

旧时，老北京城等地有专售冬虫的市场，名叫“油葫芦市”。售虫的商贩，担着大纸箱，摊于街头，等候主顾，称为“油葫芦挑子”。箱子分上下两层，上层罗列虫罐，畜虫其中；下层置炭盆或热水以温虫。售虫者往往也连带卖葫芦，当场配制口盖。有的售虫者并不挑担，而是将虫揣在怀里，走街串巷，到有钱人家的府前高声叫卖。

冬蝈蝈寿命长，可养至来年开春以后，能买这种冬蝈蝈的人一般都是有钱人家。常言道：“好马配好鞍。”畜养冬蝈蝈的主儿，一般都要为其配备高级的葫芦器。晚清时期的葫芦器主要是虫具，制作得小巧玲珑，四周雕镂或“银镶牙嵌”各种精美图案，价有贵至百金者，颇受王公大臣青睐。将鸣虫放进去，它们发出的盈盈鸣叫声，响、亮、脆、宽，非常悦耳。

当时的宫女们，为了打发后宫寂寞的生活，也喜欢在冬天养蝈蝈。晚清学者夏仁虎曾写过一首《清宫词》：“锦襦深处似春温，怀里金玲响得匀；争说曾逢西母笑，朝来跪进洗头盆。”

清朝的慈禧太后也是一个鸣虫迷

这首诗乍一读起来，令人不解

其意。其实，作者是通过这短短二十多个字，讲述了一个有趣的故事：

清宫里的宫女们大都喜欢养蝈蝈，为了便于照料蝈蝈，她们在闲时，经常将畜养蝈蝈的葫芦带在身上。

有一次，一名侍奉慈禧太后的宫女值夜班，太后早晨醒来时，她赶紧进寝室为太后洗脸梳妆。或许因为困倦，她进来时竟然忘了将身上的蝈蝈葫芦取出来。当她为太后悉心梳理的时候，怀里的蝈蝈突然大声鸣叫起来。那名宫女吓得面如土色，赶紧跪在地上。若惊吓到太后，那是要受到严刑惩罚的。

结果出乎意料，慈禧太后非但没有生气，反而忍不住哈哈大笑起来。原来慈禧太后也是一个蝈蝈迷，宫女这才躲过一劫。

寒冬时节，携带着自己心爱的鸣虫到茶馆里相聚，是清代有钱人的一种休闲时尚

或许是由于得到慈禧太后的默许，皇宫内畜养蝈蝈的风气愈加兴盛起来。每当金秋至寒冬腊月时，宫内畜养的蝈蝈便开始热闹起来。那一阵阵欢快清脆的鸣声，在气氛森严的后宫里此起彼伏，从而为寂寞而沉闷的宫中生活，增添了些许生机。

新中国成立以后，这项民俗游艺曾低迷了好长时间。但是自20世纪八九十年代以后，热衷玩赏鸣虫的“虫迷”们越来越多。蝈蝈那欢悦的鸣声，既点缀和丰富了人们的生活，也陶冶了人们的情操。或许，这就是这项古老游艺历经千百年不衰的原因吧！

冬日消闲斗鹌鹑

斗鹌鹑，是一项十分古老的游戏

鹌鹑，简称“鹑”，俗名“罗鹑”。它是一种古老的鸟类，分布极广，品种繁多。《诗经》中就已经有“鹑之奔奔”“不狩不猎，胡瞻尔庭有悬鹑兮”的诗句。鹌鹑的羽色斑驳，好像打了很多补丁的旧衣服，所以，古人经常以“鹑衣”之词来形容那些衣衫褴褛之人。

旧时，在我国民间还有这样一种说法：鹌毛色黑，为鼠所化；鹑毛有斑，为黄鱼、虾蟆所化。当然，现在看来，这种说法显然是没有道理的，但却反映出，在很早以前，古人对这种其貌不扬的鸟儿就产生了浓厚的兴趣。

唐代，是我国民间游艺文化比较发达的一个时代。斗鹌鹑游戏，大约就是从唐代开始兴起的。据《旧唐书》记载：唐玄宗特别喜欢斗鸡跑马。西凉人投其所好，向他进献了一批训练有素的小鹌鹑。它们能够按照锣鼓的节奏，忽而向前进攻，忽而后退防守，争斗有序，极为壮观。唐玄宗观后，龙颜大悦，而后令人好好饲养，好好训练。由此，畜养鹌鹑逐渐成为一种风尚。

至迟到宋代，养斗鹌鹑已经成为民间普遍流行的娱乐游戏项目了。南宋文人耐得翁撰写的《都城纪胜》云：“有专为棚头，又谓之习闲，凡擎鹰、架鹞、调鹁鸽、养鹌鹑、斗鸡、赌博、落生之类。”南宋另一位文人西湖老人在《繁胜录》中也写道：“宽阔处

明代佚名画家所绘《斗鹌鹑图》

踢球、放胡哮、斗鹌鹑、卖等身门神、全漆桃符板、钟馗财们。”从这些记载可以看出，在当时，斗鹌鹑不仅是民间一种非常普遍的游戏，而且成为百戏艺人们用以谋生的表演技艺。

明代时，民间仍盛行斗鹌鹑的游戏。明末将领吴三桂特别喜欢斗鹌鹑，且对自己斗鹌鹑时的气度神态十分满意。因此，他吩咐手下找来最优秀的画家，将他斗鹌鹑的场面“写生”下来，以作纪念。这就是历史上有名的《吴三桂斗鹌鹑小像》。后来，有人曾为此题诗道：“窄帽将军奕有神，闲携小卒玩鹌鹑；风流毕竟输丘壑，斗蟀堂前拥美人。”此诗，将斗鹌鹑的吴三桂与南宋“蟋蟀宰相”贾似道相提并论，其寓意不言而喻。

清代是斗鹌鹑游戏大发展的时期，上自王公大臣，下至市井小民，甚至儿童，都喜好养斗鹌鹑。一些膏粱子弟沉湎于斗鹌鹑的赌博，一局下来，输赢逾千金。为了能够在赌场上获胜，他们对自己畜养的鹌鹑可谓关爱备至。盛夏时，他们将鹌鹑安置在阴凉的雕花木笼里；寒冬时，则将鹌鹑收藏在锦绣布囊里。

由于斗鹌鹑的活动多在入冬后举行，因此，古代民间将这一游艺活动称为“冬兴”。鹌鹑，只有雄性好斗，因此，过去人们所养的大都是雄鹌鹑。而雌鹌鹑，通常只有捕鹌鹑的人家才养，他们用它来引诱雄性的野鹌鹑。现在，人们养殖鹌鹑主要是为了让它产蛋，因此多养雌鹌鹑。

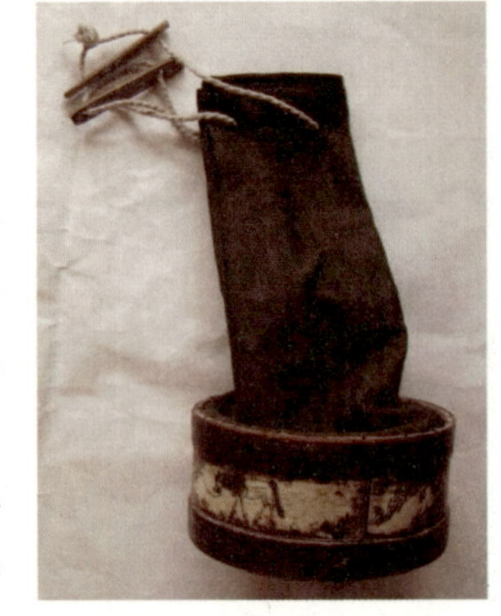
用以随身携带鹌鹑的小木笼

不过，雄性鹌鹑也分为三六九等，不是所有的雄鹌鹑都是可以用来“斗”的。清人程石邻撰写的《鹌鹑谱》一书，曾罗列有“丹山凤”“五色鸾”“赤绒豹”“玉麒麟”“锦毛虎”等，均是善斗之种类。其中，以黑嘴白胡须的最为珍贵，有“牛不换”的称谓。其次，是黑嘴红须的。当然，即使这些种类的鹌鹑，也是要长到一定的年龄之后才会斗。

鹌鹑按年龄与身上的羽毛，可以分为四种，即“处子”“早秋”“探花”和“白堂”。在这四种当中，又只有“白堂”会斗。因此，在斗鹌鹑的场合看到的只只都是“白堂”。

斗鹌鹑多在室内，而且一定要在早晨举行，因为早上鹌鹑肚子饿。俗话说“鸟为食亡”，它们为了争夺食物，斗性也就起来了。

清代售卖鹌鹑的小贩

斗赛时，双方的主人分别蹲在簸栏的左右两侧，而后把各自的鹌鹑掏出来，放在簸栏内靠近自己的地方，再丢下三五粒谷子，同时用手掌遮拦着，不让彼此看到。饿了一夜的鹌鹑，三五粒谷子自然不够充饥，于是它们继续寻找。就在此时，双方的主人同时把手掌收回来，鹌鹑为了争食，瞬间便打了起来。

它们互相痛啄对方的头部或颈部，并发出一种“咕咕”的发威叫声。一对咬斗的鹌鹑，通常三五分钟即可分出胜败。而刚刚打了一个照面就落荒而逃的，亦屡见不鲜。在决斗的过程中，若其中一只鹌鹑突然飞走了，或是不斗了，在簸栏中被对方追得乱跑，多是败了。战到最后，鹌鹑们毛发受损，血迹斑斑，惨不忍睹。斗败的鹌鹑大多都有一个悲惨的下场，有的被当场摔死，有的则被作为下酒菜。之所以这样做，是因为鹌鹑斗败一次之后，便终生不敢再与任何一只鹌鹑斗了。

所以，那些有经验的主人在斗鹌鹑时，特别懂得认真观察，若发现自己的鹌鹑有斗败的倾向，就赶紧将它们分开，以留部分勇气在鹌鹑身上，图他日再战，万不能等到鱼死网破的局面出现。

清代玉雕艺人创作的白玉斗鹌鹑摆件

鹌鹑好斗，胆子却不大，因此斗时有种种规矩。清人徐珂在《清稗类钞·赌博类》中云："鹑胆最小，斗时所忌者，旁有物影摇动，则必疑为鹰隼，惊惧而匿，不独临场即输，且日后亦费多方调养，始能振其雄气。"因此，在斗赛开始之后，现场的观众必须保持静止，不准举手挠头、搔痒，或者移动位置。若谁违反了这一规定，不是被双方主人驱赶出去，就是被骂个狗血喷头，因为其中的任一个动作，都可能把打斗中的鹌鹑吓跑。

斗鹌鹑这项游戏的盛行，与旧时愈演愈烈的赌博恶俗有着密切的关系。1969年后，这一游戏渐渐地绝迹了。现代，在一些民俗活动中，偶尔还能遇见斗鹌鹑的表演。但是，那些特殊的"演员"们，好像忽然之间看破了红尘，或闭目养神，或悠闲地踱步，根本懒得去争斗了……

放飞竞翔驯鸽子

信鸽

养鸟赏鸟，这是许多中国人自古以来就有的娱乐嗜好。每一个时代，都会有一些有心的“闲人”，他们醉心于玩的同时，往往会追求一个更高的目标，希望玩出名堂，甚至能够进入艺术的殿堂。用现在的话讲，这些人是玩家。而玩家的另一个标签，就是学问家。

因此，古人在养鸟、赏鸟的过程中，创作了许多与鸟类相关的著作，如《禽经》《相鹤经》《鸽经》等，直到今天它们仍具有一定的实用与史料价值。这说明，古人在很早的时候就已经开始对鸟类进行仔细的观察与研究。比如西晋张华注释的《禽经》，不能不令人佩服作者和注者的闲情逸致与学问。

这本书列出了几十种鸟，谈每种鸟的别名、品性，以及有关的典故等。例如说子规鸟“啼苦则倒悬于树，自呼曰‘谢豹’”。可以想象，作者写出这两句话一定是花了大量的时间进行观察。讲到鹧鸪时，引《古今注》说：鹧鸪向南飞，怕霜露，早晚很少出来，有时夜栖，用树叶覆其背。这就是学问，不仅靠读书，还得靠长期观察，才能讲得出来。

古人喜欢养鸟，但养鸟的目的与用途不同，所养鸟儿的名目也有差别。一般分为三种情况：一种是为了观赏，所以就挑选羽毛艳丽、形体出众的鸟来养，比如珍珠鸟、芙蓉鸟、鹦鹉、碧玉鸟等。

售卖各种鸟儿的商贩

这类鸟看着养眼，再配上一个精美的鸟笼，往家里一挂，谁看了都得赞赏两句。再一种是为了悦耳，漂不漂亮放在其次，但必须声音婉转好听，如百灵、画眉、黄雀等。还有一种是为了满足好胜的心理，或为了赌博斗赛，如上文所说的斗鹌鹑。除此之外，有一种鸟儿，羽毛算不上漂亮，叫声也不悦耳，甚至可以说是难听，但人们仍喜欢驯养它们，用以放飞，它们就是鸽子。

鸽子，俗称“鹁鸽”，是一种性情温顺，很容易驯养的鸟。我国养鸽子的历史非常悠久。据四川芦山县汉墓出土的陶楼房上的鸽棚推断，最迟在汉代，我国民间已有养鸽之风。相传，楚汉战争时，被项羽追击而藏身废井中的刘邦，就是因放出一只鸽子而获救。如果这一说法属实，那么古人驯养鸽子的历史则要更为久远。据史料记载，在南北朝时期，古人驯鸽子的水平已经很高了。

北齐魏收撰写的《魏书·崔光传》记载：“（崔光）崇信佛法，礼拜读诵，老而逾甚，终日怡怡，未曾恚忿。曾于门下省昼坐读经。有鸽飞集膝前，遂入于怀，缘臂上肩，久之乃去。”正是经过人之驯养，鸽子才会“飞集膝前，遂入于怀，缘臂上肩”，野性逐渐泯灭，可以如此随意、轻松自在地与人玩耍。

后来，古人在驯养鸽子的过程中，逐渐发现了鸽子的“归巢”能力。鸽子能够在很远的地方，识别出自己常居之巢穴，然后千里跋涉归巢。所以古代飞鸽传书，多是人们在某地驯养大量信鸽，在外出差旅或行军之时，放飞鸽子回驯养地，以达到传书之目的。

在很久以前，古人就已经懂得驯养和利用鸽子

据传，第一位驯养鸽子传书

者，是唐代名相张九龄。五代后周文人王仁裕在《开元天宝遗事》中记载了这段趣闻：张九龄少年时，在家里驯养了一群信鸽。每当与亲友书信往来时，他就将书信系在鸽足上，让鸽子飞往投之。张九龄还给它们起了一个有趣的名字——“飞奴”。对于此事，时人无不惊讶称奇。

当然，飞鸽传书是否由张九龄首创，仅凭这一篇文人笔记还不足以为据。但唐代利用飞鸽传递书信的事实，是毋庸置疑了。

另据唐代文人段成式的《酉阳杂俎》记载，当时的波斯商队多养鸽子。他们在前往大唐经商的旅程中，每隔一段时间就会放飞一只信鸽，给家人传递信息报平安。因此，今天也有人认为信鸽是由波斯商人传来的，不是没有这种可能。

宋代学者江少虞在《事实类苑》中，也讲述了当时的飞鸽传书之事：“蜀人有事至京师者，以鸽寄书，不旬日皆达，及贾人船浮海，亦以鸽通讯。”由此可见，在宋代的时候，古人已经大量驯养信鸽传递信息了。

古代交通不便，那些背井离乡的游子们，为了与家人联系，在一些特殊的军事活动中，为了及时传递情报，人们将信件系在信鸽的脚上，然后传递给要传递的人。这样确实能够提高送信的速度，为人们相互联系提供了极大的便利。而在现代，通信异常发达，世界变成了一个“地球村”，人们不再需要信鸽来传递信件，但是喜欢驯养鸽子的“信鸽迷”仍然数量庞大，人们将飞鸽传书作为一项极为有趣的娱乐竞技活动来举行。

古人驯养鸽子，除了将其培养成通信工具之外，更多的是放飞竞翔。前者驯养的难度较大，而后者则是一种非常普遍的民间游戏活动。后来，人们为了增加放飞的情趣，还发明了鸽哨，缚在鸽子的身上。

鸽哨

鸽哨，是采用苇、竹、葫芦、匏等材料制作而成。苇用以做细管，竹除了做管和筒外，更是制作哨口不可缺少的材料。葫芦用以做哨肚，匏则宜做大葫芦的口，其音雄浑，更胜于竹。管、筒、肚、口都刮得很薄，故分量极轻。一个相当大的勺子，经过髹漆之后，往往只有七八克重。民间制作的鸽哨有许多种类，如葫芦类、星眼类、连筒类等，各具特色。

鸽哨，有着十分古老的历史。早在唐、宋时期，人们已经开始在鸽身上缚上鸽铃，数百只群起群飞，望之若锦，风力振铃，响彻云霄。北宋诗人梅尧臣的一首题为《野鸽》的诗中，有两句是专门描写鸽哨的："谁借风铃声，朝朝声不休。"南宋文人西湖老人的《繁胜录》和周密的《武林旧事》，都把鸽铃列入"诸行市"或"小经纪"，说明在当时偏安的国都，已有人专门从事鸽哨的生产和销售了。

到了明代时，民间驯养鸽子放飞竞翔的游艺活动愈加盛行。当时，甚至还出现了负责安排放飞活动的专门组织，即"放鸽会"。在这一时期，出现不少关于赏鸽养鸽的专著，其中，以明末张万钟的《鸽经》为最早，也最有价值。这部著作，涉及鸽子的品种将近170个，内分"论鸽""花色""放飞""翻跳""典故""赋诗"等章节，对鸽子的生物学特征、品性详加说明，辨析了各个品种羽毛、飞翔、鸣叫、眼、嘴、脚的标志，以及鸽子的飞翔能力，具有很高的学术价值。

清代时，放飞鸽子竞翔的游艺活动达到鼎盛。尤其是在老北京，无论达官显贵、八旗子弟，还是走卒贩夫、顽童老翁，皆以放飞鸽子竞翔为乐。畜养鸽子的人家比比皆是，少则畜养一二十只，多则数百只。可以这么说，当时没有一项鸟类娱乐活动，能够像放飞鸽子竞翔这般普及。而且北京养鸽，大都系有鸽哨。清代学者富察敦崇在《燕京岁时记》中这样写道："凡放鸽之时，必以竹哨缀之于尾上，

飞鸽竞翔

谓之壶卢，又谓之哨子。壶卢有大小之分，哨子有三联、五联、十三星、双筒、截口、众星捧月之别。盘旋之际，响彻云霄，五音皆备，真可以悦性陶情。”

飞旋的群鸽和悠扬绵长的哨音，曾经是老北京城的一个重要标志。新中国成立之后，随着城市现代化建设进程的加快，畜养鸽子的人家越来越少，而精于制作鸽哨的手艺人更是难觅其踪。万鸽竞翔的场景再也难以见到了，而那空灵的哨音，也已变成梦中的记忆。

第三辑：社火游艺篇

威猛欢悦舞狮子

舞狮，是中国民间一项古老的游艺活动

舞狮，又称“狮子舞”“狮灯”“舞狮子”等。这项传统社火游艺的历史，十分悠久。自古至今，无论是从南方到北方，还是从城市到乡村，每逢节日盛典、婚庆、祝寿、开业等仪式，都会有舞狮表演。

说到舞狮，首先要说一下我国人民对狮子的特殊情结。狮子，是一种原产于非洲、南美洲、亚洲西部等地的哺乳动物，生性凶猛，有“兽中之王”的美誉。在我国现有的历史文献中，还没有发现出产狮子的历史记载。

我国关于狮子最早的文字记载，出自东汉历史学家班固编撰的《汉书·西域传》。当时，西域诸国给大汉的贡品当中，除了汗血宝马、巨象、孔雀及各类珍宝之外，还有狮子。另据我国最早的一部解释词义的古籍《尔雅》记载，汉顺帝时，疏勒王曾派遣使者前来进献犀牛和狮子。由此可见，狮子最早是以朝献贡物的形式出现在我国的。

我国一般不受狮患所害，因此民间对狮子产生了一种亲切的感觉，把它当成威勇与吉祥的象征。在我国民间的建筑、雕刻、绘画等艺术作品中，随处都可以见到狮子的形象。

随着人们对狮子的喜爱情绪不断加深，民间便不再满足于门

在中国传统文化中，狮子是一种极具吉祥色彩的动物，在民间年画作品里面，它更是时常出现

墩、石栏、屋檐、年画等静止的狮子艺术形象。人们强烈渴望“狮子”能够活起来，于是便创造出了模拟狮子行为的舞蹈。经过历代的改进和发展，这一舞蹈最终成为中华民族一项独特的传统游艺活动。

舞狮，在我国民间的历史虽然非常悠久，但是关于这项游艺活动的起源却众说纷纭。有一种说法认为，舞狮是从南北朝时期开始的。汉明帝刘庄时期，佛教传入我国。到了南北朝时期，佛教大兴，据说佛教里文殊菩萨的坐骑就是狮子。随着佛教流传和影响的不断扩大，狮子在民间也受到崇敬，所以才逐渐形成了舞狮的习俗。

当然，这也只是后人的一种推断。关于舞狮的最早史料记载，很可能出自《汉书》。《汉书》里面曾提到“象人”这个词语，而根据三国时期著名学者孟康的解释，“象人”就是扮演鱼、虾、狮子的艺人。由此可见，至迟在三国时期，舞狮游艺就已经出现了。

自古至今，关于舞狮的起源，在我国民间流传着许多有趣的传说：

相传在汉章帝时期，西域大月氏国派遣使者献来一头猛兽，其头大似笼，吼声如雷。使者对汉章帝说：“这是大月氏国独有的猛兽，人称‘金毛狮王’，是兽中之王。贵国若能够驯服它，敝国才能心服，岁岁来朝。”

汉章帝听后大笑道：“吾邦如此之大，怎会驯服不了一头狮子?”

待贡使离开之后，汉章帝立刻下旨，发榜文招募驯狮者。谁知来的两名驯兽高手，全部被狮子咬伤了。后来，又有一名驯兽师前来应募。他见狮子凶悍，就先断其食物，然后才将它引出笼来。可是，那头狮子一出笼子便咬伤了驯兽师。宫中的武士见了，赶紧前来相助，在乱棍之下，他们居然将狮子给打死了。

汉章帝得知消息后非常生气，便下令将那名驯兽师斩首。法场

之上，驯兽师求告于监斩官，倘获开释，他定能将死狮复活，并完成驯狮任务。监斩官禀报给汉章帝后，汉章帝准其戴罪立功。之后，驯兽师想出一个计策：他剥下狮皮，对其进行精心加工，而后让一名武士穿上，并开始训练仿真狮的形态。

宋代画家苏汉臣创作的《百子嬉春图》上面，就有舞狮的情景

次年，贡使来朝时，见一猛狮出笼，都惊恐不已地躲到远处去了。当时，只见一人手握绣球在前引导，平日凶悍无比的狮子竟然随着绣球上下左右舞动。众使臣见状，无不拍手称赞，感叹中土能人辈出，自此他们便年年来朝了。

此举不但骗过了大月氏国的使臣，连汉章帝也信以为真。这事后来从宫里传了出来，老百姓认为舞狮子是为国争光、吉祥的象征，于是纷纷仿制狮子，表演狮子舞。从此，舞狮就在民间流传开了。

唐代，是我国民间音乐和舞蹈高度发展的一个时期。舞狮，在民间、军中广泛流传。而且当时的宫廷宴乐，也将舞狮收入其中，在一些盛大庆典中进行舞狮表演。

唐代最著名的舞狮节目，是“五方狮子舞”。这一舞狮活动，是盛唐期间专门为皇帝表演而编排的。“五方狮子舞”不仅规模宏大，而且还有严格的规制和舞法。

宋代的舞狮非常盛行。这一时期的舞狮较为注重武艺，表演经常与打斗结合在一起。有时候，“狮子”还会口吐烟火，以增加神威武勇的气氛。民间还出现了由儿童表演的“狮子戏球舞”。

旧时，儿童们表演的“狮子戏球舞”

在宋代的宫廷“百戏”

表演当中，还有狮豹合舞的节目。宋代文人孟元老撰写的《东京梦华录》中，就有“狮豹入场，奋迅举止”的记载。

随着城市经济的繁荣和发展，当时的汴京、临安等大中城市里，出现了众多供市民娱乐的“瓦舍”。

因此，在这些城市里活跃着许多被称为“路歧人”的民间艺人。仅南宋都城临安，就有数百人的卖艺团体。他们打拳、舞狮、弄枪使棒，还表演各种杂技。这对民间舞狮技艺的发展，起到了不小的推动作用。

明、清两代，是中国民间舞狮艺术大发展的一个时期。这一时期，舞狮活动流行更为广泛，且花样更为繁多。民间舞狮表演，一般由两人合作舞一头大狮子（太狮），或一人舞一头小狮子（少狮），另一人扮成武士或大头佛，持彩球逗引。

民间剪纸作品里的舞狮表演

在表演形式上，舞狮可分为“文狮”和“武狮”两种。“文狮”主要是刻画狮子温顺的神态，有搔痒、舔毛、打滚、抖毛等动作；“武狮”则主要表现狮子的勇猛性格，有跳跃、扑腾、登高、翻转、踩球等动作。

在舞狮时，始终都要有铜器伴奏，俗话说“玩狮子离不开铜器”。舞狮的配乐主要是打击乐，一般都是由四面大鼓、大锣，两对大铙、大钗，一面堂锣、堂鼓组成。鼓牌有“大挂槌”“狗撕咬”“狮子滚绣球”“白虎奔山”，有时候还配上唢呐、笙等吹奏乐器。当表演到高潮时，还会放铳或鞭炮助威。

清代文人张心泰在《粤游小志》一书中，生动地记述了潮州舞狮的精彩场面，令人大开眼界：“潮嘉新年有舞戏，以五色布为狮身，狮头彩画。如演剧式：一人擎狮头，一人擎狮尾。一个戴大头红面具，裼裘短衣，右手执竹梢，左手蒲葵扇，为沙和尚。别一短

威猛欢跃的北方舞狮

小精悍者为小鬼，蒙鬼面。随行十余少年，手戈盾叉棒之属，红巾结束，鸣锣杂沓。于正月朔日至各村庄人家家庙参谒，谓之‘狮参’。是日参拜而已，不使拳棍。至初二日以后来者，则沙和尚与狮交战，战华出竹架，令小鬼跳之，为小鬼跳架，再弄拳棒则请少年齐至广场，各逞武艺。”

由于风俗民情差异，不同地区的舞狮在艺术创造和表演形式上，也带有明显的地方特色和独特风格，并逐渐形成了“北狮”和“南狮”两个主要的类型。

北派舞狮，以表演“武狮”为主。小狮子由一个人舞。大狮子由双人来舞，一个人站立舞狮头，另一个人弯腰舞狮身和狮尾。“北狮”不如“南狮”庞大，全身以缨毛作狮被，纯粹兽毛颜色。表演者所穿的鞋、裤，均配以真狮毛色，造型逼真。“狮子郎”，即引狮人，以古代武士装扮为主，手握旋转绣球，配以京锣、鼓钹，逗引瑞狮。“北狮”与“南狮”注重威猛不同，以表现灵活的动作技巧为主。狮子在“狮子郎”的引导之下，表演跳跃、扑跌、腾翻、登高、朝拜等技巧，并有“走梅花桩”“窜桌子”“踩滚球”等高难度的动作。

“北狮”一般是雌雄成对出现，狮头上有红结者为雄性，有绿结者为雌性。有时候，一对“北狮”会配上一对“小北狮”。小狮子戏弄大狮子，大狮子弄儿为乐，尽显天伦之乐。

气势雄浑的南狮表演

“南狮”又称“醒狮”，造型较为威猛，舞动的时候注重马步。“南狮”一般都是由两个人来舞一只，并依靠舞者的动作来表现狮子的威猛神形。

因为狮子是兽中之王，是勇猛的代表与吉祥的象征，所以人们也称舞狮为“舞圣头”。

“南狮”的狮头以戏曲面谱为鉴，色彩艳丽，制造考究，眼帘和嘴都可以活动。严格来说，“南狮”的狮头不太像狮子，反倒与传说中的年兽有些相似。

过去，在“南狮”的狮头上，还有一只奇怪的角。据传，以前各家舞狮班子为了应付舞狮时经常会出现的武斗，特意在狮头上设计了一只用钢铁打制而成的角，并磨得特别锋利。

“南狮”除了外形特殊之外，还有性格上的区分。“白须狮”，俗称“刘备狮”，舞姿沉着刚健，威严有力；“黑须红面狮”，人称“关公狮”，舞姿勇猛而雄伟，气概非凡；“灰白胡须狮”，动作粗犷好战，俗称“张飞狮”。

高难度的狮子登高表演

“南狮”的“狮子郎”，头戴大头佛面具，身穿长袍，腰束彩带，手握葵扇而逗引狮，动作滑稽幽默。

“南狮”在开始表演的时候，锣鼓擂响，舞狮人先要打一通南拳，这被称为“开桩”。舞狮人的动作，多以南拳的马步为主。狮子的动作有“睁眼”“洗须”“舔身”“抖毛”等。舞狮的主要套路有“采青”“高台饮水”“狮子吐球”“踩梅花桩”等。其中，“采青”是“南狮”的精髓，它有起、承、转、合等过程，具有戏剧性和故事性。

关于“采青”这一套路的起源，在过去的广东民间主要有这样两种说法：

一种说法认为，狮子采青是源于政治。据史料记载，狮子“采青”出现在清代初期，当初原本的含义为“反清复明”。

清代初期，文字狱盛行，文人义士多在字里行间表达反清复明的思想，但是多因此而被清朝官吏所逮捕。于是，有些义士在舞狮中穿插上“醒狮”吃青菜的内容。因“青”与“清”谐音，狮子“采青”便有将清朝吃掉，使其灭亡的用意。

狮子采青

另一种说法是，相传狮子喜欢吃灵芝，不过狮子多疑，要试过觉得安全才吃。然而灵芝世上罕有，故人们用生菜代替灵芝。而生菜又有“生财”的寓意，所以民间大都用生菜作为狮子“采青”之用。

“采青”，是舞狮的高潮部分。人们把“青叶彩礼”（通常是一棵连根的生菜，菜中扎有红包）高高地挂起来或放在托盘之中，舞狮者在“采青”之时，视“青”的高度，少则二三人“叠罗汉”踏肩而上，多则数十人肩托圆盘至五六层，摘取彩礼。

舞狮者必须在离地第一次时就采到“青”，并将“青”食下，然后再把“青”吐出来抛给主人。主人接到“青”，表示接到福了，会无比高兴。

“采青”，有“高青”“地青”“水青”之分。“高青”，是把“红包”挂在门头，或者二楼、三楼的高处，让舞狮者自己设法去取；“地青”，是把“红包”放在有层层障碍的地方，由舞狮者想办法去取；“水青”，则是将红包放到一个浮在大水缸中的碗里，舞狮者站在缸沿上，一边舞一边“采青”，借此考验舞狮者的功夫。

广东佛山木版年画《狮童》

“南狮”在发展的过程中，逐渐形成了众多的流派，如广州、佛山的“大头狮”，中山、高鹤的“鸭嘴狮”，清远的“鸡公狮”，东莞的“麒麟狮”等。

舞狮，作为中国民间传统游艺中的一个重要项目，其产生和发展跟中华民族的传统文化是一脉相承的。舞狮，作为一种非常普遍的游艺活动，两千多年来，一直活跃在华夏民族的生活舞台之上。

气势壮观舞龙灯

龙，是中华民族的精神之魂

舞龙灯，又称“耍龙灯”“龙灯舞”“舞龙”等。它是中国民间社火中一个重要的游艺项目，有着十分悠久的历史。

关于舞龙灯习俗的由来，在我国民间还流传着一个十分有趣的故事：

相传，在很久以前，东海龙王患了一种怪病。每当发病时，他就全身酸痛，而且奇痒难熬。为此，他请遍了龙宫里的名医，但他们均未能治好他的怪病。

后来，龙母为他出了一个主意，让他到民间去找名医看一看。于是，龙王摇身变成一位白发老者，来到民间。经过多方打听，他终于找到一位名医。

那位名医识破了龙王的身份，他妙手回春，医治好了龙王的怪病。龙王异常感激，派人送来很多龙宫的宝物，但都被那位名医婉拒了。龙王过意不去，便让名医亲自提一个要求。名医便恳求龙王能够保佑当地风调雨顺，庄稼丰收。

龙王听后欣然答应，并叮嘱说：“往后，每逢过年，你让地方百姓依照我的样子扎一条大龙，拿到街上去舞耍一番，这一年就会风调雨顺。”

那位名医记住了龙王的叮嘱，并告诉了当地的百姓。从此，每逢过年，人们都要扎制一些大龙，敲着鼓，打着锣，高高兴兴到街

在中国民间传说里面，龙王与百姓的生活息息相关

上去舞。以后，人们相沿成习，舞龙就世世代代流传了下来。当然，这个传说只不过是民间的一种附会罢了，不足为据。

舞龙灯的起源，与古代人们对龙的崇拜有关。龙，是中华民族的象征，它在中华文化中占有极为重要的地位。明代医学家李时珍在《本草纲目》里记载：龙，其形有九，身似蛇，脸似马，角似鹿，眼似兔，耳似牛，腹似蜃，鳞似鲤，爪似鹰，掌似虎。

龙，其实是传说中的一种灵兽。它上能腾云驾雾，直冲九霄；下能翻江倒海，直抵幽冥。而且，其身能大能小，变化无穷。在我国民间传说里，龙集日夜之精华，汇天地之灵气，具有包容四海、吐纳百川之胸襟。

自古以来，我们的祖先就把龙视为“四灵”之一，因此，中华民族自称为“龙的传人”。在两千多年以前的周朝时，舞龙就在我国民间许多地区盛行。不过，当时人们还没有借助于道具，只是排成长长的队列，模拟龙的动态边舞边行走。时人称这种活动为“舞雩”，多用于求雨和祭祀。

到了汉代时，在社会一些大型庆典中，出现了真正意义上的舞龙。据汉代董仲舒的《春秋繁露》记载，当时在四季的祈雨祭祀中，春舞青龙，夏舞赤龙和黄龙，秋舞白龙，冬舞黑龙。每条龙都有数丈长，每次五至九条龙共同起舞。

另据《汉书》《西京赋》《平乐观赋》等古代文献记载，在汉代兴起的“鱼龙曼延”化装演出中，已经出现了十几丈的巨龙道具。这些道具均是用彩色绸缎一类的纺织品缝制而成，有龙头和龙尾。这跟现在的舞龙道具已经非常相似了。尤为重要的一点是，当时人们舞龙的目的就是观赏，使这一活动更加具有游戏娱乐的色彩，而不单单是用于祈雨和祭祀了。

自古以来，我国民间在举行一些大型庆典时，都少不了舞龙

到了宋代时，舞龙与灯彩开始结合起来。在民间社火演出中，龙灯舞已经成为一种非常多见的游艺形式。宋代文人孟元老所著《东京梦华录》一书中，就有关于正月十五舞龙灯的记载：时人将草把缚成一条“巨龙”的形状，用青布遮罩，然后在上面插上无数灯烛。待舞动起来之后，游龙蜿蜒飞腾，烛光冲天，气势极为壮观。

到了明、清时期，我国民间舞龙的习俗愈加盛行，道具也极其丰富。有的道具龙长达一百余米，重达百余公斤，全身金光闪闪。待舞动起来之后，场面壮观，气势恢宏。每当有舞龙灯的，男女老少常结队观看，锣鼓声、鞭炮声、喝彩声响成一片，呈现出一派热烈、欢快、祥和的景象。

清代诗人李声振写过一首《龙灯斗》的诗，生动地描写了清代元宵夜舞龙灯的盛况：“屈曲随人匹练斜，春灯影里动金蛇；烛龙神物传山海，浪说红云露爪牙。”

民间常见的龙灯，一般是用竹、木、纸、布扎成，其节数不等，但均为单数，一般由五、九、十一、十三节构成，每节两三米长，也有多达三十多节的，长达100多米。龙头由能工巧匠扎制，须有角、鼻、眼，威严尊贵，栩栩如生。龙头最重的达15公斤。每节内燃烛者，称为“龙灯”或“夜龙”；不燃烛的，叫“布龙”“打龙”或“日龙”。龙灯按颜色还可分为“赤龙（火龙）”“青龙”“白龙”“黄龙”“黑龙”等。

舞龙时，大都有锣鼓相伴，爆竹齐鸣，场面壮观、热烈。一人

舞龙者以敏捷的动作，闪避从四面八方喷射而来的火花

手拿“龙珠”（球形的彩灯），在龙头前领舞，表现龙抢宝珠。玩珠的人身手越敏捷，龙灯就舞得越精彩生动。通常玩珠的人手拿“龙珠”三点头，举龙头的也随之摇晃三下，接着将龙头舞出一个漂亮的弧形，并紧紧咬住“龙珠”，龙身随之开始前后左右翻腾。如在夜间表演，龙眼和龙身环节处均可以点燃。有些地方，在舞龙灯的时候，周围会有不少彩灯助威。

除了周围一片灯火辉煌之外，还要“放花”。所谓“放花”，就是将各种烟花点燃，从不同的方向，同时喷射到龙的身上。而舞龙灯者，则以最敏捷的速度和蜿蜒盘旋的动作，将四面八方喷射而来的火花挡在龙身之外。粘在身上的火花越少，表明舞龙者的技术越高。

白天，以布龙为道具进行表演时，都不点烛，只是耍龙，舞弄起来，左耸右伏，九曲十回，时缓时急，蜿蜒翻腾。布龙的特点是动作快，舞姿轻捷矫健，多表演“二龙抢珠”。

舞龙的动作，大致有“双龙戏珠”“蟠龙闹海”“海底捞月”“双跳龙门”“金龙盘玉柱”等。在舞龙时，不论表演什么样的动作，表演者都要以碎步起跑。手中的托，要在前面的龙身稍微一拉后，顺势舞起弧形，这样龙身才圆润流畅。如果太快，托上的布就会皱成一团；太慢，又会影响后面龙身与前面的一致和协调。

气势壮观的舞龙表演

我国地域辽阔，不同地区在风俗习惯上的差异，使得龙灯的制作风格与舞龙灯的形式自成体系，独具特色。如流行于我国南方地区的草龙，是人们用稻草或柳枝等扎成的龙身。有的地方还在龙头

与龙身上插满香火，所以又称“香花龙”。人们会选择一个晴朗之夜，十几名青壮年男子在田基耍舞，火光闪烁，龙灯翻腾游动，煞为好看。此外，龙灯还有“纸龙”“竹叶龙”“板凳龙”“筐龙”“扁担龙”“荷花龙”等近百种样式之多。

气势雄浑的龙灯舞，总能将节日的气氛和观众的激情推向高潮。千百年来，这一颇具民族特色的游艺活动，代代相传，经久不衰。

载歌载舞扭秧歌

扭秧歌，具有浓浓的喜庆与乡土色彩

扭秧歌，又称“秧歌舞”，它是我国民间一个传统的游艺项目，流行于全国大部分地区，深受人们的喜爱。秧歌舞的起源，与古代的“农作舞”和后来的“村田乐”有着密切的关系。

据南朝范晔编撰的《后汉书·祭祀志》记载：西汉初期，时人根据远古祭祀神农氏的乐舞，编创出了“农作舞”。表演者为16个男童，所有的舞姿都是模仿农业劳动生产的动作，如耕种、驱虫、收获等等。祭祀神农氏用这样的“农作舞”，寓意深刻，内涵丰富。

随着古代“农作舞”的流传与演变，到了宋代，便出现了极有特色的“村田乐”歌舞游艺，而且还出现了一位著名的“编导”——苏东坡。

宋哲宗元祐八年（1093年），时年56岁的苏东坡在河北定州（定县）任太守，他鼓励当地百姓垦荒种稻。经过几个月的辛勤劳作，当地水稻喜获丰收。农民们一边收割水稻，一边欢快地唱起了“村田乐”。苏东坡曾多次到农村田间视察，见此情景，他深受启发，即兴编词配调，并将插秧时的分撮、插苗、擦汗、甩袖等动作融合到歌舞里面，极大地丰富了“村田乐”的表演内容。

当时，舞“村田乐”者要穿戴蓑衣草笠，完全一派农夫打扮，并专门在元宵节社火舞队的行列中表演。宋代诗人范成大在《上元纪吴中节物俳谐体三十二韵》中描写道："轻薄行歌过，颠狂社舞呈；村田蓑笠野（村田乐），街市管弦清。"

在古代，唱秧歌是流行于全国各地的一种民间游艺

南宋文人周密在《武林旧事》一书中对当时元宵社火盛况是如此记载的：社火舞队的演员众多，分别有细旦、夹棒、男女竹马、男女杵歌、河东子、瞎判官、划旱船、村田乐、鼓板、耍和尚……由此可以看出，当时的元宵社火与现在盛大的秧歌舞队，已经十分相似了。

到了清代，"村田乐"已经发展成为民间的扭秧歌了。清代吴锡麟在《新年杂咏钞》中介绍道："秧歌，南京灯宵（元宵灯会）之村田乐也。所扮有耍和尚、耍公子、打花鼓、拉花姊、田公、渔妇、杂沓灯街，以博观者之笑。"

清末辑录的《北京风俗杂咏》中有咏诵秧歌的诗作："春在京华闹处多，放灯时节踏秧歌；灯满鳌山月满街，花锣花鼓打如雷；分明唱出田家乐，半是豳风诗句和。"可见，秧歌多在农闲时节和春节期间扭舞，颇受人们的喜爱。

自清代起，秧歌表演已在全国各地广泛流传，而且在不同的地域形成了不同风格，比较著名的有胶州秧歌、陕北秧歌、东北秧歌、鼓子秧歌等。另外，南方的"花灯""花鼓"，以及广东与香港地区流行的"英歌"，名称虽异，但都属于秧歌这一类型，是从秧歌中派生出来的。

胶州大秧歌中的小嫚(左)与棒槌(右)角色

胶州秧歌，主要流行于山东胶州湾一带，起源于清朝乾隆年间。相传，当时遇到天灾，胶州的马、赵两家去东北逃荒。在逃荒的路

上，他们先是沿路乞讨，后来改为卖唱（边唱边舞）。而胶州秧歌就是在他们逃荒的路上形成的。经过近百年的传承发展，到了清代同治、光绪时期，胶州秧歌形成了以“扭断腰、三道弯”为特色的表演风格。

胶州秧歌一般在每年腊月开始排练，到正月初一就陆续开始演出，正月十五元宵节期间形成高潮。一般先在本村演出，然后由“膏药客”（教练兼领队）率领，到外村和县城里演出。胶州秧歌中有小嫚、翠花、扇女、棒槌、鼓子等角色。这些角色，仍带有当年马、赵两家人口的特点，每种角色皆有两人。比如小嫚，是由当年逃荒路上的“孙女”演变而来，脚步落地轻，动作灵巧活泼；翠花，是由当年逃荒路上身背翠花包的“老太太”演变而来，扭动时，泼辣粗犷，显得开朗大方；扇女是由当年逃荒路上的“儿媳”演变而来，通过扭动手腕，上下翻动扇子，表现其性格温柔，动作婀娜多姿；鼓子，是由逃荒路上的“老头”演变而来，因当年背花鼓舞蹈而得名；棒槌，则是由逃荒路上的“儿子”演变而来，因手持一对木棒相击而舞得名。棒槌和鼓子，需要有一定的武术功底，因为他们在表演的时候，不时要亮出一些武术动作，如“扫堂腿”“虎跳”“乌龙绞柱”等等。

胶州大秧歌中的鼓子(左)与扇女(右)角色

陕北秧歌，又称“闹秧歌”“闹红火”等，主要分布在陕西榆林、延安、绥德、米脂等地，相传在北宋时期已经广泛流传。每年春节，各村都会组织秧歌队，演出前先到庙里拜神敬献歌舞，然后开始走街表演，以此祝贺新春、送福到家。

陕北秧歌主要有三种角色，即伞头、文身武身和丑角。伞头是秧歌队伍的领头人，一手持伞，一手持“虎撑”（铁制的圆形响器），两种道具都具有吉祥寓意。伞，寓意庇护众生，风调雨顺；虎撑，则寓意消病祛灾。在演出中，伞头以手中的响器来指挥秧歌队的表演和队形变化。此外，伞头还通晓传统秧歌唱段，能即兴编唱新词，活跃现场的气氛。演唱时，他领唱，众队员重复他最后一句，形式通俗、热闹，唱得观众皆大欢喜。

陕北秧歌游艺主要分为两种：一种是大场秧歌，俗称“大秧歌”；另一种是小场秧歌，俗称“踢场子”。

大秧歌是一种在广场上进行的集体性歌舞游艺活动，规模宏大，气氛热烈，动作健美豪放，并伴有舞狮子、耍龙灯、划旱船、踩高跷等民间游艺活动。

小场秧歌规模较小，一般在本村街头表演，参加人数多为六人或八人，成双成对，男持彩扇，女舞彩绸，结对而扭。小场秧歌表演，有较高难度的舞蹈动作，需要展示“二起脚”“软腰”“金鸡独立”“金钩倒挂”等高难技巧。其舞姿既刚健又柔美，备受人们的喜爱。

东北秧歌部分角色

东北秧歌，在风格上既有火爆、泼辣的一面，又有细腻、幽默的一面。扭秧歌者装扮成各色人物，如《西游记》中的唐僧、孙悟空、猪八戒和沙和尚，《白蛇传》中的白娘子、许仙、小青，等等。扭秧歌者踩着锣鼓点，左手舞绸，右手舞扇，扭动起来，稳中有浪，浪中有稳，刚柔结合，颇有味道。

鼓子秧歌，最早被称为“打鼓子”或“大鼓子秧歌”，活跃于山东鲁北地区的商河、惠民、济阳、乐陵等地。每年的元宵节，是鼓子秧歌演出活动的高潮日。秧歌队伍庞大，锣鼓齐鸣，热闹异常。

鼓子秧歌里有五种主要角色，即“伞、鼓、棒、花、丑”。“伞”为男性老人打扮，是整个秧歌队的指挥者。“鼓”为武生装扮，是秧歌队的主要演员，人数多，动作复杂，边舞边击鼓，气势非凡。“棒”为男性青年，双手持两头有五彩条的木棒起舞。“花”为女性青年，装扮仿照戏曲中的花旦。“丑”人数可多可少，

鼓子秧歌里的“县官”角色

扮演成“县官”“傻小子”“花花公子”“丑婆”等，即兴表演逗趣。

从宋代的“村田乐”，到后来的扭秧歌，中间有近千年的历史，其风格特色因时而变，因地而异。

今天，扭秧歌仍然是传统社火中一个不可或缺的游艺节目。但随着时代的发展，秧歌已经有了很大的变化，内容愈加完善。

单就扭秧歌手持的道具而言，就分别有“彩绸秧歌”“花篮秧歌”“彩扇秧歌”等种类。队形的变化和演出套路也各不相同，演出的服装更是各式各样，千姿百态。同时，表演的内容更加健康、活泼和有趣，呈现出新时代的特色，令人为之着迷。

技高一筹踩高跷

这幅老照片，表现的是民国时期胶东民间的高跷会

踩高跷，俗称“缚柴腿”，亦称“高跷”“扎高脚”“走高腿”等。踩高跷，是一种糅舞蹈、杂技、戏曲于一体的民间游艺活动。每逢节日喜庆时，城乡艺人们便会在社火队伍中踩起高跷，表演各种技巧动作。

由于踩高跷的演员比一般人高，高跷表演便于远近观赏，深受广大群众的喜爱。

踩高跷，据说是古代先民为采集树上的野果，而想出来的一种技能型措施。在上古时期，农业还十分落后，那些生活在山洞里的先民们，以采食树上的野果为生。可是，因为有些树木太高，先民们难以采摘到野果。

有些先民在长期摸索中发现，当他们在自己的双腿上绑上两根长棍时，不仅不影响自由活动，而且可以轻易采摘到高处的野果。久而久之，这种最初用来谋生的手段，发展演变成一种民间游艺项目。

踩高跷作为一种游艺形式，早在春秋时期就已经出现了。《列子·说符》中记载了这样一个与高跷有关的故事：

宋国有个流浪汉，自称身怀绝技，求宋元君任用。宋元君便召他进宫表演。只见他把两根比身体长一倍多的木杆绑在小腿上，踩着高跷疾步快跑，并做出一些跳跃的动作。他的手还轮流抛接七把剑，有五把剑同时飞在空中，令人眼花缭乱。宋元君观看之后大为

高跷表演使用的道具木跷

惊讶，立即赏给他重金。

从这个故事可以看出，早在公元前500多年，踩高跷就已经出现，表演者不但能以长木缚于双足行走，还能跳跃和舞剑，可见表演技术之精湛了。

从汉代起，踩高跷被列为宫廷“百戏”之一，当时称“跷技”，宋代时称“踏桥”，直到清代才称“高跷”。

精彩的东北高跷表演

清代以来，高跷几乎流行于全国各地。踩高跷，这种极具乡土特色的民间游艺在发展的过程中，由于受到不同地域不同习俗的影响，逐渐形成众多不同的流派，如山东的独腿跷、河南的跑跷、江西的高跷灯、陕西的矮跷，等等。

高跷的传统节目有《踏跷摸鱼》《踏跷扑蝶》《踏跷舞八仙》等。许多高跷表演节目在宋代就已经出现了，由此可见其传承性很强。

高跷一般是用楸木制作的，这种材料既轻便又不易变形。高跷的高度不一，低的数寸，高的则有七八尺，最常见的高跷约四尺左右。以个人身高为依据，从底端往上，在高跷的60~70厘米处固定铲形踩板，有的还在托板处拴一个木鱼形的小铜铃。

表演者双脚踏在板上，板以上部分用麻绳绑在演员腿上，到膝盖为宜。绑好之后，演员把裤腿放下来，恰好将高跷的上半部分套在里面。由于高跷表演者要踩着数尺高的木跷逗舞，技巧性很强，因此要求表演者有较好的素质。

高跷表演，分为“文高跷”和“武高跷”两种。文高跷讲究扭、逗、唱，如同一幕幕民间的小戏，妙趣横生。演唱的内容题材极为广泛，既有帝王将相、才子佳人、节妇烈女等方面的传说故

事，又有百姓生活、民间风物等方面的内容。所扮演的角色有渔夫、樵夫、农夫、书生、头陀、妇女、儿童等，或者直接扮成《西游记》《白蛇传》《水浒传》等故事中的人物形象。表演者扮相滑稽，边演边唱，逗笑取乐，生动活泼。

民间高跷表演之“叠罗汉”

武高跷则强调个人技巧，主要以各种惊险高难动作作为特色，有“翻筋斗”“放七叉”“拿大鼎”“打旋风腿”“跨转身”“鹞子翻身”“叠罗汉”“苏秦背剑”等，其中最有名的绝活是“放七叉”与“跨转身”。

所谓“放七叉”，就是表演者突然将两腿平叉于地上，呈一条直线，转瞬间又从地上跃起，极为精彩。“跨转身”，则是表演者在行进过程中，突然转体三百六十度，跃到高木案上进行表演，令人心惊胆战。

以前，每到农历正月，一队队高跷会，在腰鼓、小镲锣、大小钗等打击乐的伴奏下，穿街而过。他们每走到一处，都会引来不计其数的人围观。高跷会，一般是由群众自发串联组织起来的，正月十一、十二开始“踩街”。所谓“踩街”，也就是演出前的预告。正月十五正式上街，一直到十八方告结束。

民间泥塑艺人以老北京高跷会创作的泥塑作品

在过会时，沿途的大商号会在门前设八仙桌，摆上茶水、点心，并燃放鞭炮等，以示慰劳。高跷队也会在此稍作逗留，或表演答谢。红火热闹的高跷会，曾给一代又一代的人留下快乐的记忆。

时至今日，一些农村地区在冬闲时节仍有组织排练踩高跷的习俗。但与过去相比，擅长此技艺的演员已经越来越少了。

轻盈荡悠划旱船

民间刺绣作品上的划旱船图

划旱船，也叫“跑旱船”“采莲船”“荡湖船”等，是我国民间传统娱乐游戏。关于这一游戏的起源，在我国民间曾流传过这样一个传说：

很久以前，洪水泛滥，许多百姓因为被围困，最终饿死或染瘟疫而死。尧命禹一边治水，一边大力制造船筏，拯救灾民。后来洪水退了，那些船筏便被搁浅在陆地上。百姓们在耕作之暇，经常推着那些木船玩耍，叫作“划旱船”。不料，这个游戏被禹的儿子丹朱看见了，他便经常傲慢地坐在木船上，威逼老百姓推“旱船”供他取乐。为了统一步伐，人们在推“旱船”的时候，只得喊出号子。后世在举行这项活动的时候，嫌弃木船太笨重，就改用布帛或彩纸糊船了。

这个传说，虽然是后人附会而成的，但也间接反映出这项民间游戏历史之久远。关于划旱船的最早文字记载，见于唐代郑处诲撰写的《明皇杂录》：“上每赐宴，太常陈乐，教坊大陈山军旱船等伎。”

另据宋朝田况《儒林公议》记载，五代时期，前蜀皇帝王衍曾令人以绿罗画水纹铺在地上，上置莲花，让跳舞的人乘坐“彩船”在绿罗上转动。宋朝宫廷仿照这种方式，组织起“采莲队”，跳舞的人身乘“彩船”，手执莲花而舞，时称“采莲队舞”。

道具旱船

而在民间，划旱船在宋代时就已经成为元宵节期间常见的游艺项目。它常常和踩高跷、村田乐、跑竹马等结对沿街演出。“簇拥前后，连亘十余里”，临安（今杭州）的民众纷纷涌上街头，围观者笑乐不止。

明、清以后，划旱船在民间仍盛行不衰，成为年节喜庆或农闲时的一项重要的娱乐活动。关于这一时期划旱船游戏的情形，一些地方史料多有记载。如明代刘应钶编修的《嘉兴府志》，记载了江浙一带划旱船的情景：每逢庙会或年节，采莲船便划起来，民间艺人唱着俚曲小调，边舞边逗乐，围观者不停地喝彩。

清代文人富察敦崇在《燕京岁时记》中，记载了北京划旱船的情景：“划旱船者，乃村童扮成女子，手驾布船，口唱俚歌，意在学游湖而采莲者，抑何不自丑也。凡诸杂技皆京南人为之，正月最多。至农忙时则舍艺而归耕矣。”

旱船是由竹木扎成的一只船形架子，外罩绿布。一人在船内，其腰间有两个钩子，将布船钩起，此人一边唱歌一边舞蹈。有的旱船还要在船的顶部设船篷，绘以各种花草，船身也蒙布彩绘莲花等图案。

清代民间的划旱船表演

乘船者似盘腿坐在船上，双腿均为画在船体上的假腿（或制作的假腿）。演员的真腿站在地上行走，腰部用布袋与船身连为一体。伴奏乐器有大锣、小锣、鼓、镲等。

表演者一般都是两人一组，

即一人驾舟乘坐，扮相多为婀娜多姿的女子；另一人持桨划船，多为艄公、小丑或渔妇打扮。也有三人一组的，即二人驾舟，一人划桨，名曰“双人旱船”。表演者均穿软底彩鞋，步态轻盈，灵活自如。

旱船表演的套路很多，个人的表演技巧也丰富多样，有“泛舟”“荡舟”“涌舟”“转舟”等，反映水流湍急、乘风破浪、河道弯曲、水打漩涡、船被搁浅、抛锚停泊等情景。

其中，泛舟和荡舟最能表现出演员的基本功。泛舟的表演是直行。荡舟的表演是曲行，用小台步驾船迂回往复。泛舟和荡舟行进疾速，船却要平稳。

涌舟是表现浪拍船头，船顶风破浪前进的情形。船在疾行中突然停住，同时船头翘起，又快速低落后再疾行。转舟则是表现船行至漩涡时的情景，表演者驾船于原地顺时针或逆时针反复快速旋转，并做一些技巧性动作，如“旋子”“虎跳”“扫堂腿”等，以显示与风浪搏斗，不肯服输的精神。女的手握船舷，与脚下的步伐配合，表现船在漩涡或波浪中起伏。在夜晚表演划旱船时，旱船上还要点燃灯烛。

在现代社火演出中，生动有趣的划旱船仍是必不可少的节目

我国民间的划旱船活动，多与当地民间小调结合在一起，人们边舞边即兴做出一些令人发笑的动作，以增强娱乐效果。例如陕西南部地区，船的左右还会配以手持棒槌的“胖婆娘”和手持拂尘的“骚和尚”等，他们相互插科打诨，调情卖俏，惹得观众们笑声不断。

过去，我国民间曾广泛流传这样一首民谣：“从南京到北京，旱船、跑驴、耍龙灯，一个更比一个精。”通过这首民谣，我们可以看出划旱船这一项民俗游艺活动流行地域之广，以及人们对其喜爱程度之深。

一架抬阁一出戏

抬阁，亦称“高台”“台阁”等，是流行于全国各地的一种化装游戏，以供人们在节庆社火活动中观赏娱乐。关于抬阁的起源，在我国民间有这样一种说法：

民间泥塑艺人以元宵社火抬阁表演为题材创作的大型泥塑作品

唐代时，百戏杂耍有了进一步的发展，于是民间便效法宫廷，在农闲时演百戏于村、社。因民间少有亭台楼阁，人们就搬来几张桌案临时拼成舞台，让扮演者在桌案上表演，这就是“台”。但只有“台”没有“阁”，无法遮风挡雨，人们又在“台”上设置了简单的遮盖物——“阁”，这就成了“台阁”。后来，又因为在演出时，“台阁”需要不时地由人抬着移动，所以人们就习惯性地将其称为“抬阁”。

在宋代的社火表演中，抬阁游艺已经十分盛行，当时的表演，往往还配合着舞狮、耍龙灯、踩高跷、划旱船等民间游艺活动。抬阁的数量，少则几架，多则数十架，甚至百余架，陈列成行演出。铿锵作响的锣鼓和欢悦的唢呐声，吸引着不计其数的观众。穿红着绿的演员们，在高高的抬阁上翩翩起舞，大展英姿。

南宋文人周密在《武林旧事》中对当时的抬阁游艺有这样的记载：“以木床铁擎为仙佛鬼神之戏，驾空飞动，谓之抬阁。”

明、清之际，抬阁游艺在陕西、山西、河南、河北、山东等地尤为盛行。清代诗人姚思勤在《迎春诗》中说：“今年抬阁盛，夹道万人看。”形象地描绘出了清代抬阁游艺的盛大场面。

抬阁游艺，最初为“二人抬”，实际上就是抬轿的一种变体，后来逐渐发展为4人、8人、16人、32人抬。台面上的人数也由2人、4人、8人等对应成倍增加，直到能容纳一出大戏的场面和人数，成为一个活动的空中舞台。

抬阁一般高4至5米，也有设两层者。最初，台面上的场面和人物是不动的，所谓人物和故事，只是“造型”而已，后来发展为“表演”。每架抬阁反映一个内容，都是从民间故事或戏剧情节中精选出来的，如《花果山》《黄鹤楼》《天河配》《断桥》《盗灵芝》《劈山救母》《嫦娥奔月》《楼台会》《追鱼》《三娘教子》，等等。

台上的演员，在台下扛抬人员整齐步伐的配合下，边唱边演，似飘似飞。前一架，台面上重峦叠嶂，林海苍茫，孙大圣手持金箍棒，从云端俯冲而下，照着白骨精狠狠砸去；后一架，台面上波涛汹涌，八仙飘飘欲渡……

俗话说“一架抬阁一出戏”，一下子上演十几出，甚至数十出戏，真令人目不暇给。

民间元宵社火中的抬阁表演

抬阁游艺在千百年的发展中，逐渐形成了一些特殊的表演形式，其中最有名的就是“扛阁”。所谓“扛阁”，就是肩扛之阁，也称“背装”。

在表演扛阁时，人们将装扮好的少年固定在铁制的架子上，由身强力壮者（俗称“大力士”）扛于肩背，走街串巷，使之在半空中呈表演状，犹如活动的偶像。清代文人吴乔龄在其编修的《获嘉县志》中，

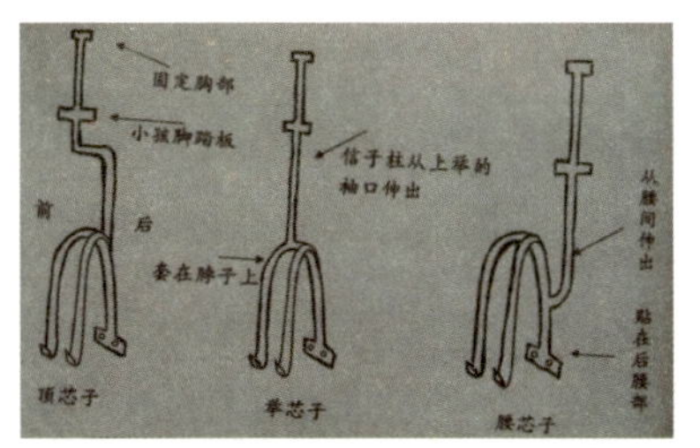

扛阁道具铁支架的三种不同形式示意图

对扛阁有过这样的记载："如制置铁衣，使健壮男子服之，上备铁架，以四五岁幼女立其上，装饰如宫娥，名曰背装者。"

扛阁表演起来，比抬阁的难度更大，因为表演者无论是扛一个孩子，还扛两三个孩子，都需要凭借个人的力量来支撑，同时还要随着鼓点走出各式各样的步法。由于表演者扛着的支架从领口或袖口伸出，好像爆竹的芯子，所以我国民间许多地区将扛阁称为"芯子"。此外，由于制作扛阁的道具基本上都是铁质材料，因此也有很多人将这一游艺活动称为"铁芯子"。

扛阁的道具支架可分为三种，即"顶芯子""举芯子"和"腰芯子"。不管是哪一种支架，其下端都是由三条3厘米宽、0.3厘米厚的铁板做成三足形，分别从两肩和脊背后插到腰部，用绳索固定牢，然后穿上演出的服装。

顶芯子是从衣领后边出来，或向前一弯在当头顶，或左（右）一弯在肩膀上；腰芯子，是从腰间出来的，因为上头小孩的重心在一边，极难掌握平衡，所以对表演者的技艺要求也特别高；举芯子，是从袖口出来，表演时就像用手举着似的。

民间元宵社火中的扛阁表演

固定小孩的支架下边有踏板，小孩脚踩踏板，再将胸部捆绑在芯子的柱子上。然后，穿上能遮住全身的戏装，底下做上假脚，这样小孩就宛如踩在大人的头顶或肩膀上。

扛阁，是一项极其耗费力气的游艺活动，扛阁者还要伴随着鼓点，做出"扭""颤""摆"等适度的舞蹈动作。因此，参加表演的

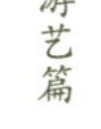

一般都是父子或父女组合。孩子以四五岁为宜，越大越重，扛起来费力；太小了，不懂事也不行。

扛阁表演的内容十分丰富，以装扮戏剧或故事中的某一个角色表演为主。那些浓妆艳抹的小演员们，有的头戴孙悟空面具，在空中不停地翻滚；有的扮演仙女，把朵朵五颜六色的小花撒向人群，给人们以吉祥美好的祝愿。虽然年纪幼小，但他们在表演时却异常认真，充满童稚的小脸蛋，让人百看不厌。因此，扛阁的队伍走到哪里，哪里便是人头攒动，水泄不通。

过去，一些喜欢观看扛阁表演的群众，为了不错过机会，甚至跑上几十里路去观看。这些足以证明，人们对这项民间游艺的喜爱之情。

神秘傩戏祈平安

南京高淳傩戏《跳五猖》表演

傩戏，又称“傩堂戏”“地戏”“端公戏”等，曾广泛流行于安徽、江西、湖北、湖南、四川、贵州、陕西、河北等地。

过去，在许多地区，傩戏是元宵节社火表演的一个重头戏，从正月十四，一直能持续到正月十六的晚上，可谓观者如潮，热闹异常。

根据史料记载，傩戏这项传统的游艺活动，最早起源于上古时期的傩祭之礼。在我国古代的诸多文献中，都能够找到关于傩祭的记载。据古代典籍《古今事类全书》记载，从前颛顼氏有三个儿子，他们死后都变成了疫鬼作乱人世，于是每到十二月，都要由祀官来主持傩祭，驱逐疫鬼。由此可见，在上古时期傩祭已经出现。

商、周时期，傩祭活动盛行于世，上至帝王将相，下至黎民百姓，都十分重视傩祭，而且其规模宏大，庄严隆重。当时大型的傩祭每年要举行三次，时间在春季、秋季和冬季。前两次只有帝王和贵族才有资格参加，故称“国傩”或“天子傩”；冬季时的傩祭才普及到百姓，故称“乡人傩”。

汉代方相氏陶俑

乡人傩因为有平民百姓参与，人数众多，虽然气势没有国傩宏大，但是场面同样热闹非凡，丝毫不亚于国傩。

古时候，傩祭的中心人物是方相氏。他在驱逐疫鬼的时候，要佩戴闪闪发光的黄金面具，十分神秘可畏。对此，《周礼·夏宫》作了非常生动的描述：方相氏披着熊皮，戴着黄金四目面具，着黑上衣红裙子，手执干戈盾牌，率领百卒跳跃舞蹈，激扬风发，以驱疫鬼。

上古时期的傩礼，简单而又粗犷，保持着浓厚的原始群舞特征。进入秦、汉之后，由于人们信仰和社会活动的新发展，傩礼也有所提高。自秦代起，人们在傩礼中逐渐增加了一些新的内容和程序。先是在方相氏和百隶的基础上，加进了童男童女。到了东汉前期，又将童男童女改成只有童男担任的“侲子”。

随着封建王朝的不断繁荣发展，从汉代到唐代，宫廷傩祭的场面越来越宏伟壮观，舞蹈的形式也变得更加多样化。但是整个活动，仍是由身披熊皮、头戴黄金四目面具的方相氏主持。晋代司马彪在其所编纂的《续汉书·礼仪志》中详细描述了西汉宫廷大傩时宏伟壮观的场面：

傩戏面具之关将军

时值除夕之夜，大内禁中，文武百官聚集一起，等待着皇帝出席大傩仪式。宫中禁军把守，宫外骑兵待命，维持着大傩的秩序。

120个十岁至十二岁的贵族子弟，

人人头扎红巾，身穿黑衣，手持一柄拨浪鼓，列队等候。方相氏头戴黄金四目的面具，身披熊皮，赤裙黑衣，左手执戈，右手扬盾，威风凛凛地充当驱疫的主帅。

当一切准备停当，皇帝御驾亲临来到前殿，中黄门（宦官）请示："童子们等候在此，请开始逐疫。"只听一声令下，中黄门开始领唱，一百多名童子随声应和。在一片"傩""傩"的欢呼声中，方相氏跳入场内，率领驱疫的队伍向厉鬼发起猛烈的攻击。他们在宫内来回搜索三遍，然后手持火炬把疫鬼赶出端门。宫外的骑兵高举火把充当接应，热腾腾，闹哄哄，奔司马阙门，直至洛水，最后将火炬投入水中，以示葬疫鬼于九泉之下。

这种场面的记载，跟汉代有关的画像石及马王堆一号汉墓彩绘棺纹饰上所绘的景象相符。在山东沂南出土的汉墓画像石中，有一件大幅的《行傩驱鬼图》，画面正中是高冠长须、手持利斧的方相氏；两旁为张牙舞爪的十二兽，它们头戴假面，身穿铠甲，执戈乱舞，具有震撼人心的力量。

宋人绘的《大傩图》

隋代傩祭者的人数又有增加。到了唐代，方相氏已经增加为4人，舞队增为500人。唐代著名音乐理论家段安节在《乐府杂录》中记载，当时百姓也可以参与国傩的活动，并能够自由进入宫中观看傩祭舞蹈。这也表明，唐代的傩祭活动中娱乐的成分已经增加了许多。

而当时的乡人傩虽然比不上皇宫的豪华，但是热闹程度一点都不逊色。南朝民俗学家宗懔在《荆楚岁时记》中记载，每到十二月初八这天，乡人们佩戴着各种面具，一边击打细腰鼓舞蹈，一边驱疫，场面异常热闹。

伴随着历史的演变和社会的发展，"傩"在先人的生活中也发生了巨大的转变——从祭神到娱人、从艺术的宗教化到宗教的艺术化，于是傩戏在社会上应运而生。

从傩嬗变到傩戏，大约是在宋代的时候。宋代孟元老《东京梦华录》记载了北宋宫廷举行傩祭的盛大仪式。当时参加傩祭者有1000余人，观者无数。那些参加傩祭的人，有的扮成镇殿将军，有的扮成门神，有的扮成判官，有的扮成钟馗，有的扮成小妹……

钟馗虽然容貌丑陋，却是一位能够给人们带来福运的神灵。这是河北武强年画里的钟馗形象

由此看来，北宋时的傩祭仪式，已经具有了一定的故事情节，而且带有明显的戏剧特征，面具也逐渐演化为舞台戏曲人物形象的扮相。

这一时期，方相氏和十二兽已经从傩祭中消失，取而代之的是“将军”“门神”“钟馗”“小妹”等现实生活和民间传说中的人物。祭祀的场面比以前更加壮观。

另外，《东京梦华录》还记载了当时举行的一种名为“舞判”的仪式。所谓“舞判”，也就是“跳判官”。这个古老的舞蹈，从宋代一直流传到现在，至今在我国西北民间一些地区仍能够看到。

判官，姓钟，名馗。钟馗虽然相貌丑陋，但他却是一位能够给人们带来健康和幸福的神灵。因而，自古及今，钟馗在民间都是一位备受人们喜爱和尊崇的神灵，在一些绘画和戏曲舞蹈中，钟馗的形象异常地丰富可爱。

传说钟馗平生正直，胆识过人，后来他在进京赶考途中，误入阴曹鬼径，一气而死。钟馗死后，玉皇大帝见他性情耿直，就封他为终南进士，又赐状元及第，并加封为判官，专管驱邪斩祟。

宋代的农业、手工业和商业，都有较大的进步与发展，社会经济的繁荣，促进了娱乐行业的兴盛，社火表演也因此终年不绝。据南宋吴自牧的《梦粱录》记载："二月初三日，梓潼帝君诞辰，川蜀仕宦之人就观建会。三月二十八日，东岳诞辰。四月初六日，城隍诞辰。二月初八日，霍山张真君圣诞。四月初八日，诸社朝五显王庆佛会。九月二十九日，五王诞辰。每遇神圣诞日，诸行市户俱有社会迎献不已。"由此可见，当时社火几乎每月都有，只不过在元宵之夜才达到高潮罢了。

贵州湄潭县傩戏表演

在社火表演中，傩戏作为一个重头戏频频出场。此时，表演者所戴面具已经变为木质的，也有少量丝质的。傩戏面具，俗称"脸子"或"脸壳子"，多以柏杨和柳木雕刻而成。面具上绘有各种色彩的花纹，各地大同小异。不同角色的面具造型不同，较为直观地表现出角色的性格。傩戏的演出一般分为三个阶段，即"开坛""开洞"和"闭坛"。开坛和闭坛是迎神送神的法事，打开洞门后就演出傩戏剧目。

傩戏剧目也可分为三类：一类是正本戏，多为巫师做法事时必须唱的，如《梁山土地》《仙姑送子》《发五猖》等。这类剧目宗教色彩浓厚，情节简单，戴面具演出。另一类是傩堂小戏，宗教色彩比较淡，世俗及娱乐成分较重，表演有一定的程式，唱腔有一定的板式变化，常见的剧目有《造云楼》《青家庄》《采香》等。最后一类称为"外台戏"，戏曲化程度较高，常见的剧目有《孟姜女》《庞氏女》《目连传》等。傩戏剧目一般唱多白少，但也有一些白口戏，演出时，以各地方言为主，生动朴实。

傩戏表演"跳五猖"

清末时，我国民间的傩戏表演

仍很兴盛。但自辛亥革命之后，随着社会的发展和文化的演进，傩戏在黄河流域、嫩江流域、长江中下游一带日渐衰亡。不过，在偏僻的西南地区，尤其是一些少数民族聚居的地区，因为交通闭塞、生产力水平低下等原因形成的封闭性社会环境和少数民族特有的文化个性，为傩戏的生存提供了一片土壤，从而使傩戏一直流传到现在。

千年以后，今天的“傩戏”已远非古时的模样，但是它仍保持着驱逐疫鬼、娱乐大众的职能。

20 脆声连连霸王鞭

清代皇帝在小时候也玩过打霸王鞭的游戏，这是故宫博物院收藏的一件霸王鞭

打霸王鞭，俗称“打连厢”“打花棍”等，是一种非常古老的民间游艺活动。关于霸王鞭的来历，我国民间曾普遍认为与楚霸王项羽有关。相传在楚汉战争中，项羽被刘邦打败之后，率领几百人马突出重围，来到乌江畔。

这时，乌江亭长劝项羽赶快渡江，以图东山再起，报仇雪恨。可是，项羽却自愧无颜再见江东父老，拔剑自刎而死。

项羽死后，当地气候恶变，百姓经常遭受大旱大涝灾害，庄稼歉收。人们认为这是楚霸王的魂灵所致，于是每到逢年过节，便成群结队，手执木棍，围着篝火边打边唱，以驱逐霸王的亡灵。以后相沿成俗，“霸王鞭”的名称便逐渐传开了。

当然，这应该是民间的一种附会，并非史实。但是，这也间接反映出霸王鞭历史之悠久。

根据现存的史料记载，早在辽、金时期，我国民间就已经有了“连厢”的表演。当时的表演分为两种形式：一种是“唱连厢”，又称“连厢搬演”；另一种是连唱带舞，称为“打连厢”。这里所说的“连厢”，就是霸王鞭。唯一不同的是，“霸王鞭”这个名字听起来比较霸气。

由此可见，打霸王鞭这项游艺活动距今已有一千年左右了。那么，霸王鞭是个什么样子呢？

旧时，一些穷苦人家还把打霸王鞭作为一种乞讨的手段

其实，所谓的霸王鞭，就是在一根三尺多长的竹竿两端各掏空两对一寸多长的孔眼，然后在每个孔眼内嵌入一对铜钱，在舞动的时候，它就能发出清脆的声响。有些霸王鞭会制作得更加精细一点，除了在竹竿上嵌铜钱之外，还会在竹竿两端安上彩色鞭穗，有用红绸做的，也有用红丝线做的。霸王鞭舞动时，不仅可以听到铜钱撞击的“哗哗”声，还可以欣赏彩穗飞舞的热闹场面。

到了明、清时期，打霸王鞭已经成为民间社火表演的一个重要节目。除了节庆表演，许多农村地区在灾荒年月，还将其作为乞讨的一种手段。

这一时期，关于霸王鞭的文字记载越来越多。如清代文人李声振在《百戏竹枝词·霸王鞭》中写道：“徐沛伎妇，以竹鞭缀金钱，击之节歌，其曲名《叠断桥》甚动听。行每覆蓝帕，作首妆。”

打霸王鞭表演，可数人、数十人乃至上百人参加。表演时，男女青年演员们一只手的手指上扣着绣有各种图案的方巾，另一只手执鞭的中间，也有双手各执一鞭的。舞动起来时，演员们手持霸王鞭有节奏地拍打肩部、肘部、腿部等处，一般是从头打到脚，从前打到后。随着跳动的步伐，这些器械发出整齐的悦耳的声响。据说，有时候还要在被拍打的部位捆上厚厚的鞋底，以求更好的表演效果。

时至今日，在很多地区的社火演出中，打霸王鞭仍是一个重要节目

演员们边打边唱，唱词多据民间唱本，也可现场编唱，或男女双人对打，形成舞、打、跳、跃的连

续动作。行进时，可以打出前进、停留、下蹲等多种步法。

在开阔的街头或庙会广场上，演员们还可以组成十字、井字等队形，男女交错对击，一起一落，节奏鲜明，动作活泼。

在北京、天津等地的社火中，打霸王鞭通常会与“金钱鼓”和“双飞燕”配合表演，同时进行。金钱鼓，又叫“八角鼓”，是一种六角形的手鼓，鼓的一面绷有羊皮，每角钉有铁钉，拴上铜钱，击打时发出的声音比霸王鞭还要奔放。

“双飞燕”，则是采用4块竹片做成，饰以彩带。演员表演时，每手各握两片，向身体各部位敲击，声音铿锵有力，动作舒展矫健。

生动诙谐跑驴儿

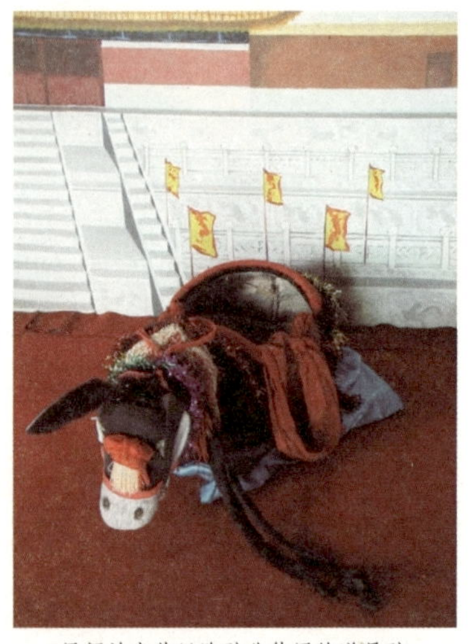
民间社火节目跑驴儿使用的道具驴

旧时，在民间社火游行的队伍里，总是能看到一头或多头可爱的“小毛驴”，它们以颤抖的小步蹭动着，跟随着演出的队伍徐徐前行。“小毛驴”一会儿呈撒欢状，一会儿又表现出倔强的样子，看上去十分生动滑稽。这个游艺节目，就是“跑驴儿”。

跑驴儿，主要流行于我国北方地区，起源年代已不可考。驴，具有性情温顺、吃苦耐劳等优点。在过去，它们是人们重要的生产和交通工具。因此，北方农家有饲养驴子的习惯。

在长期的共同生活中，农民与驴结下了深厚的感情，这种感情不仅表现在平时对驴的饲养和爱护上，而且表现在将驴子的形象移植到游戏当中。农闲时节，农民们就会自制跑驴儿道具进行表演。跑驴儿，成为人们庆祝丰收和节日的重要娱乐项目之一，久而久之，就成为流传于北方民间最热闹的社火游艺之一。

道具“驴”的骨架，是采用竹篾扎制而成，外面蒙上黑布，绘画成驴形。驴身分前后两部分，驴头在前，驴尾在后。表演者均为旦角，身穿彩衣，套在驴架的中间。驴身到地面用布围起来，用以遮掩演员的双腿。为演员做假腿脚，将其挂于驴背使之下垂，望去如同真人骑在驴身上一样。

传统跑驴儿节目《回娘家》

跑驴儿在表演形式上有一人跑驴儿，双人跑驴儿，多人跑驴儿，但是，多数为双人跑驴儿，一个骑，一个赶。骑驴的演员通常扮成小媳妇，簪花粉黛，浓妆艳抹，手执一块手帕，时而擦汗，时而掩面；另一演员扮成“赶脚”的，即赶驴的脚夫，手持小鞭，做以鞭赶驴之状。当驴不走时，赶脚的挥鞭，使驴做出急驰等动作。有些时候，还在驴头上系上红绸，挂上铜铃。

跑驴儿，多表演《小媳妇回娘家》《傻女婿接媳妇》等小故事，动作有“骑驴上山”“骑驴下坡”“骑驴过河”“失蹄卧水”“毛驴抖水”“撒欢跳”等，甚至还有驴与驴之间的踢咬、争斗以及打滚、倒坐等。

我国民间社火中还有一个传统游艺项目与跑驴儿很相似，那就是“跑竹马”。跑竹马道具的制作跟跑驴儿差不多，也是先用竹篾扎制成马形，外罩彩布，前有马头后有马尾，表演者套在中间。表演跑竹马的演员一般都是身穿古装，仿佛骑在骏马之上，左手摇缰，右手扬鞭，催马驰骋。

在山西的一些地区，这一游戏的道具制作得有些特别，人们在中式的大裆裤中填充干草，一头做马首，另一头做马尾，白裤腰是表演者的坐骑部位，因此被称为“裤马”。

民间社火节目跑竹马使用的道具竹马

跑竹马的表演形式非常简单，演员以走场为主，动作有“双进门”“绕八字”“十字靠”“二龙出水”“蛇蜕皮”等。表演时，所用的伴奏乐器大多为锣、镲、鼓等打击乐器，也有部分地区使用唢呐吹奏民间乐曲伴奏。

所表演的内容，多为《杨家将》《昭君出塞》的故事。演员有在《杨家将》中扮演杨延昭、杨宗保、穆桂英等宋将宋兵的，也有扮演韩昌等辽将辽兵的。宋将的装扮一般都英武潇洒，穿甲戴盔，腰悬佩剑，背插护旗；而辽将的装扮却凶恶丑陋，一般为花脸，有的头上插一根短雉翎。

在表演的时候，众多的竹马你来我往，走如云动，行如水流，恰似宋兵追击辽兵的一场大战。

在旧时的社火表演中，跑竹马这项游艺活动曾盛极一时。这项游戏，在宫廷中也深受欢迎。清乾隆八年（1743年），宫廷将跑竹马游戏更名为“庆隆舞”。当时，宫廷的庆隆舞还分“文舞”与“武舞”。文舞，即大臣上寿时表演的“喜起舞”；武舞，又名“扬烈舞”，由八名武士骑竹马表演，象征清朝的八旗。

古代儿童跑竹马游戏

过去，北方民间在正月闹社火的时候，对跑竹马的数量不限，同时有跑驴儿配合表演。有时候，跑竹马作为配角，与跑驴儿共同表演。

其实，无论是跑驴儿还是跑竹马，都是将动物拟人化，在表演时传神传情、诙谐幽默，展现出浓浓的乡土风情和淳朴的生活气息。

第四辑：儿童游戏篇

巧躲妙追捉迷藏

捉迷藏是孩子们最喜欢玩的游戏之一

捉迷藏，又称“躲猫猫”“藏猫儿”等，虽然各地的称谓不同，但游戏的规则基本一致。捉迷藏，作为一种流行于全国各地的传统儿童游戏，在我国民间有着极为悠久的历史。

捉迷藏游戏，既简便易行，又能使儿童在藏匿与寻觅的过程中，得到一种发现的惊喜，从而获得一种胜利的快感。

这一游戏的最初萌芽，大概与古人的狩猎活动有关。远古时期，先人们为了生存，开始与动物展开捉迷藏般的“游戏”，追赶、恐吓或用石块投掷野兽。

捉迷藏，作为一种儿童小游戏，史料自然不屑一记，关于它的具体起源时间，也就无法考证。一直到了唐代，才有了关于它的文字记述。唐代诗人元稹曾写过五首《杂事诗》，其中一首是饱含深情咏诵这一游戏的：“寒轻夜浅绕回廊，不辨花丛暗辨香；忆得双文笼月下，小楼前后捉迷藏。”该诗是元稹回忆当年与“她”在花前月下捉迷藏的情景。可见，不只儿童爱做这个游戏，相恋的情人也以此为乐。

五代十国时期，后蜀主孟昶的宠妃花蕊夫人写过一首《宫词》，生动地描写了时人捉迷藏的情景：“内人深夜学迷藏，遥遍花丛水岸旁；乘兴或来仙洞里，大家寻觅一时忙。”通过这首诗的描述可以看出，古人将游戏的时间安排在晚上，应该也是为了增加“捉”的难度，从而增强游戏的趣味性吧。

捉迷藏的经历能够被载入史册，而且至今仍被人们津津乐道的，就是《司马光砸缸》的故事。司马光是北宋著名的政治家、文学家，曾官居宰相之职。他自幼聪明过人，7岁时和几个小伙伴一起玩捉迷藏的游戏，忽然听到“扑通”一声，一个小伙伴掉到水缸里去了。原来，在一座假山后面有一个大水缸，一个小伙伴藏在假山上不小心跌下来，正好掉进去了。他们人小，力气小，没办法救小伙伴，找大人又来不及了，有的哭，有的跑，只见司马光找来一块大石头，使劲向水缸砸去。“哗啦”一声，水缸破了一个大窟窿，水从窟窿处流光了，掉在水缸里的小伙伴得救了！

司马光砸缸的故事，在过去是一个家喻户晓的美谈

一次捉迷藏游戏，令一个仅仅7岁的孩子名震天下，无形中也为这个古老的游戏增添了几分荣光。捉迷藏游戏从诞生的那一刻起，就表现出了顽强的生命力，在儿童间如火如荼地进行着。

捉迷藏游戏在全国各地有许多种称谓，但游戏的方式大同小异。现以山东胶东地区的捉迷藏游戏为例予以介绍。玩捉迷藏游戏人数多少不拘，男女儿童均可参加。开始时，先选出一个儿童“守家”，即“捉猫儿”人。所谓“家”，就是在墙壁的一角选出的一块位置。当然，为了公平起见，“守家”的儿童可以通过“手心手背”或“剪子包袱锤”等前奏的小游戏来决定人选。

选好“守家”的儿童之后，此儿童即面墙而立，双手捂眼。待捂好眼之后，其他众儿童齐喊：“有了！”便分别找隐蔽的地方藏身，如草垛后、墙角、土坑里，但不能超出规定所藏区域。隔一段时间，“守家”的儿童估计小伙伴们都已藏好，即四处寻找“藏猫儿”之人。

“守家”人发现“藏猫儿”人之后，“藏猫儿”人立即逃跑，“守家”人必须抓到对方，才能让其代替自己。

还有一种游戏方式，就是把人平均分成两个阵营，一班儿藏，一班儿找。而且在“捉猫儿”一方的儿童中，必须选出一个特别机灵的儿童“守家”。如果“藏猫儿”一方有一个人最后没有被逮住，并悄悄用手触摸到了“捉猫儿”一方的“家门”，那么“捉猫儿”一方就算失败。

“藏猫儿”的心中惴惴然，惟恐藏不好被捉住；“捉猫儿”的一个个将眼睛瞪得溜圆，惟恐放过眼前的蛛丝马迹。双方都拿出看家的本领，满村庄地躲，满村庄地找，到处是嬉闹声和惊喜的尖叫声……

民国时期烟草宣传海报上的《闹学图》

过去还有一种“摸瞎鱼”的游戏，与捉迷藏同属一类，但又多少有点区别。这个游戏，在我国民间不同地区有不同的名称，如山东青岛地区称之为“摸瞎胡”，山东鲁南地区称之为“摸大瞎”，陕西一些地区称之为“瞎子摸象”，等等。

明代文人沈榜在《宛署杂记》一书中，详细地记述了这个游戏的过程：“群儿牵绳为圆城，空其中方丈。城中轮着二儿，各用帕，厚蒙其目，如瞎状。一儿手执木鱼，时敲一声，而旋易其地以误之；一儿候声往摸，以巧遇夺鱼为胜，则拳击执鱼儿，出之城外，而代之执鱼，轮人，一儿摸之。”

这是明代儿童的一种游戏方式，与近现代儿童的游戏方式基本类似。近现代儿童在玩“摸瞎鱼”游戏时，通常先用“手心手背”和“剪子包袱锤”决出胜负，最后的输家被手绢蒙住眼睛，扮“瞎汉”。

“瞎汉”因为眼睛已“瞎”，只能凭感觉行动。众多儿童围着“瞎汉”转悠，伺机打“瞎汉”一下，抓“瞎汉”一把，手脚必须

“摸瞎鱼”是一种与捉迷藏类似的游戏，深受儿童们的喜爱

麻利，以免被“瞎汉”摸到。玩了大半天，结果“瞎汉”往往一个都找不到，但总能逗得大家哈哈大笑。如果不慎被“瞎汉”摸到了，被摸者不能出声，要让“瞎汉”猜出是谁。如果猜错了，则继续再摸；如果猜对了，就由被认出者充当“瞎汉”。

如今，城市里的小孩也会玩捉迷藏的游戏，只不过他们活动的范围十分地有限。而在农村地区，儿童游戏的空间会更广阔一点。每当听到孩子们快乐的嬉闹声，我们总会不由自主地怀念起美好的童年……

杨柳活，鞭陀螺

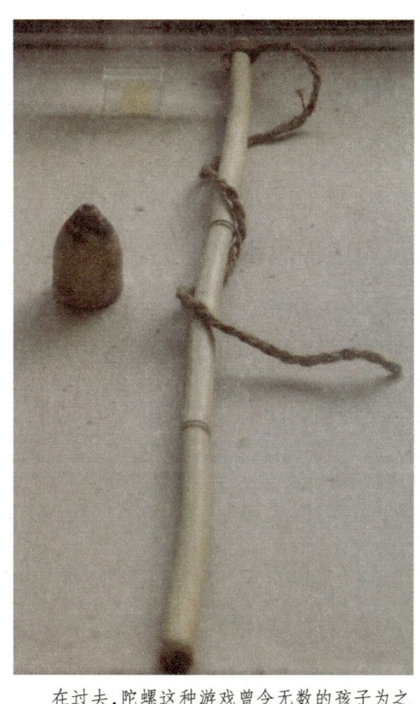
在过去，陀螺这种游戏曾令无数的孩子为之痴迷

旧时，在乡村的街头经常会见到玩鞭陀螺游戏的孩子，他们或单独玩，或三五成群围在一起玩。鞭陀螺的儿童，轻盈地挥动着手中的鞭子，伴随着清脆的鞭音和孩子们的欢声笑语，那只小陀螺在地面上不停地旋转着。这一组组快乐而淳朴的镜头，至今仍留存在许多人的记忆里面。

鞭陀螺，是我国民间一项非常古老的儿童游戏。陀螺，又称“陀罗”，上海话为“陀子”，有些地区则反过来喊，称为“螺陀”。

关于陀螺的起源，有很多不同的说法，其中一种认为它源于母系氏族社会时期的图腾崇拜。在原始母系氏族社会时期，人类难以驾驭自然，寿命十分短暂。女性在艰苦的环境下肩负养育后代的使命，所以在社会上的地位就比较高。作为哺育后代的重要器官乳房，在这时候很容易成为人们崇拜的图腾。陀螺，很可能就是在人们制作类似乳房的图腾时产生的。

当然，这只是现代专家学者依据仰韶文化遗址出土的陶质“小陀螺”进行的一种推断。如果考证属实，那么在五六千年以前，我们的先人就已经会玩鞭陀螺的游戏了。这可以说是中国游艺史上的一个壮举。

迄今所能见到的关于陀螺最早的文字记载，是在后魏时期的史籍中，当时称为“独乐”。鞭陀螺游戏，至迟在宋代就已经十分流行。如日本出版的《浮世绘大百科事典》一书，在介绍日本传统陀螺时，认为它是从中国经由朝鲜传入本国的。所传入的时间，是在鸟羽天皇时代（1107~1122年）。由此可以推断，陀螺传入日本的时间，至迟是在北宋末年宋徽宗在位期间。

另外，在宋人留下的绘画作品中，已能见到陀螺和小鞭子，那时候的陀螺与现在的形制已基本相同。

“陀螺”这个名称，是在明代出现的。明代文人刘侗、于奕正在其合撰的《帝京景物略》中首次提到“陀螺”一词：“陀螺者，木制如小空钟，中实而无柄，绕以鞭之绳而无竹尺，卓于地，急掣其鞭。一掣，陀螺则转，无声也。视其缓而鞭之，转转无复往。转之疾，正如卓立地上，顶光旋旋，影不动也。”

明代隆庆年间烧制的青花长方盒上面，就有儿童玩鞭陀螺游戏的情景

当时的陀螺是木制的，实心，没有柄，用绳子绕好后，一抛一抽，陀螺便开始在地上无声地旋转。等它慢下来时，用绳子抽打它就是给它加油，之后陀螺又开始转个不停。由此可见，明代的陀螺无论在形制上，还是在玩法上，都与今天的陀螺相同。

该书还提到这样一首民谣：“杨柳活，杨柳多。小孩小女闲不过，丝线结鞭鞭陀螺。鞭陀螺，陀螺起。陀螺起，鞭不已。”意思是说，春天到了，儿童们用丝线结成的小鞭，抽打木制的陀螺。

鞭陀螺游戏所用的陀螺，在过去大都是自己动手制作的。最初，陀螺的制作要简单一些，即选一粗约三四公分，长约四五公分的木头，将其底部削尖成圆锥形，就算大功告成了。但也需要注意一些问题，譬如选取的木头千万不能是朽木，最好选择新伐的树

那些古老的游戏，或许将来只能以这种形式呈现在城市的街头了

木，因为那些新鲜的木材更具有活力，从而更适于旋转。

现在的陀螺玩具，一般要在尖部嵌上一粒小钢珠，以便减少摩擦的阻力，使陀螺旋转得更快。有的还在陀螺上涂上颜色，当它飞速旋转起来的时候，却犹如静止不动，就像一个沉思的小精灵。

鞭陀螺的小鞭制作更加容易，用一根木棍或竹棍，在一头拴上布绳或皮绳即可。在孩子们的眼里，这根小鞭子不仅是玩耍时的工具，还是一种权力与威严的象征。它的抽打，使陀螺获得了力量，唤醒了木头内部的活力。

鞭陀螺看似简单，其实也需要不少的技巧。在开始玩陀螺时，首先要把陀螺发动起来。将陀螺尖头朝下，用鞭绳按顺时针方向一圈一圈缠绕在陀螺上面，如果习惯用左手缠的话就按逆时针方向。绳子不能全部缠上，要留出一段，方便手握住和抽回绳子。缠好绳子之后，急速拉动绳子，陀螺就会在地上旋转。当旋转速度慢下来的时候，要用鞭子抽打陀螺，为其加速，让陀螺不至于倒下来。抽打的过程中，用力要适度，用力太大很可能会使陀螺飞奔出去，或遇到障碍停下来。

虽然古人曾有“杨柳活，鞭陀螺”的说法，认为春天是玩鞭陀螺游戏的最佳时节，但其实北方冬天的冰面上也很适合鞭陀螺。天寒地冻，却阻挡不了孩子们玩乐的热情。“叭、叭——”，他们挥舞着小鞭，陀螺在镜面似的冰面上飞速旋转着。他们跟随着陀螺，在冰面上滑动游走，欢声笑语洒满一地。

那些技艺熟练的孩子，能够同时玩几个陀螺，他们不停地穿梭在几个陀螺之间，轻盈地挥舞着鞭子，颇像一个个运筹帷幄的指挥官。尤其是听到周围旁观者的啧叹之后，他们会兴奋地飘起来。

只要孩子们钟情，再普通的游戏也能玩出花样来，更何况是这种技巧性要求较高的鞭陀螺游戏呢？

在20世纪80年代的城乡街头，仍有不少孩子玩鞭陀螺的游戏

那些玩陀螺的孩子们为了增加游戏的难度和娱乐性，设计出了不少比赛的花样。最常见的就是持久比赛。持久比赛就是看在同类陀螺、同等鞭长的条件下，谁的陀螺转动的时间最久。还有一种是“定点比赛”。所谓定点比赛，就是在地上或桌子上放置一个圆盘，然后在距离圆盘一米左右的地方画上一条准线。玩的人站在准线前，依次将陀螺向圆盘内抛掷，能抛掷进圆盘并且保持旋转的陀螺就是成功的。失败的玩家要被淘汰，直到产生最终的胜利者。

这两种比赛方式，只能算是鞭陀螺游戏的“文赛”。而“武赛”则要刺激许多，比赛的方式是，看谁一鞭子将陀螺抽得最远，或者是让两个飞速旋转的陀螺相互撞击，看谁的陀螺先倒下。在这样激烈的角逐中，经常会有一些意外的事情发生，比如有的陀螺在撞击中，会被一些形体较大的陀螺撞裂。转眼之间，心爱的陀螺便报废了，这会令它的小主人伤心落泪。而那些获胜的陀螺，则仍以骄傲的姿态飞旋着……

如今，在一些民俗活动展演中还能看到鞭陀螺的游戏，但玩者几乎是清一色的老人

岁月犹如飞旋的陀螺，转瞬即逝。

如今，已经很难见到孩子们在街头鞭陀螺的情景了。这种对孩子身心都极有益处的传统游戏，是否该重新找回来呢？

飞绳翻花跳百索

汉代画像石“跳绳图”拓片

跳绳，是孩子们最喜欢玩的游戏之一。无论在城市，还是在乡村，一年四季都能见到玩跳绳游戏的孩子。他们就像一群快乐的小麻雀“叽叽喳喳”跳个不停，笑个不停。

跳绳，在古代被称为“跳百索”，是一种非常古老的儿童游戏。这个游戏起源于何时，还未发现确切的史料记载。但从现代出土的汉代画像石上的“跳绳图”来推断，至迟在汉代就已经有了跳绳活动。

唐代史学家李百药撰写的《北齐书·后主纪》中有一段有趣的记载：“游童戏者，好以两手持绳，拂地而却上，跳且唱曰：‘高末’。”所谓“两手持绳拂地而却上”，即今日的单人跳绳。北齐幼主名高恒，公元577年即位，他骄奢淫逸，在位仅几年，即搞得国破人亡。儿童在跳绳时，边跳边唱“高末”，按该书作者李百药的意思是高氏之末日到了，预兆北齐离亡国之日不远了。

这原本是作为谶言而被记载的一件事情，却给后世留下了儿童跳绳游戏最早的文字记载。并且，这种单人“跳且唱”的方式，也为后世跳绳方式奠定了基础。

南北朝以后，历代都有关于跳绳活动的记载。唐人段成式在《酉阳杂俎》中写道：“八月十五日，行像及透索为戏。”可见，唐代不仅有跳跃穿过绳索的游戏，还将这种游戏命名为“透索”，使跳绳活动有了专门的名称。

在旧时的街头，经常有孩子在一起玩跳大绳的游戏

到了宋代，跳绳活动发展为杂技百戏之一，并有了“跳索”的名称。北宋文人孟元老在《东京梦华录》中，有这样的记载：“自早呈拽百戏，如上竿、跳索、鼓板小唱、斗鸡。”从唐代的“透索”，到宋代的“跳索”，跳绳的名称更为形象而具体了。

明代的跳索渐渐成为一种民俗，每逢佳节，民间都有跳绳活动。古代的跳百索游戏分为两种，即跳小绳和跳大绳。小绳多为自摇自跳；大绳为两人摇，多人跳。随着孩子们的创造，小绳里渐渐多出很多花样，如飞绳、编花、带人、连摇等。大绳可以多人跳八字，也可以绳中翻筋斗。

明代文人沈榜在《宛署杂记》中有较为详细的记载：“跳百索：十六日，儿以一绳长丈许，两儿对牵，飞摆不定，令难凝视，似乎百索，其实一也。群儿乘其动时，轮跳其上，以能过者为胜。否则为索所绊，听掌绳者绳击为罚。”游戏时，两个儿童相隔一定的距离面对面站立，飞快地甩动一根丈把长的绳子，其他儿童轮流从绳子上跳过去。跳不过去，则为失败。

到了清代，跳绳游戏愈加受到儿童的喜爱。清人彭蕴章曾写过这样一首歌谣，描写北京地区孩童们玩跳百索游戏的情景：“太平鼓，声咚咚，白光如轮舞索童。一童舞索一童唱，一童跳入光轮中。”

时人在跳百索的时候，为什么还要唱歌，并以太平鼓伴奏呢？

这是因为在明、清时期，大规模的跳百索活动，多在元宵佳节举行。在这个万民同乐的日子里，孩子们伴着太平鼓的节奏，一边跳，一边唱，既动作协调，又兴奋热烈。在这种喜庆气氛的感染

在20世纪八九十年代的乡村街头上，还经常见到孩子们玩跳绳的游戏

下，玩则尽兴，观则赏心悦目。

随着历史的发展，跳绳游戏在我国民间更为普及。尤其是新中国成立以后，不但儿童跳，而且青年跳，甚至老人也喜欢跳。

然而，自20世纪90年代以来，随着人们生活水平的进一步提高，现代娱乐方式越来越多，参与跳绳游戏的孩子日益减少。即使在乡村的街头，也很少能见到飞绳翻花的热闹情景了。

与跳绳游戏一起渐行渐远的，还有一项曾令女孩子们迷恋不已的游戏——跳皮筋。

跳皮筋，也叫“跳橡皮筋”或“跳猴皮筋”。在20世纪50年代至80年代，跳皮筋游戏曾在全国各地极为盛行。无论是城市女孩，还是农村女孩，没有比跳皮筋更能令她们着迷的游戏了。

该游戏所要借助的道具，是一根四五米长的橡皮筋。百货店里有现成的，是圆皮筋，外面裹着一层彩布，比较漂亮，但价钱贵一点。很多女孩子的皮筋是从废弃的汽车内胎中剪出来的，虽然简陋，但丝毫不影响她们玩游戏的兴致。

跳皮筋的花样之多，让人眼花缭乱。有跳单根的，由两个女孩拉着皮筋，另一个女孩子跳。但更多是跳双根的，即将一根长皮筋两头接起来，使之成为一个圆圈，两个女孩站在圆圈中做桩，用小腿把皮筋拉成平行的两根。另一个女孩站在两根皮筋中间跳来跳去，用脚做出点、迈、顶、绕、转、踩、摆压、摆勾、踢等各种动作。

两个做桩的女孩，配合着跳皮筋女孩的动作，将套在脚踝位置的橡皮筋，升至膝盖处，再升至腰部、胸部、肩部，直到单臂向上伸直。跳皮筋的难度也随之增加，而且并不像跳高那么简单，跳过了完事。跳皮筋的女孩必须在同一高度跳出几种花样，才取得“升级”的资格，否则就算输了，只得去做桩。为了掌握节奏，她们一边跳一边唱儿歌：“小皮球，驾脚踢，马兰花开二十一，二五六，二五七，二八二九三十一……”歌声甜美，韵律十足，充满了浓浓的生活气息。

跳皮筋，曾经是女孩子的一个“专利”游戏

如今，恐怕很少有小女孩玩这种游戏了，甚至有的都未听说过。那些由这个游戏陪伴长大的人，在心里回响起那些快乐歌谣的时候，是否会有一种莫名的失落感呢？

天真无邪过家家

纯真的童年，给人们留下许多美好的记忆。比如因为好奇，伸展着双臂模仿鸟儿飞翔的姿态，在田野里狂奔，希望自己能够飞起来；或者模仿戏台上武生打斗的动作，时不时地亮出一个并非标准的姿势……模仿是孩子们的天性，也是他们的快乐所在。

在众多的模仿对象中，孩子们最喜欢模仿的还是大人。对于大部分幼儿来说，从他们刚一记事起，便强烈渴望着长大。因此，他们经常会装扮出一副“小大人”的模样。过家家，便是儿童们专门模仿大人行为的一种古老的传统游戏。

古代的孩子们正在玩“帝王将相”的过家家游戏

这个游戏的名称，由于时代和地区的不同而存在着较大的差异，比如四川地区称为“扮酒酒”，青岛地区称为“过炒炒”，台湾地区称为“扮家家酒”。虽然称谓不同，但实质都是模仿大人在现实生活中的情景。

玩过家家游戏，至少要两个人以上，地点不限，如庭院里、树荫下、胡同拐角等处，都是玩游戏的好地方。在游戏前，先根据参加的人数安排角色，如有的儿童当“爸爸”，有的当“妈妈”，有的当“爷爷”“奶奶”“外公”“外婆”“哥哥”“姐姐”“弟弟”“妹妹”“叔叔”“婶婶”，等等。儿童所担当的角色，由他们协商决定。

在过家家的游戏中，小女孩扮怀孕的小媳妇

游戏的方式主要是模仿大人过日子，如做饭、洗衣服、买菜，以及抱孩子、吃饭、喂奶等。项目众多，涉及日常生活的方方面面，难以一一列举。游戏的道具，大都是用身边能找到的一些东西代替，比如枕头、碎布片、碎盘裂碗、砖头瓦片，以及路边的花花草草等。

类似的游戏，还有“娶媳妇”“骑马打仗”等。

自古以来，结婚就是生活中极为隆重的喜庆之事，儿童多喜欢前去看热闹，看得多了，他们便开始模仿婚嫁仪式做“娶媳妇”的游戏。因为各地婚俗有差异，游戏方式也不尽相同，现以山东胶东一带“娶媳妇”游戏为例进行简要介绍：

游戏时，一名男孩当“新郎”，一名女孩当“新娘”。四名“轿夫”，两人一组，用“莲花垛”之方式，用四条胳膊组成一台“花轿”。两台“花轿”，分别用来抬“新郎”和“新娘”。

有些时候，只扮一台“花轿”，专门用来抬“新娘”。“新郎”则是由一名扮“马”的儿童背着前行。“新郎”一般都会表现得很大方，气宇轩昂地跨上“花轿”或“马背”。而“新娘”一般是强选出来的，因而在上“花轿”的时候总是羞答答的。甚至，有些做“新娘”的小女孩，从游戏开始一直到结束，都羞得抬不起头来。

这时，身旁的小伙伴忙将小手帕盖在“新娘”的头上，充当盖头。扮“吹鼓手”的几个孩子走在前头，将两手捧起放在嘴边，模仿着迎亲时欢快的曲调“吹奏”着。有些调皮孩子，一边“吹”一边唱：“呜哩呜、哇哩哇，娶个新娘满脸疤……”

当把“新娘”抬到预定的地点时，抬“花轿”的众儿童便会问：“到家了没有？”有一儿童应道：“到了！”众儿童便会猛地把“新郎”和“新娘”扔在地上，逗得大家大笑不止。

这样，伴随着哄笑声，“娶媳妇”的游戏也就结束。不过，在有些地区，游戏进行到此并不算完，还要举行“拜花堂”的程序。

“娶媳妇”，也算是过家家游戏的一种

其中一个小伙伴板起面孔，拖起长腔，模仿大人声调高唱道：“一拜天地！二拜高堂！夫妻对拜！”

两位“新人”对拜时，会招来全场玩伴们的哄堂大笑。当“礼生”高唱“送入洞房”之后，游戏即达到高潮，全场沸腾。至此，“娶媳妇”游戏在皆大欢喜的气氛中宣告结束。

“娶媳妇”的游戏，十分热闹有趣，在20世纪80年代前后的乡村地区，还经常能够见到，而现在早已经被人们遗忘了。

而过家家这个游戏，并不完全像“娶媳妇”一样，不是以热闹为主。它的趣味性主要在于对话、想象与创造的过程。孩子们通过对成人行为的模仿，感受到照顾别人的责任感与满足感。过家家这种游戏，还能够锻炼儿童的人际互动能力。

然而，现在的儿童，由于受动画片、电视剧，以及各种各样精美玩具的吸引，早已远离了这类游戏。如果现在的幼儿老师，能够花点心思将这个游戏嫁接到课堂活动中，一定会收到意想不到的效果。

纤纤小手拾子儿

旧时，大多数人家的生活条件比较落后。那时候的儿童，也根本不可能像今天这样，拥有如此多精美的玩具。然而，孩子们爱玩的天性却是相同的。于是，他们借助一些唾手可得的物什作为道具，创造出了许许多多淳朴而有趣的游戏。拾子儿游戏，便是其中之一。

拾子儿，又称“拾石子”“拾磨个”“抓骨拐”等，是一个比较古老的儿童游戏。明代刘侗、于奕正撰写的《帝京景物略》中有这样的记载：“是月也，女妇闲，手五丸，且掷，且拾，且承，曰‘抓子儿’。”由此可见，这个游戏在明代的时候就已经很流行了，而且妇女们也喜欢玩这个游戏。

这个游戏所需要的道具很简单，就是五枚大小相当的石子。当然，最好是那种橙黄油润的小卵石。过去，如果谁有这样一副石子，一定会招来小伙伴们的羡慕。如果没有这样称心的，随意找五枚棱角不太分明的石子也可以玩。

拾子儿，曾经是一种流传范围极广的儿童游戏

这个游戏可以两个人玩，也可以三四个人玩，甚至可以更多人玩。只是人多耗时多，因为游戏是每个人轮流着来。游戏的规则是这样的：

游戏者一手拿起五枚石子，将其中一枚用拇指和食指捏住向空中一抛，并急速将其余四子放在地上，再将上抛的子接住。然后开始拾，每拾四把为一轮。第一把先抛起手中那枚石子，在子未落时急拾起一子，并将上抛的子接住；然后再抛起一子拾起一子，将上抛的子接住，如此反复将四子全部拾起。

第二把开始，也是先抛起一子放下四子，并将上抛的子接住，然后开始拾。这次不同的是，每抛起一子，拾起二子，再接住往上抛的子。第三把先拾三子，再拾一子。第四把一次将四子全部拾起。四把拾完，便赢得了一轮。然后以同样的方式拾第二轮。如果在拾的过程中，未接住上抛的子或未拾起地上的子，均失去拾的资格。即便是已成功三把，也前功尽弃，轮到对手来拾。

玩拾子儿游戏的花样很多，由易到难，层层深入。而且拾子儿的每一轮都有各自的名称与规则。拾的轮次越多，难度也就越大，对游戏者技巧的要求也就越高，因此趣味性很强。在游戏时，输赢的标准是事先讲好了的，通常游戏者会规定拾到哪一轮算赢。

儿童游戏时使用的沙包

在游戏的过程中，拾子儿的动作往往还要伴随着顺口的歌谣。每一轮唱的歌词不同，每一轮的动作与花样就有所区别。如鲁南地区的《拾子歌》是这样唱的：

我的一，小燕飞，飞江南，落江西。
我的两，杨二郎，二郎担山撵太阳。
我的三，打贪官，三杯酒，敬老天。
我的四，客来至，青马褂，紧排扣。
我的五，五更鼓，骑着骡马娶媳妇。
……

当然，各地还有多种唱法，不一而足。有的唱词后面分别加“啊”“呀”“来”等衬词，韵味十足。玩拾子儿游戏，要求眼、手、口并用，互相配合，动作协调。如果游戏者不集中精力，就很难赢得胜利。

过去，在东北地区汉、满、蒙、赫哲、达斡尔等民族的儿童中，还流行一种与拾子儿类似的游戏——抓嘎拉哈。

嘎拉哈，来自满、达斡尔语的汉语音译，在清代汉文中的正式写法是“背式骨”。所谓“背式骨”，指的是兽类后腿的胫骨，多取自羊、猪、鹿、狍、麋、獐、牛、骆驼等动物。

这个游戏的起源，相传与金代的梁王金兀术有关。金兀术年少时，父母为了磨练其意志，让他独自进山打猎，并要求他猎取四种猛兽的腿膜骨作为凭证。金兀术克服重重困难，终于猎取到四种猛兽的腿膜骨。从此，金兀术的勇敢和强悍便传为当地人的佳话。女真人为了让后代像金兀术一样勇敢，便让孩子们抓玩嘎拉哈。

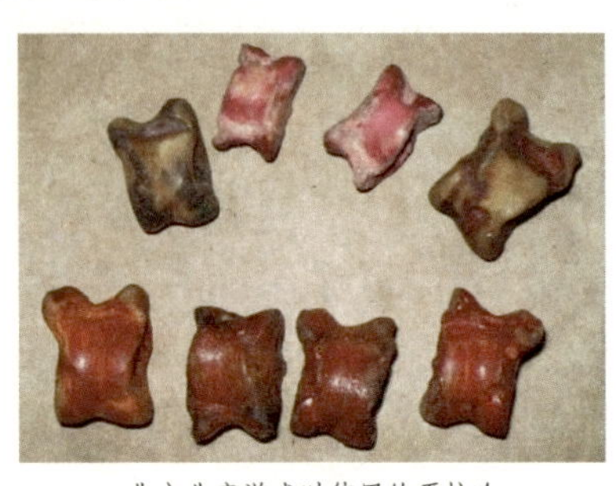

北方儿童游戏时使用的嘎拉哈

久而久之，嘎拉哈便成为东北民间一种十分流行的游戏。虽然这个故事可能是后人附会的，但是从中能够看出这个游戏的深层寓意。

最初，玩嘎拉哈游戏的主角是男孩子，游戏以相互击打为主。后来，玩嘎拉哈游戏的主角转换成女孩子，玩法也相应发生了变化，以抓玩为主。

嘎拉哈的骨头，一般也称“子儿”，有些地方称“羊拐”，以四个子儿为一副。在制作嘎拉哈时，先要将骨头蒸煮刮净，为了美观，还会在上面涂上颜色，通常为大红色。

嘎拉哈多为不规则的长方体，两个大面，两个长条面，还有两头的小面，其称谓各不相同。清代文人徐兰撰写的《塞上杂记》云：“有棱起如云者，为珍儿，珍儿背为鬼儿，俯者为背儿，仰者为梢儿。”当然，这是清代时的称谓，通常的叫法是：正面像人的肚脐眼儿叫“坑儿”，背面像胖人的肚皮叫“背儿”或“肚儿”，侧面像人的耳朵叫“轮儿”，还有一侧什么都不像叫“珍儿”。

在游戏之前，需要准备一个沙包，然后选择一方坚硬、平实的场地，面积不需要太大，土炕、桌面等都行。游戏开始时，把四个嘎拉哈和小沙包同时握在一只手里。在向上抛沙包的同时，迅速地向地上散开嘎拉哈。在沙包落下的过程中，将四个子儿先搬成“珍儿”。

抓嘎拉哈游戏，尤其受女孩子们的喜爱

如果没有失手，依次再搬“背儿”“坑儿”和“轮儿”。最后，把沙包抛起，把四个都已搬成“轮儿”的子儿抓起，并接住落下的沙包，第一个回合完成。

如果在搬的过程中不慎碰到不应该碰的嘎拉哈，或者没有接住沙包，或者没有翻转到应该翻转的一面儿，就算输了，交由下一个人玩。输赢的判断是：在搬四个嘎拉哈的过程中，谁抛沙包的次数最少，谁就是赢家。当然，抓嘎拉哈游戏的玩法还有很多，这里就不一一列举了。

东北的冬天寒冷而漫长，孩子们聚在火炕上，快乐地玩着抓嘎拉哈的游戏。因为有嘎拉哈相伴，孩子们忘记了寒冬，忘记了冰雪……

拾子儿和抓嘎拉哈游戏，在20世纪80年代前后，还有很多儿童喜欢玩。然而，随着人们生活水平的提高和娱乐方式的增多，这些纯乡土性质的游戏逐渐消失了，最终在人们的脑海里凝固成一幅幅黑白照片。

身手敏捷打尜尜

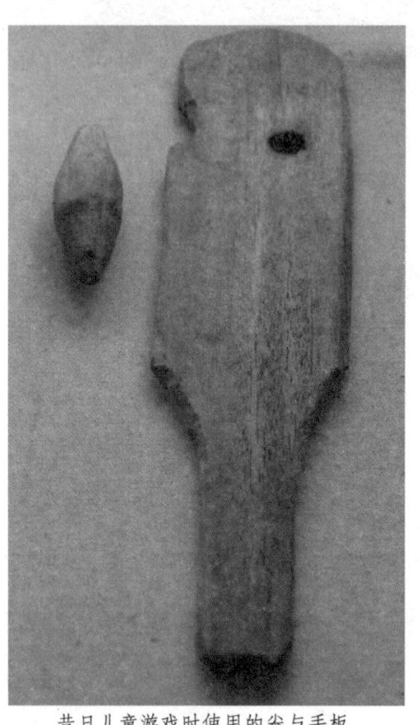
昔日儿童游戏时使用的尜与手板

旧时，在我国北方民间曾流传这样一首民谣：“杨柳发，打尜尜；杨柳死，踢毽子。”

打尜，曾是北方民间非常流行的一种儿童传统游戏。由于各地风俗上的差异，这种游戏在不同地区有许多不同的称谓，如北京、河北、山西等地称“打尜”，山东地区有称“打尜”的，亦有称“打萤”的，宁夏地区则称“打梭儿”，等等。尽管称谓不同，但游戏的方式基本相同。

“尜”这个字，念“嘎”音，其字体结构与游戏中所使用的道具很相像。尜的制作非常简单，取一截长10至15厘米，直径约2至3厘米的小木棍，将其两头削尖，状如木梭，形如枣核。木棍材料多用槐木和柳木，最好的是枣木。这些木头的材质比较坚硬，在游戏的时候，尜儿不容易开裂。

用来打尜的工具可分为两种：一种是形状类似瓦刀的木板，称为“手板”，长约60厘米，宽约10厘米；另一种则是“把棍”，选择比尜儿的用材略粗，长约尺许，最好略有弯曲的木棍，用刀斧将其削光滑即成。

游戏时使用哪一种工具，由个人的喜好决定，但这种工具应以结实的硬木制成，如槐木、柳木等。或许，因为使用击打工具的不同，有些地方将这一游戏称为“砍尜”。

关于打尜这种游戏，最早在明代刘侗、于奕正撰写的《帝京景物略》里面，便有过较为详细的记载：“二月二日龙抬头，小儿以木二寸，制如枣核，置地而棒之，一击令起，随一击令远，曰打棱儿。”由书中的记载来看，这个游戏在当时的名称，与现代宁夏地区对它的称谓相同。清代以后，才出现“打尜尜”这个名称。

古时的打尜游戏一般在春冬两季举行，参与者大多是生活在农村的孩童。打尜游戏的玩法主要分为两种：一种是各自为战；另一种则是协同作战，游戏人数不限。无论采用何种方式，在游戏之前都要选好场地，一般是在场院、大街等开阔地上。而且还要在空地上画上一个圆圈，或一个方框作为“营”，有些地方称之为“家”。

在玩“单打”时，定下几棒为一局。每人打完一棒后，使用尜棒来丈量，满局后累计棒数，多者为赢。而多人作战的打尜游戏则要复杂一些，要通过“剪子包袱锤”决定哪一方先开打。

打尜的次数不限定，打尜者只要不打“瞎”（即失误），便可连续打下去，直到打“瞎”才换人接着打。打方几个人依次打完后，被打方便奋力往回掷，一个人只准掷一次。最后一人若把尜投进“营”中，就算赢了，遂成为打方。若没有掷回“营”中，最后一人把尜投在何处，打方就在何处接着打。

打尜时，多用右手执手板或把棍，右腿弯曲在前，左腿斜后伸蹬，身子重心前移到右腿；而后注目尜儿的尖部，砍击使之腾空，旋即站直身体，并做出判断，对准尜儿的中心位置发力击打，使之飞弹出去。

这样的游戏情景，大概只能在梦里重温了

这一整套动作，必须一气呵成。当然，最关键还是砍尜这一步。若用劲过小，弹起的尜过低，不等挥棒，尜已落地；若用劲过大，尜弹得高也不易被击中。因此，弹起的尜与挥棒的高度最好大致一样，这样便容易既打得准又打得远。

打尜游戏极为有趣，每一个乡村男孩都为之着迷，即便是在寒气袭人的严冬时节里，孩子们仍能够玩得满头大汗，不亦乐乎。

但是，这个游戏也存在一定的危险性。有些孩子在敲尜的时候，由于用力过猛，被失去方向的尜击伤面部，或殃及身旁的小伙伴。因此，对于一些年龄特别小的孩子，大人是严禁他们玩这个游戏的。

可是，看着那飞跃而起的尜儿，哪个孩子能抵挡住它的诱惑呢？结果，他们总是想方设法摆脱大人的监视，参与到游戏的队伍中去。在那些物质文化生活匮乏的年月里，打尜游戏确实给孩子们带来了数不清的快乐。

时光伴随着飞旋的尜儿，匆匆而逝。如今，这个游戏早已变成一代人的回忆。而对于现代的孩子们来说，他们恐怕连“打尜”这个名字也没有听说过吧。

欢快热烈玩打瓦

旧时，一些看似简单的乡野儿童游戏能够历经千百年而不衰，除了其自身的趣味性之外，还有一个重要的原因就是游戏成本低廉，几乎不用花费一文钱。打瓦，就是最“廉价”的儿童游戏之一。它所需要的道具，仅是几块或方或圆的硬石片（俗称“瓦”）而已。

打瓦，又称“打五官”“打阎王”等，曾流行于全国许多地区。这一儿童游戏，起源于古代的击壤游戏，有着非常悠久的历史。

击壤，是一种十分古老且简单易行的游戏，据传在上古时期就已经开始流行了。晋代皇甫谧撰写的《帝王世纪》中有这样的记载：“帝尧之世，天下太和，百姓无事，有八九十老人击壤而歌。”若从“帝尧之世”算起，那么这个游戏距今至少有4000多年的历史了。当然，这毕竟是一个传说，还不足以为据。

古代击壤游戏的起源，与原始先民以石块掷击野兽的狩猎活动有关

击壤究竟产生于何时，已难查考。不过，击壤的起源大约与古代狩猎有关。远古时期，人们使用木棒掷击野兽，为了投掷得更准确些，平时便要练习。后来，狩猎工具得到进一步发展，有了弹弓和弓箭，人们一般就不再依靠木棒来掷击野兽了。这种练习，便逐渐演变

成一种游戏。

现在，人们看到“击壤”两个字，往往以为“壤”就是土。当然，这很可能是它最初的形态，但在汉代不是这样的。三国魏人邯郸淳在《艺经》中记载：“壤以木为之，前广后锐，长尺四，阔三寸，其形如履。将戏，先侧一壤于地，遥于三四十步以手中壤敲之，中者为上。”明代文人王圻在《三才图会》中也有同样的记载。由此可见，击壤是古代一项力求准确、纷争高下的投掷运动。原来这“壤”是用木头制作的块状物，形状是前宽后窄，长一尺三四寸，宽三寸，很像一个鞋底。

三国时期文人吴盛彦曾在《翁子击壤赋》里写道：“论众戏之为乐，独击壤之可娱。因风托势，罪一杀两。”不仅描绘出击壤游戏的乐趣，而且指出了这种游戏的技巧与惩罚办法，反映出击壤游戏在那个时代的地位与影响。

或许因为这项游戏太过单调的缘故，后来它竟然失传了。虽然击壤游戏在成人游艺活动中没有继承下来，但是却在儿童的游戏中延续下来。宋代流行于清明节前后的儿童抛墒（即砖头）游戏和明清时期盛行的打瓦游戏，其实都是击壤游戏。

击壤，是古代成年人玩的一种游戏。

明、清时期，打瓦游戏在儿童中间颇为盛行，清代文学家蒲松龄在《聊斋俚曲》里面有“长街打瓦，踢毽罚毛”之句。

打瓦游戏，直到20世纪80年代前后，仍然深受一些孩子的喜爱。游戏虽然因各地风俗习惯的差异而存在不同的规则，但所用道具都是结实的碎石片，且以投掷为目的。在这儿，便以山东胶东一带的打瓦游戏为例来进行简单介绍。

打瓦的场地多选择在宽阔平坦的大街上，场院最佳。游戏至少要有四人参与，上不设限，但也可以根据情况协商而定。游戏前，先在场地上画定两条相距10米左右的平行线，一条是打瓦者站立的准线，前面的另一条线则按要求摆放大小各异的“靶石”供游戏者击打。所谓“靶石”，其实就是一些大大小小呈锥形的碎石块，根据情况，将它们的一半或大部分埋入土中。靶石的数量，根据参加游戏的人数而定。比如6个人玩，需要立5个靶石；9个人玩，则需要立8个靶石，以此类推。总之，所立的靶石要比游戏的人数少一个，以便使其中一个人打不到靶石，最后接受惩罚。

所立的靶石，每一个都有代表性，其“身份”由参与游戏者提前商定。比如最远的一个靶石代表“县官”，其次有“二老爷”“打手”“吹鼓手”等，或“皇帝”“大臣”“打手”“吹鼓手”，有的还以“耳朵”“鼻子”等替代部分官职。当然，若参与游戏的人多，除了被孩童们称为“大老爷”的县官只能一个之外，其他可以任意增加。

昔日在儿童中间流行的打瓦游戏，就是由古代的击壤游戏演变而来的。

随后，参加游戏的孩童们，通过“手心手背”或“剪子包袱锤”的方式，排列出掷击的顺序。游戏开始时，众孩童按照先前排好的顺序站在准线上，用自己手中的“瓦”，依次掷击前面的靶石，击中哪一个就担任哪一个职务。若同时击中几个，可以选择自己喜欢的一个，将其他的重新立起来。当然，若手气差，一个都没有击中，就只能看下一轮的运气了。

最后，任何靶石都没有击中者，只能听从“大老爷”的发落。这时候，有的人拽其胳膊，有的人拧其耳朵，还有的人捏其鼻子，“吹鼓手”则在前面领路，“呜哩哇啦”地比画着、“吹”着。

有的人会用指头在受罚者的头上弹一下，或者让他学一下鸡叫，受罚者遵命去做才行，否则便算耍赖，再玩这个游戏便会成为不受欢迎者。当然，这样的惩罚最多不能超过三次。

众多玩游戏的儿童，闹哄哄地在大街上走着，后面还跟着一群凑热闹的孩子。这时候，“二老爷”一边走一边问：“打铜鼓，脆亮亮，问道大老爷饶不饶?!”如果“大老爷”不发话，众人便一直走下去。如果“大老爷”发话：“饶!”除了“大老爷”一人外，其他人都撒丫子往准线处跑。有些动作慢的，半途被受罚者追赶上，无论距离准线处有多远，都要将刚才的受罚者背到准线处，这也算是对受罚者所遭受“折磨”的一种补偿。若众人兴致未尽，可以再进行下一轮游戏。

打瓦游戏，对训练儿童的投掷力有很大的帮助，再加上气氛异常热烈欢快，因而深受男孩子们的喜爱。过去，在乡村的街头，经常能见到孩子们玩这个游戏。然而，自20世纪80年代末起，这个游戏跟其他乡野游戏一样，从儿童的生活里销声匿迹了。

而今，恐怕没有几个孩子乐意去玩这种粗俗的游戏了。虽然说这是时代发展的必然，但孩子们也缺少了一种在朴素生活中体验乐趣的经历。

第五辑：休闲雅趣篇

宴饮畅事行酒令

传统酿酒工艺之《烧酒图》

酒，是一种用粮食酿制而成的特殊饮品，在中国历史上有着非常重要的文化意蕴。我国是世界上最早懂得酿酒的国家之一。《战国策·魏策二》记载："昔者帝女命仪狄作酒，禹饮而甘之。"先秦典籍《世本》记载："杜康造酒"。后代一直把仪狄和杜康奉为酒神。虽然这两位酒神的真伪现在已不可考，但至少说明我国在夏朝时，已初步掌握了酿酒的技术。

随着农业生产的发展，到商代时，酿酒业已颇为发达。商人在举行祭祀仪式时，已经普遍使用酒。

中国古代的酒并不是烈性的，一般都是把黍子或高粱煮烂后加上酒母酿制而成。酒因浓烈程度不同，而有不同的名称。酿造一宿即成的叫"醴"，其味甜；现在的糯米甜酒即与醴相似，但是原料不同。经过三次酿制的酒叫"酎"，酎要比醴的度数高。最烈的酒叫"醲"与"醇"。

酒酿好后要过滤，没有过滤的酒叫"醅"。一经过滤，酒就清了，叫"清酒"，否则是浊酒。

酿酒业的繁荣，促使民间饮酒之风盛行。于是，饮酒逐渐成为古人休闲娱乐生活的主要内容之一，婚庆、寿庆、国庆及两三好友聚晤，都离不开饮酒助兴，真可谓"无酒不成席，有酒方为欢"。

酒席间，总是少不了主人敬酒这一环，客人奉觞，觥筹交错，

古代酿酒的酒曲

气氛热烈。于是，各种形式的行酒令应运而生，成为中国消闲饮酒习俗中非常有趣的一部分。

酒令，作为饮酒时的游戏，即酒宴上助酒兴、行酒的规则性娱乐技巧，是中国酒文化的一大特色，具有悠久的历史。

酒令，最早产生于西周时期。当时，或许是人们为了维持酒桌上的秩序，于是出现了专门监督饮酒的人，也就是“酒官”。《诗经》中记载：“凡此饮酒，或醉或否。既立之监，又立之史。”文中的“监”与“史”，指的就是酒官。

到了春秋战国时期，奴隶制度“礼崩乐坏”，“监”和“史”没有了，取而代之的是“觞政”，在宴会上执行罚酒的使命。觞令要求人们一口喝掉杯中的酒，如果喝不掉，就要受到一定的惩罚。

到了汉代时，诗文化开始融入酒令，其始作者非汉高祖刘邦莫属。那首《大风歌》便是他平息英布叛乱后，在家乡沛县同父老乡亲饮宴时乘酒性而发的：“大风起兮云飞扬，威加海内兮归故乡，安得猛士兮守四方！”

刘邦的后继者，则把饮酒作诗作为一种全新的酒令推广开来。汉武帝刘彻同群臣在柏梁台饮酒，每人依次吟一句诗，都用相同的平声韵脚，每句七字，一韵到底。酒喝得很尽兴，诗也联成了，这就是所谓的“柏梁体”。这种酒席间联句成诗的方式，成了一种融入诗文化的酒令。此后，又由众人联句发展到每人单独作诗，亦即当筵赋诗，一直延续到近代。

商代时，专供人们饮酒使用的青铜爵

唐代是中国古典诗歌发展的一个巅峰期，产生了一大批杰出的诗人，创作出了数以万计的优秀诗篇。诗文化，达到了空前繁荣的境地。酒令文化，也在这文化繁荣的大背景下得到丰富和发展，出现了很多新名目，如“拆字令”“手势令”“旗幡令”“四字令”“不语令”“急口令”“骰子令”等等。这些酒令，都与社会上流行的游戏有关，给饮酒带来无限的乐趣。

唐代大诗人李白，既是“诗仙”，也是“酒仙”

酒令在唐代的士大夫阶层很受欢迎，在诗文中也屡见不鲜。有些人还经常写一些作品颂扬酒令，例如韩愈有诗曰“令征前事为，觞咏新诗送”。白居易有诗曰“花时同醉破春愁，醉折花枝当酒筹”，花蕊夫人有诗曰“新翻酒令著辞章”，等等。

唐人的酒令专著也随之空前丰富，如王绩的《酒经》《酒谱》(两卷)，刘炫的《酒孝经》，窦子野的《酒谱》《酒录》，胡节还的《醉乡小略》，皇甫松的《醉乡日月》等。

唐代以后，酒令一直受到人们的喜爱，同时也不断出现新的内容。一些具有猜测性质的酒令，如猜诗、猜物、猜拳等，也开始被广泛用于宴席上。有些酒令在某一个时期盛极一时，后来因多种原因而失传，有些却不断丰富且沿袭下来，至今仍在流传。

一般常见的酒令，可分为“雅令”和“通令”。雅令，多出现在古籍上，包括四书令、花枝令、诗令、猜字或猜谜等，多与文学有关。雅令的规则是：先选出一个人做令官，让其出一句诗或者一个上联，其他人就按照令官的意思向下进行。总之，所要续的内容要与令官的要求相符，不然就要被罚喝酒了。另外，这种雅令要求行酒令的人既要有文采，还要机智敏捷。例如在行诗令时，通常有格式和韵

古代文人在聚宴时，行雅令以助酒兴

脚的限制，有时也有时间长短的限制。唐代诗人孟浩然的《寒夜张明府宅宴》一诗中有“刻烛限诗成”的句子，是说夜宴时在蜡烛上刻上一些痕迹以限时，如在规定的时间内作不出诗，或者所作的诗不合格式、韵脚的要求，就要被罚酒。

古代文学名著《红楼梦》第五十回，生动地描写了芦雪庵联句的雅趣。李纨同宝玉及黛玉众姊妹都参加了，连王熙凤也不甘寂寞。凤姐起句“一夜北风紧”，李纨联道：“开门雪尚飘。入泥怜洁白”。前一句联凤姐句，后一句留给下一人接联。香菱联道：“匝地惜琼瑶。有意荣枯草”。同样，前句联“入泥怜洁白”，后句留给下一人联。于是，他们三人联成了一首诗：“一夜北风紧，开门雪尚飘；入泥怜洁白，匝地惜琼瑶。”联句成诗，比起每人单独作诗文更加热闹。由此可见，若无一点文学修养，是无法行诗令的。

再比如“四书令”，它在行令时要引用《大学》《中庸》《论语》《孟子》四书中的句子。这种酒令，在明、清时期的文人酒宴上很盛行。清代藏书家王端履撰写的《重论文斋笔录》，记载了嘉庆年间的一则四书令游戏，很有特色。这种酒令由四书里面的两个句子组合而成，并且规定上句的最后一字，与下句的第一个字要组合成一服中药名；否则，便是没有对上令，是要被罚酒的。例如：道不远长，参也鲁（人参）；诸侯之宝三，七里之郭（三七）；与其弟辛，夷子思以易天下（辛夷），等等。

这是一幅描绘古人雅聚的图轴，一人右手击缶催诗，左手持犀杯准备罚酒；另一人则苦思冥想

从以上所举的例子可以看出，不熟背经书，是无法行四书令的。明、清两代的科举制是八股取士，当时的文人想参加科举考试，不死

背经书是不行的。四书令正是在这样的背景下盛行起来的。

花枝令，是一种击鼓传花（或彩球等物）行令饮酒的方式,自唐代兴起后，历代皆盛行，一直传到今天。

击鼓传花的规则是：宾主都依次坐在酒桌周围，当鼓声停止的时候，这束花落在谁的手里，谁就要被罚喝酒。在这个过程中，因为每个人都担心花落到自己的手里，所以他们迅速地传递。击鼓的人通过时快时慢的节奏，给人们一种捉摸不定的感觉，这更加剧了酒桌上的紧张气氛。这种酒令适合男女老少，但在古代的时候多用于女人间。

通令，一般都是比较粗俗的酒令，但在酒宴中很容易营造出热闹的气氛，因此也得到很多人的喜爱。

“八仙”是民间的俗神，因此他们在聚宴时的酒令也“亲民”了许多

此类酒令包括“骰子令”“抽签令”“快乐令”“划拳”，等等。掷骰子与抽签，相信不用介绍，大家也都很清楚。下面就简单说一下“快乐令”和“划拳”。

快乐令，也称“快乐饮酒令”，规则是筷子落下的饮酒。因“筷落”与“快乐”谐音，而且行令时欢快简便，所以称为“快乐令”。这种酒令在明、清时期比较盛行。行令方式是：酒宴上的酒客同时出指报数，统计后按一定的数法，从令官起一个个数下去。数到某人，某人就把筷子架在酒杯上，再被数到，再将筷子落下，等到数完后，凡是筷子落下的都要饮酒。

当然，民间最流行的酒令，恐怕非“划拳”莫属。划拳，又称“猜拳”“豁拳”“拇战”等。划拳的起源，应与五代时期的“手势令”有一定的渊源关系。

据史料记载，五代时期，以手势变化行令的游戏在当时的酒令中已经很普遍。此后，经宋、元至明代，这种酒令形式发展得相当可观。明代人袁福徵曾搜集各种划拳的形式，编成《拇战谱》一书，记录了不少划拳令辞。

划拳,是我国民间流行最广的一种行酒令

划拳的办法是：二人同时出拳伸指，一面各自高声喊出二人所伸手指加起来的总数，猜中者为胜，不中者为负，罚饮酒。出拳时，要出几就伸几个指头，出空拳用握拳表示，不用什么复杂的手势指法。

划拳时喊出的一、二、三、四等数字，都有极雅致的代称，例如:“零”要喊成“宝”；“一”要喊成“一心敬你”，表达尊重对方之意；“二”要喊成“哥俩好”，表示同对方关系亲密；“三”常常喊为“三星高照”；“四”喊“四喜发财”或“四红四喜”；“五”喊“五魁首”；“六”喊“六六大顺”；“七”喊“巧到七”，其意为牛郎织女七月七天河配；“八”喊“八仙过海”或“兄弟发财”；“九”喊“快喝酒”，也有喊“快”的；“十”则喊“满堂红”或“全都有”。

划拳伸指时，双方必须在快慢上协调合拍，所以嘴里的喊声也随之而生出高低快慢、抑扬顿挫的韵调，像音乐中的节拍一般。当然，划拳的方式、方法有很多种，不同地区、不同民族、不同人群，其内容也有所不同，但都大同小异。比如有的地区就把民谣、民谚引入划拳游戏中，以增加划拳的趣味性。

划拳，作为一项流传了千百年的饮酒游戏，对增添酒兴、烘托喜庆气氛起到了重要的作用。但随着时代的发展，酒令游戏中尚存的划拳也逐渐没落了。过去，只要有喜宴、聚餐，就会有划拳；而现在，划拳对人们特别是城市人来说，已显得较为稀奇了。偶尔，在农村地区的一些宴会场合上还能见到。

风雅斗茶意趣浓

煮茶论道，是中国传统文化的意象之一

茶，是中国人的“国饮”。

中国不仅是茶叶的故乡，而且也是世界上最早懂得利用茶叶治疗疾病，并将其作为饮品的国家。相传，在远古时期，神农氏已经发现茶树，并将茶叶作为解毒治病的药料。

中国最早的一部诗歌总集《诗经》中已有“谁谓荼苦，其甘如饴”“有女如荼”等关于“荼”的多处记载。中国最古老的词典《尔雅》中记载：“槚（茶树的古名），苦荼”。意即茶树就是苦荼。这些文献记载，是迄今为止世界上最早的关于茶的文字记载。

关于中国人饮茶的记载，最早见于西汉末年辞赋家王褒所撰《僮约赋》，其中有“武都买茶”和“烹茶尽具”之言。武都，今甘肃成县西，是当时的产茶地之一。这一记载说明，茶叶在当时已经成为商品。“烹茶尽具”，即在客来之前，要把烹茶饮茶的器具预先准备好。由此可见，饮茶之事，已经成为当时富豪贵族的家常事了。

在古人的生活中，茶不仅是一种日常饮品，而且还蕴含着深厚的文化意义和价值。我们的先人，往往能设法使平凡的生活富于诗情画意，斗茶就是最典型的例子之一。

斗茶，又称“茗战”，用通俗的话说就是品茶比赛。品茶的目的，自然是比较茶叶的好坏优劣，而斗茶正是古人为此而创建的一

斗茶,是一种古老而又高雅的游戏

种游戏。

斗茶的起源，其实与茶宴有着密切的联系，可以说它是在茶宴基础上形成的一种习俗。三国时期，吴国的孙皓曾“密赐茶，以代酒”，但这仅仅是偶然性的以茶代酒，还算不上茶宴。到了东晋时期，当时的大将军桓温每次设宴时，都“唯下七奠茶果而已”，这大概就是最早的茶宴了。

三国至南北朝时期，佛教道教兴盛，提倡坐禅戒酒、讲法诵经；文人学士则崇“玄学”，尚清淡。饮茶可以驱睡、提神、解渴，于是，饮茶之风在僧侣道士和士大夫阶层中间盛行起来。这种风尚的兴起，大大促进了茶叶生产的发展。

隋唐时代，佛教道教愈加盛行。僧侣道士倡行的饮茶之风，上达宫廷王室，下至平民百姓，以至成为风俗，并且还传到了北方、西北和西藏等地。

唐代文人封演撰写的《封氏闻见记》一书中就有这样的记载：“开元中，泰山灵岩寺有降魔师，大兴禅教。学禅务于不寐，又不夕食，皆许其饮茶。人自怀挟，到处煮饮，以此转相仿效，遂成风俗。自邹、齐、沧、棣，渐至京邑，城市多开店铺，煮茶卖之。不问道俗，投钱取饮。其茶自江淮而来，舟车相继，所在山积，色额甚多。”唐代饮茶习俗之风行，由此可见一斑。

唐代茶学专家陆羽对中国茶文化做出了重大贡献，被后世誉为“茶圣”

统治者为了享受美味茶叶，便建立起了贡茶制度。当时，湖州的紫笋茶和常州的阳羡茶都被列入了贡茶的行列。两个州的刺史，对皇帝要亲自品饮的东西哪敢怠慢，为了保证贡茶的质量，他们便约定每年的早春，在两州边界的顾渚山境会亭举办茶宴。举办方，会邀请一些著名的茶客和名人共同品评贡茶，从而挑选出品质最优的茶叶，将其精心包装之后，运到京都。这样的茶宴，不仅文雅，而且极富有情趣。于是，茶乡的那些茶农们为了宣传自家的茶叶，纷纷仿效。他们在新茶上市之时，自发举办各种茶宴，最终通过斗茶比赛，角逐出各家茶叶的等级。

北宋佚名画家笔下的时人斗茶情景

后来，斗茶从茶乡传播开来，久而久之，风靡全国，成为上至帝王将相，下至凡夫俗子的一项游戏。

到了北宋年间，社会上斗茶的风气大盛。当时，参与斗茶的人基本上都是饮茶爱好者，一般五六人到十几人不等，但是看热闹的人往往很多。比较正式的斗茶，一般要在规模较大的茶馆进行。当然，街坊好友之间，也有说斗就斗的。

斗茶者纷纷拿出自己收藏的名茶，碾为细末，供众人品评。斗茶胜负的判定，依靠两个重要的标准，那就是汤色和汤花。

所谓汤色，是指茶水的颜色。例如茶水纯白色，说明茶质鲜嫩，而且煮茶的火候刚刚好；茶色青白，说明煮茶欠火候；茶色灰白，说明煮茶过了火候；茶色黄白，说明茶叶采晚了；茶色泛红，说明焙炒时过了火候。茶水纯白的茶是上品，青白色的稍次，其他则更次。

看过汤色，还要看汤花。汤花，就是茶水表面泛起的泡沫。汤花的优劣也有两个标准，一个是颜色，另一个是持续的时间。汤花的颜色优劣与汤色的辨别方法相同，就不再复述。在斗茶时，汤花持续时间的长短，被视为茶

宋代著名女词人李清照与丈夫赵明诚在“归来堂”斗茶

水优劣的依据。如果汤花很快消失，显出了水痕，那就输了。

斗茶的关键，除了茶叶好之外，水也一定要好。唐代茶学专家陆羽在其著作《茶经》中指出："煮茶之水，用山水者上等，用江水者中等，井水者下等。"另外，"点茶"也特别重要。在用沸水点汤去浮时，需要一边点茶，一边用茶锨不停地旋转击打茶叶，以便使茶水泛起汤花。

明、清时期，我国民间茶艺发生了划时代的变化，碾末而饮的唐煮宋点饮法，被以沸水冲泡叶片的瀹饮法所替代。这种饮法既简便，又保留住了茶叶原始的清香，别有情趣。随着瀹饮法的盛行，流行已久的斗茶之风渐渐地消失了。而宋代的点茶之法，作为茶艺和茶道的技巧功夫，却被沿袭保留下来。

稚趣壶

时至今日，饮茶仍是中国人最喜欢的休闲方式之一。人们在闲暇之余，沏上一壶茶，或与三五好友聊天，或独自啜饮沉思。袅袅的茶香，总会令每一颗靠近它的心变得愉悦和充实起来……

愉悦宾朋投壶乐

在古代，投壶也是深受女子喜爱的一项游戏

投壶，是中国古代一项流行时间非常久的游戏。它与今天风靡世界各地的飞镖游戏极为相似，只不过，投壶游戏是将镖靶改为壶口而已。古人在宴饮的过程中，经常以投壶游戏助兴，因此，将其视为一种特殊的"酒令"，或许也不为过。

投壶，是由古代射礼演变而来的一种民俗游戏，在先秦时期就已经流行。古代社会从西周开始，出现了一种射礼活动，其规模和方式，因参加者的身份而有所不同。其中，有些射礼伴以饮宴，出现了带有娱乐性质的一面。

古时，成年男子都以射箭技能为荣，如果不会射箭或者准头太差劲，肯定会被别人耻笑。而且，当时的主人如果要求宾客射箭，客人是不可以推辞的，要不怎么说是"礼"呢?

春秋末期，奴隶主堕落腐化，一些人甚至连弓都拉不开，更何况是射箭呢?为了维持这种礼仪，大家开动脑筋，最终想出了一个不用苦练、不用费力的好办法——投壶。

投壶游戏，就是把箭投进酒壶，显然比拉弓射箭要节省不少力气。同时，它也照顾了一些确实不会射箭的人的颜面。这个游戏一出现，便在诸侯国贵族阶层中流行起来，并很快就代替了射箭礼仪，逐渐成为宴饮时的一种游戏。

到了战国时期，这一游戏在民间也盛行起来。据《史记·滑稽列传》记载：民间城镇酒肆中，男女可同坐，一边饮酒一边玩投壶。在宫廷中，投壶游戏更加流行，有时在各国交往的国宴上也举行。《左传·昭公十二年》记载了一段诸侯间投壶的史事：

公元前530年，各国的君主来到晋国祝贺新即位的晋昭公，晋昭公设宴招待。宴席间，晋国一位叫中行穆子的大夫，提议进行投壶游戏。他的目的，是让晋昭公以进祝词的方式提高一下晋国的地位。于是，晋昭公在投壶时进祝词道："寡人中此，为诸侯师。"晋昭公果然投中了。

汉代玩投壶游戏时使用的多耳投壶

这时，本来就不甘居人之下的齐国国君齐景公回敬道："有酒如渑，有肉如陵，寡人中此，与君代兴。"意思是说，我国的酒多如渑水，我国的肉高如陵阜，我投中了这一箭，代替晋昭公为诸侯的盟主。结果，他也投中了。

晋昭公和齐景公的对话，使这一场投壶游戏带上了政治斗争的色彩。他们两位能够每投必中，说明投壶的技术水平不低，应该是经常玩投壶游戏。

关于投壶的方法，《礼记》中有详细的记载。投壶所用的壶，为广口大腹，颈部细长，里面装满又小又滑的豆子，防止投进的箭弹出来。所用的箭，是用柘木制成的，一头削尖如刺。箭的长度有二尺、二尺八、三尺六三种，用于不同的游戏场合。

在游戏的时候，以全部将箭投入壶中为胜。如果不能悉数投入，则按投入的箭计分，多者为胜。投壶的场所，多在宽敞的庭堂之中。游戏时，有音乐伴奏，击鼓为节，依节而掷。这种游戏，一来可以使嘉宾多饮酒，以示主人盛情款待；二来可以增添宴会的欢乐气氛，可谓一举两得，因而备受欢迎。

在汉代，酒宴上举行的投壶游戏仍然盛行。汉代投壶不管在方法上，还是在器具上，都较前代有较大的改进。此时，产生了一种名叫“骁”的新投法。这种方法改变了传统的柘木箭，而采用了竹箭（为了增加箭杆的弹性），提高投壶的技巧，增加了投壶的娱乐性。旧时投壶为了防止箭杆从壶内反弹出壶口，在壶中装了小豆子，而“骁”法则故意去掉壶内的小豆子，使箭投入壶中立即反弹出来。投壶者迅速将其接在手中，再投入壶中，如此一投一返，连续不断，技巧性和观赏性都很强。

古代有些投壶技艺高超的人，甚至可以背身投壶，且百发百中

汉武帝时期，宫内的倡优中有一郭舍人，善于投壶。他能让投入壶中的箭反弹出壶，并能接连一百多次。汉代刘歆撰写的《西京杂记》记载了郭舍人的投壶表演：“则激矢令还，一矢百余反，谓之为骁。”汉武帝每次看完他的表演，总要给予赏赐。

晋代的投壶游戏又有了新的发展，即在壶口两旁增添两耳。于是，在投壶的技巧中，又出现了“贯耳”“依耳”“倒耳”“连中”“带剑”之类的名目。据《古今图书集成·艺术典》记载，这种加耳的壶，“耳小于口，而赏其用心愈精”。

随着壶耳的出现，投壶的难度增大，花样增多，技巧也随之提高。晋朝左耳光禄大夫虞潭在《投壶变》中记载了许多新鲜的投法。例如：投入左耳或右耳的箭，箭身斜依在耳口，形同腰间佩剑那样的，称为“带剑”；箭尾投入壶口的，称为“倒中”，等等。当时，不仅男子玩投壶，女子也喜欢这个游戏。据《晋书》记载，西晋大富豪石崇家有一伎女，善投壶，即使隔着一架屏风，也能百发百中。东晋史学家孙盛撰写的《晋阳秋》，记载了一个名叫王胡的人，可以闭上眼睛投壶，而且每投必中。这些记载表明，魏晋时期投壶这项活动是很普遍的。王胡和石崇家伎女的投壶技巧已称得上

北宋司马光编撰的《投壶新格》明刻本书影

是绝技了。

隋、唐时期的投壶活动仍很流行，据唐代小说家张鷟撰写的《朝野佥载》记载：“薛眘惑者，善投壶，龙跃隼飞，矫无遗箭，置壶于背后，却反矢以投之，百发百中。”背对壶都能够做到百发百中，可见薛眘惑投壶技巧之高。

唐代军中宴客席上，同样也少不了投壶游戏。诗人李白在《江夏寄汉阳辅录事》一诗中如此写道：“他日观军容，投壶接高宴。”

关于壶的制作、规格，以及箭的长短，历代都曾发生过变化，到了宋代趋于定型。

宋代宰相司马光特别钟爱投壶游戏，他在隐居洛阳时，时常以投壶娱乐。他从维护统治者礼仪规范的角度出发，依据封建礼教，对投壶游戏进行改革，编撰了《投壶新格》一书，借以巩固封建秩序。他在书中写道：“投壶可以治心，可以修身，可以为国，可以观人。”又云：“夫投壶不使之过，亦不使之不及，所以为中也。不使之偏颇流散，所以为正也。中正，道之根柢也。”

在这里，司马光是借投壶这项游戏，竭力宣扬儒家之道。过于讲究礼节，使得投壶这项活动的娱乐性大大减少，从而阻碍了投壶活动向技术多样化的发展，也在某种程度上影响了它的娱乐性和进一步的普及。不过，宋代喜欢玩投壶游戏的人仍然不少。

进入明代，投壶游戏并没有拘泥于旧法，而是随着社会商品经济的发展，日益繁荣起来。这一时期，还出现了不少投壶的著作，如汪禔的《投壶仪节》、朱权的《贯经》、李孝元的《投壶谱》等。

清代时，虽然出现了四耳壶，进一步增强了投壶的娱乐性，但是史料中关于投壶游戏的记载却相对减少。到了清末，宫廷中偶见投壶游戏，但它在民间却逐渐销声匿迹。

明代画家所绘《明宣宗行乐图》中的投壶游戏

投壶这种古老的游戏，其实完全可以与现代流行的飞镖游戏相媲美。它既能愉悦心智，又能联络感情，是闲暇消遣时的一项绝佳游戏。

怡神悦心弹古琴

古琴，是古代士大夫寄托情志的珍爱之物

古人认为音乐能陶冶性情，延年益寿，所以把调丝竹看作寄托情志的最佳方式。特别是从魏晋开始，琴、棋、书、画、酒、剑等几样东西，成为士大夫文人不可或缺的珍爱之物。在各种乐器之中，以琴为首。琴的妙用被称之为“琴道”“琴德”，其他的乐声不过是琴的“臣妾”。

古琴，又称“七弦琴”“瑶琴”“丝桐”等，是中国汉族传统拨弦乐器，属“八音”中的丝。琴体主要由面板与底板构成。面板又称“琴面”，是一块长方形木板，表面呈拱形。面板上嵌有13个螺钿或玉石制作的徽，用以标记音位。

底板又称“琴底”，形状与面板相同，但不作拱形，是在整块木料下半部挖出琴的腹腔。琴腹中有两个音柱，称“天柱”和“地柱”。弦轴亦称“琴轸”，多为圆形或瓜棱形，中空（穿弦用），琴弦由丝绒绳系住拴绕于琴轸上。底板开两个出音孔，称“龙池”和“凤沼”；腰中近边处设两个足孔，上安两足，称“颂足”。

演奏时，将琴置于桌上，右手拨弹琴弦，常用技法有托、擘、抹、勾、挑、剔、打、摘、轮等；左手按弦取音，常用技法有吟、猱、绰、撞、进复、退复等。古琴的音域为四个八度零两个音，有散音7个、泛音91个、技音147个。其音域宽广，音色深沉，余音悠远。

孔子曾跟琴师师襄学习弹琴，他非常认真执着，因而收获很大

关于古琴的起源已无从考证，但在我国民间的一些传说里面，古琴与中华文明之初的各个氏族领袖有着不解之缘。伏羲、神农、黄帝、虞舜等，都曾被后人传说为古琴的发明者。

任何一种文明的起源，都应该是一个漫长的、逐步发展的过程。古人往往喜欢把某种事物的产生，归功于某位英雄或某个代表人物。因此，这些由古人附会而成的发明人，可信度不高。关于古琴最早的文字记载，见于《诗经》，如“琴瑟在御，莫不静好”“我有嘉宾，鼓瑟鼓琴”等。

先秦典籍《列子·汤问》记载过一个“伯牙摔琴谢知音”的故事：伯牙是春秋战国时期晋国的上大夫，还是一位著名的琴师。他不仅是弹琴的高手，而且还是有名的作曲家。相传，《高山》《流水》《水仙操》都是伯牙的作品。钟子期是伯牙的挚友，他非常欣赏伯牙的琴技。在伯牙的心里，钟子期是世上最懂得他作品的知音。后来，钟子期因病亡故，伯牙悲痛万分，认为这世上再不会有如此心有灵犀的知音了。所以，他就把自己最心爱的琴摔碎，终生不再弹琴。

这些记载，不仅说明古琴历史悠久，而且也反映出它在当时社会生活中的应用和影响。

“高山流水”的传说，让伯牙和钟子期名扬后世

当然，最早的古琴并不一定是七弦琴。迄今发现最早的古琴实物，是2400多年以前战国曾侯乙墓出土的古琴，其整体的结构形制，与唐、宋时期的古琴已基本一致，只不过琴身较短，

琴弦为十根。而根据马王堆3号汉墓出土的汉初七弦琴来看，至迟在汉代时，古琴的形制已经确定下来。

抚琴是修身养性、娱乐消遣的风雅事情。东汉至魏晋时期，琴在士人中非常流行。蔡邕是东汉时期的抚琴高手，著有《琴操》一书，它是现存介绍早期琴曲最为丰富详尽的专著。他的女儿蔡琰，也是著名的琴家，可谓青出于蓝而胜于蓝。蔡琰6岁时，即能辨音识弦。

东汉蔡琰是中国古琴史上著名的女子琴家

有一次，蔡邕夜里独自弹焦尾琴，突然断了一根弦。蔡琰在隔壁听到了，马上说："断的是第二根弦吧！"蔡邕大吃一惊，不过认为她是偶然猜中的。继续弹琴时，蔡邕故意弄断了另一根弦，蔡琰脱口而出："是第五根弦。"蔡邕惊叹不已。蔡琰从小就显露出了惊人的音乐才华，她创作的琴曲《胡笳十八拍》，人称古琴史上的千古绝唱。

魏晋时期，在士族阶层出现了一批不依附于宫廷的文人音乐家，著名的如"建安七子"中的阮瑀，"竹林七贤"中的嵇康、阮籍、阮咸，另外还有杜夔、傅玄、刘琨、孙登、戴逵、柳恽等等，俱以善琴著称于世。

嵇康是魏晋名士中的代表人物，他渴望摆脱世俗的羁缚，追求心境的宁静和不受约束的淡泊生活。嵇康钟情于琴，他在《琴赋》中说："余少好音声，长而玩之，以为物有盛衰，而此无变；滋味有厌，而此不倦。可以导养神气，宣和情志，处穷独而不闷者，莫近于音声也。"他在肯定了音乐的作用之后，又说"众器之中，琴德最优"。弹琴、赋诗是嵇康借以忘忧、追求人生乐趣的最佳方式。

东晋末期大文学家陶渊明，虽然不以抚琴闻名，但也非常喜欢弹琴。他在诗作中多次提到弹琴，如"清琴横床，浊酒半壶""息交游闲业，卧起弄琴书"等。看来，他的琴就横放在床头，闲卧起来，喝一点酒，便可以弹琴了。

到了唐代，古琴与繁盛的歌舞燕乐相比，多少显得有点落寞，但在当时的文人士大夫中仍然有着广泛的知音。不少文人与琴人有着很深的交往，而且不少著名的文人也弹奏古琴并参与琴曲的创作，著名的如王绩、李白、白居易、温庭筠等。

唐代至德元年制作的大圣遗音琴

唐代古琴的制作工艺，已达到相当的高度。当时，最为著名的斫琴家是四川的雷氏家族。他们所制作的琴，被人们称为“雷琴”“雷氏琴”“雷公琴”。雷家世代造琴，有名的琴匠有雷威、雷俨、雷会、雷文等。

到了宋代，由于朝廷行使抑武扬文的政策，自帝王至朝野上下都十分好琴，无不以能琴为荣。宋徽宗更是嗜琴如命，他曾搜罗当时南北名琴绝品，并专设“万琴堂”来收藏这些名琴。

两宋时期，精于琴技的文人雅士也非常多，如欧阳修、苏轼、范仲淹等，他们都是当时的抚琴高手。以琴见长的僧人也有很多，如知白、夷中、义海等，他们都是当时很有名望的琴僧。南宋晚期，诞生了中国第一个古琴流派——浙派。在浙派的琴家中，以郭沔的成就最大。他继承并发展了传统的琴曲，创作了一些颇具特色的作品。这些琴曲作品通过他的学生刘志方传给了杨瓒的门客徐天民、毛敏仲，从此，浙派的古琴艺术一直影响到元、明各代。

宋徽宗赵佶创作的《听琴图轴》

到了明代，古琴艺术进入一个稳定持续发展的时期，并不断承旧趋新。明代嗜琴成癖的皇帝很多，如明宪宗能琴名冠一时。明朝末代的崇祯皇帝更是酷好弹琴听琴，他能弹30多首古曲。兴致来时，他弹

清代民间年画上的《携琴访友图》

琴到下半夜都不肯休息。

明代造琴之多，更是盛况空前，不论皇帝亲王还是官宦之家，好琴者甚多。宗室制琴就有宁王、衡王、益王、潞王四大名家。

明代琴艺发达的另一个标志是，私人集资刊印琴谱蔚然成风。不少文人士大夫提倡琴学，他们将古代传承下来的琴曲，以及民间尚在流传的曲目，编纂成谱集，并对其表现内容给予研究和阐释。先后刊印琴曲谱集达数百种之多，流传至今的尚有150余种。这不仅使许多古曲得以保存，并且促进了不同琴派、师承之间的琴艺交流。

到了清代乾隆年间，古琴音乐的中心，逐步转向了淮扬地区。各地文人墨客也相继云集广陵，琴坛名家荟萃，人才辈出。一个新的琴派——“广陵派”随之形成，并成为清代中期以后影响最为广泛的琴派之一。其琴乐的传承一直延续至今，其中著名的有诸城派、闽派、川派、岭南派等。

古琴是雅器，弹琴是雅事，自然要讲究情调，讲究环境。古典文学名著《红楼梦》第八十六回中，林黛玉对古琴就有一段高论。她说：“琴者，禁也。古人制下，原以治身，涵养性情，抑其淫荡，去其奢侈。若要抚琴，必择静室高斋，或在层楼的上头，林石的里面，或是山巅上，或在水涯上。再遇着那天地清和的时候，风清月朗，焚香静坐，心不外想，气血平和，才能与神合灵，与道合妙。所以古人说：‘知音难觅。’若无知音，宁可独对着那清风明月，苍松怪石，野猿老鹤，抚弄一番，以寄兴趣，方为不负了这琴。还有一层，又要指法好，取音好。若必要抚琴，先须衣冠整齐，或鹤氅，或深衣，要如古人

清末天津泥人张创作的泥塑作品《双玉听琴》

的仪表，那才能称圣人之器。然后盥了手，焚上香，方才将身就在榻边，把琴放在案上坐在第五徽的地方儿，对着自己的当心，两手方从容抬起，这才身心俱正。”

正因为弹琴是一件高雅的事情，林黛玉才会把弹琴描述得如此高雅。在天高气爽之时，或明月清风之夜，抚弄琴弦，听洋洋盈耳的弦音，世间的一切都会变得优美和谐，身心自然也会得到了最好的休息。古人最推崇的琴乐之境界，以及所谓的“游于艺”“游于至乐”等，大概就是如此吧！

修身养性赏百花

自古以来,我国民间就有赏花的习俗

岁月流转，冬去春来，忙碌的现代人好像已经忽视了季节的转换，即使是那些花团锦簇的景色，也难以止住行人匆忙的脚步。现代人与大自然的距离，已经变得越来越疏远。

相比之下，古人对时令的变化要敏感得多，对鲜花也有一种特殊的情感。因此，古人有时会用12种花卉来代替十二月令，如一月梅花、二月杏花、三月桃花、四月牡丹、五月石榴、六月莲花、七月玉簪花、八月桂花、九月菊花、十月芙蓉、十一月山茶花、十二月水仙花。由此可见，古人对花的爱，可谓一往情深。

赏花，是古人中盛行的一种高雅的极有情趣的游艺活动。古代，与赏花活动有关的游艺活动非常多，如花市、菊花会、评花诗会，等等。

六月莲花花神塑像

每逢花期，文人雅士邀三五知己，赏花之余，饮酒作乐，互相唱和，高吟竟日。普通百姓虽没有如此潇洒之举，但也会徜徉于花丛间，流连忘返。人们在赏花的过程中，心灵深处会获得一种美的享受。

我国民间赏花的习俗由来已久，中国历史上第一部诗歌总集《诗经》中，便已经有了青年男女结伴，踏青赏花的描述。可见，大概在2500多年以前，赏花游艺在我国民间就已经很盛行了。

古代赏花，主要以梅花、牡丹、芍药、荷花、菊花、兰花等为观赏对象，这些花卉备受人们的喜爱。

中国人对梅花有着深厚的情感。松、竹、梅被人誉为“岁寒三友”。梅、兰、竹、菊是花木中的“四君子”，梅居其首。梅诗梅画以及有关梅的传说，数不胜数。远在春秋时期，梅花梅果就已经成为人们互相馈送和祭祀的礼品。西汉刘向撰写的《说苑》，记载了越国使者执梅花以赠梁惠王的故事。《诗经·国风·召南》中有首《摽有梅》，诗的主题是鼓励男子向女子求爱，借梅子纷纷落下的意境，启发男子珍惜良辰。

清代河北武强年画《踏雪寻梅》

赏梅花的佳作与逸闻趣事，难以胜数。比如唐代诗人柳宗元在《早梅》一诗里写道：“朔吹飘夜香，繁霜滋晓白。”宋代诗人王安石在《梅花》一诗里则如此写道：“墙角数枝梅，凌寒独自开；遥知不是雪，为有暗香来。”

而赏梅赏到痴情地步的，要首推北宋诗人林和靖。他曾在杭州孤山北麓结庐隐居，平时除了作画吟诗，还喜欢种梅养鹤，故留下“梅妻鹤子”的传说。据说他“种梅三百六十余树，花既可观，实亦可售，每售梅实一树，以供一日之需。”林和靖一生写了许多咏梅诗，其中“疏影横斜水清浅，暗香浮动月黄昏”，极为欧阳修所称颂，并成为后世有名的赏梅掌故。

古时赏牡丹，以唐、宋时期最为兴盛。古代的牡丹花以唐都长安出产的最为著名，后来则让位给了洛阳。当时，人们把赏牡丹当成一件乐事。

唐玄宗时期，宫廷得到几棵“红紫浅红通白”的名贵牡丹，玄宗命移植在兴庆池东沉香亭前。花盛开时，唐玄宗乘骏马“照夜白”，带着杨贵妃，还有著名乐师李龟年等一班梨园弟子，赏名花，听新歌，快活无比。

四月牡丹花神

北宋时期，一到春天，洛阳牡丹姹紫嫣红，城里人不论贫富，都在头上插上牡丹花，即便是路上挑担的也如此。大家竞相游乐，在古寺大宅有台榭园池的地方，支起帐篷，坐在芳草地上，一边笙歌，一边欣赏牡丹。这种全民赏花的景象，一直要到花谢才结束。

扬州产芍药，其艳丽妖娆不输牡丹。据宋代词人王观撰写的《扬州芍药谱》记载，扬州人以种植芍药为时尚。春天，芍药开放了，民间便忙着治理花木，装点亭榭，往来游乐。扬州与洛阳一样，人们无论贫富，都喜欢在头上戴花。有个朱姓人家的芍药冠绝全城，他家南北两个花圃种了五六万株芍药。花儿盛开的时候，朱氏便洒扫修饰亭榭屋宇，招待前来看花的游人。

荷花，亦称“莲花”。旧时，沿着湖塘赏荷花，亦是古人消暑的佳趣。盛夏六月，荷花盛开，人们在傍晚时分，纷纷出门欣赏新开的荷花。旧时北京的赏荷之处，以什刹海最为著名。每到六月，赏花的游人络绎不绝。而杭州西湖，自唐代以后开始种植青莲，文人雅士暑日则泛舟其上，赏花吟诗。此外，南京的莫愁湖、玄武湖等都是盛夏

出污泥而不染的莲花

赏荷的胜地。

在古代那些狂热荷花迷中，把个人修为与荷花意象紧密联系到一起的最著名的文人，当属北宋理学开山鼻祖周敦颐。他的那篇《爱莲说》，更是千古咏莲之经典。“予独爱莲之出淤泥而不染，濯清涟而不妖”之佳句，至今发人深省。

清代高密扑灰年画《周敦颐爱莲》

说到赏菊，就不能不提及晋代大诗人陶渊明。甚至可以说，没有陶渊明，或许菊花就不会有“花中君子”之雅称了。在陶渊明之前，人们对这种野生的黄花感兴趣，不过是相信吃它可以长寿罢了。屈原的《离骚》说：“夕餐秋菊之落英。”说明至迟在战国时期，希冀长寿而服菊已经成为一种习俗。陶渊明虽然不一定相信人可长生不老，但他认为喝菊花酒能长寿，因此他在《九日闲居》诗里说“菊解制颓龄”，意思是说，菊能限制人的衰老，可以延年。更为重要的是，陶渊明发现了秋菊在寒霜中争艳怒放的非凡品格。

陶渊明爱菊近痴，他在庭院栽菊，在高山赏菊，他甚至给自己的小女儿取名为“菊”。每有暇日，他便坐青松之下，饮酒赏花。一有苦恼，他便入菊圃，在菊花丛中忘却人生的焦虑。

自从陶渊明赞菊之后，菊花就被人们誉为“花中隐士”，而他自己则被后人冠之为“菊花花神”。

到了宋代，不管王公贵族还是平民百姓，大家全都喜爱菊花，因此菊花的品种也就越来越多，有名的如“金芍药”“紫袍金带”“荔枝红”“朝天紫”“劈破玉”“鸳鸯锦”“太真红”“报君知”

"孩儿白"，等等。从这些既美丽又富有诗意的名字，可以看出菊花的姹紫嫣红之美，以及人们对菊花的钟情。

据南宋周密撰写的《乾淳岁时记》记载，南宋都城临安，每到重阳节时，宫里要摆出千万盆菊花供市民观赏，晚上还要点菊花灯。

在这个蟹肥菊黄的时节，一些文人雅士，或附庸文雅的富商和官员们，便会在园林中摆开宴席，饮酒赏菊，吟菊颂菊。这一游艺活动，被人们称之为"慕陶"或"效陶"。

陶渊明因爱菊成痴，被后人冠以"菊花花神"之头衔

时至今日，每到菊花盛开的时节，北方各地的公园仍有举办菊展的习俗，供游人们观赏。

中国人对花之喜爱，已深入骨髓。人们在赏花的过程中，生发出修身养性的精神动力。种花、养花、赏花，既反映了古人对生活的热爱，又表达出中华民族对美的不懈追求。

一竿风月钓秋水

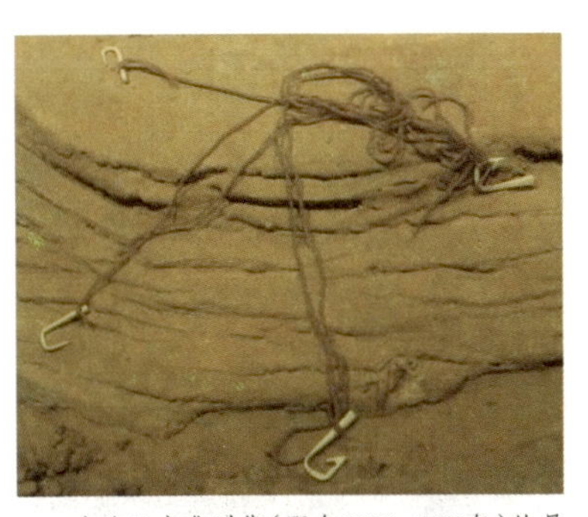

大汶口文化时期（距今6500~4500年）的骨制鱼钩

垂钓，是流行于我国古代的一项具有休闲特色的游艺活动，有着十分悠久的历史，它起源于古老的渔业生产。

战国时期法家的代表尸佼在谈及渔猎的起源时说：“燧人之世，天下多水，故教人以渔，宓羲氏之此，天下多兽，故教人以猎。”

确实，渔猎是远古时期先民们谋生的基本手段。在我国出土的新石器时代文物中，如陕西省西安半坡村仰韶文化遗址，就有许多骨制的鱼钩。这些鱼钩的造型多样，有的在钩尖下面磨出了倒刺，多数鱼钩上还磨有拴钓线的凹槽。由此可证明，在距今6000多年以前，古人的垂钓活动已具有较高的水平。

后来，铜铁出现，钓钩就改用铜铁来制作了。与此同时，钓竿也成为垂钓的重要工具。我国古代钓鱼用的钓竿，多数是用竹子制成的。竹竿质轻，挺直修长，且富有弹性，是较理想的天然钓竿材料。

我国最早的关于竹制钓竿的文字记载见于2000多年以前的诗歌总集《诗经》，比如在《卫风》这一章中，有“籊籊竹竿，以钓于淇”的诗句。淇，是指黄河的一条支流，位于今天的河南省北部。这表明，在春秋战国时期，人们已经用细细的竹竿在江河中垂钓了。

垂钓，是古代文人雅士的一种休闲嗜好

钓鱼的工具，除了钓钩、钓竿之外，钓线也是必备的。古时候没有现在这样柔软结实的尼龙丝线，那么人们是采用什么材料来做钓线的呢？

聪明的古人自有他们的办法。古代钓鱼用的线被称为“纶”，如三国时期魏人嵇康写的《赠秀才入军》诗中就有“流磻平皋，垂纶长川”之句。唐代诗人胡令能的《小儿垂钓》诗中，也有“蓬头稚子学垂纶”之句。那么，这“纶”是用什么做的呢？南北朝诗人阴铿在其《观钓》诗中早有解答：“垂丝遥溅水。”表明那时候是以丝做钓线的。当然，还可以直接用茧丝来做，如西晋张华在《博物志》中说，詹何钓鱼就是用茧丝为纶的。

后来，随着捕鱼方式的日益改进，以及各种捕鱼工具的发明，渔民们在捕鱼时多使用各类网具、扳罾等。于是，垂钓渐渐变得非专业化，从而与娱乐消遣关系密切起来。

民间艺人创作的面塑作品《姜太公钓鱼》

古往今来，人们都把钓鱼看成是一项有益于身心健康的娱乐活动。古代很多名人、雅士都喜爱钓鱼，虽然他们垂钓的目的并不完全相同，但培养高雅的情趣是一致的。我国第一位有过垂钓经历的名人，当推从渔猎时代向农牧时代过渡时期的舜。他聪明、勤奋，年轻时任地方首领期间，曾手持钓竿，钓鱼以充饥。

另一位有过垂钓经历，且名垂青史的人物是姜太公。姜太公名尚，字子牙，吕是他的封姓，故他又名吕尚。姜太公钓鱼，历史上确有其事，《史记》曾有记载。

唐代大诗人柳宗元也是一位资深的钓鱼迷

姜太公钓鱼的轶事，在古代艺术作品当中多有表现。唐代诗人白居易在《渭水偶钓》诗中评论道："昔日白头人，亦钓此渭阳；钓人不钓鱼，七十得文王。"姜太公在渭水钓鱼，实际上是等待时机。自遇到周文王，他便放下钓竿，辅佐文王和武王，打败纣王，成为历史上有名的功臣。

到了唐代时，民间钓鱼风气日盛，钓具也有了很大的发展。古代的垂钓爱好者为了能在不同深浅的水域里垂钓，发明了轮竿。

最初的轮竿，是在手竿的基础上加装一个绕线的轮子，安装的位置是在钓竿的中部靠前一点。轮齿有4齿或6齿不等。这样设计主要有两个作用：一是可以随时调整钓线的长短，适应不同水域的深浅，不必时时更换钓线；二是避免钓线弄乱，又便于收藏。

唐代许多文人雅士都是垂钓迷，如柳宗元、皮日休、陆龟蒙、杜牧、张旭、王维等。号称"柳河东"的柳宗元酷爱钓鱼，他作的一首《江雪》，神韵独步千古。诗中写道："千山鸟飞绝，万径人踪灭；孤舟蓑笠翁，独钓寒江雪。"

到了宋代时，民间垂钓游艺达到了一个新的高度。那时候，宫廷里也开始盛行垂钓游戏。北宋大文学家苏轼就酷爱垂钓，他在一首诗中写道："自从识钓饵，欲见更无烟。"由此可以看出他对垂钓活动的挚爱。陆游晚年的时候也非常迷恋垂钓，他在故乡绍兴鉴湖边上，整日以垂钓为乐，有"闲时钓秋水"之佳句传世，更有"一竿风月，一蓑烟雨"的淳朴情怀。

明朝开国皇帝朱元璋喜欢钓鱼，但钓技不高。有一次，风流才

宋代画家马远创作的《寒江独钓图》上面，垂钓者使用的就是轮竿

子解缙陪同太祖到御花园的池塘去钓鱼。解缙钓鱼技术高超，不断有鱼儿上钩，而明太祖却一无所获，不免有些扫兴。为了安慰明太祖，解缙恭敬地说："皇上，别看鱼儿小，它们都是懂得礼节的呢！"明太祖不明其意，问道："何以见得？"解缙说："这可是真的，有诗为证。"说罢，解缙便吟了一首诗："数尺丝纶落水中，金钩一抛荡无踪；凡鱼不敢朝天子，万岁君王只钓龙。"明太祖听了之后转忧为喜，连声说道："原来如此！"

到了清朝时，钓鱼进入继往开来的时代。乾隆下江南时，曾垂钓于江苏扬州瘦西湖小金山之西。清代著名书画家，居"扬州八怪"之首的郑板桥，在《道情》一诗里盛赞钓翁的闲逸生活："老渔翁一钓竿，靠山崖，傍水湾，扁舟往来无牵绊。"这首诗歌，既寄托了作者对自由恬静生活的向往，又是对垂钓游艺精神境界的生动写照。

鱼篓

古往今来，不计其数的垂钓迷，或伫立在江河古岸，或安坐于湖畔溪旁，一根钓竿，一条钓线，将整颗心与大自然拴系在一起。垂钓给人们的生活增添了情趣，令人流连忘返。

第六辑：节令娱乐篇

巧手慧心剪窗花

旧时，每逢春节，几乎家家户户的妇女都要剪窗花、贴窗花

剪窗花，也就是现在人们所说的剪纸。过去，每到春节前夕，家家户户洒扫庭院，裱糊窗户。心灵手巧的家庭主妇们随手拿起剪刀，在一块红纸上采用剪、挖、掏、挑等技巧，眨眼间，便剪出一幅幅精美的图案。然后她们将其贴在窗户和室内的墙壁上，用以美化环境和烘托节日的气氛。

其实，除了春节之外，妇女们在端午节还要剪葫芦和老虎，在婚礼时剪“囍”字，在贺寿时剪“寿”字，在缝制衣服和花帽时，剪绣样。旧时，人们的娱乐活动较少，尤其是妇女们，生活更加封闭。而剪窗花丰富了她们的生活，在交流的过程中，她们相互比试技巧，相互传授技艺，愉悦了身心。

剪纸，在中国有着非常悠久的历史。专家考古发现，剪纸在两千多年以前就已经出现了。最初，人们只是把剪纸作为祭祀祖先、神灵及宗教仪式所用贡品的装饰物。

后来，随着剪纸技艺的普及，以及人们对剪纸艺术喜爱的加深，它逐渐被用于点缀门窗、墙壁、房柱、镜子、灯笼等，甚至被直接作为礼品进行馈送。此时，剪纸的主要功能，虽然仍为装饰之物，但是它已经摆脱了最初那种过于肃重的姿态，变得活泼与亲切起来。

1967年新疆阿斯塔那古墓出土的北朝时期的“对马团花”剪纸

1967年，考古学家在新疆吐鲁番盆地高昌遗址附近的阿斯塔那古墓中，发现了5幅团花剪纸，它们分别是“对马团花”“对猴团花”“忍冬纹团花”“菊花团花”和“八角形团花”。这些剪纸来自于魏晋南北朝时期，均采用重复折叠的方式和形象互不遮挡的处理手法，与现在民间团花剪纸极为相似。这也是迄今为止，中国发现的最早的剪纸实物。但是，剪纸艺术出现的时间，肯定要早于南北朝时期。

西汉著名史学家司马迁撰写的《史记》，记载了一个“剪桐封弟”的故事。这个故事讲的是，西周时期，周成王用梧桐树叶剪成“圭”（古代君主赐给臣下的玉制礼器），赐其弟姬虞到唐国（今山西翼城县境内）去当诸侯的事儿。

不管后世对这个故事的真实性有多少质疑和争论，但它却被收入史书，并永久流传下来。据考证，这也是中国剪纸艺术最早见于史书的记载。

东汉和帝元兴元年（105年），蔡伦在前人经验的基础上，用树皮、破渔网、破布、麻头等作原料，制造出了适合书写的植物纤维纸。作为中国古代四大发明之一的造纸术，让中华文明的发展得以久远和广阔。而纸的轻、润、滑、薄的质地，也使得中国剪纸艺术的发展，拥有了更加广阔的天地和更加随意的创作空间。

到唐代的时候，剪纸艺术已经在民间广泛地流传开来，甚至传到了国外。现今日本正仓院收藏的两枚唐代《华胜》剪纸，就是在唐代至德年间流传到日本的。

民间妇女剪纸时所用的工具与材料

那两枚古老的《华胜》剪纸，

一枚为罗地金箔字，上面剪有祝颂吉语：“令节佳辰，福庆惟新；曼和万载，寿保千春。”另一枚则用金箔刻了复杂的边饰，并饰以红绿花叶，中心是一儿童在竹林下戏犬。

旧时的妇女大都会剪纸这门手艺

“胜”，就是用纸或金银箔、丝帛剪刻而成的花样。剪成套方几何形的，称为“方胜”；剪成花草形的，称为“华胜”；剪成人形的，则称为“人胜”。

唐代文学家段成式撰写的《酉阳杂俎》，便记载了当时士大夫人家，在立春这天，剪制出各种小幡装扮花木或女子发髻的情景。

当时，民间还有在“人日”这天“剪彩”的习俗。“人日”被定在每年的正月初七，又称“人胜节”。南朝梁人宗懔在《荆楚岁时记》里写道，每到“人胜节”这天，人们都要剪制各种幡胜、春幡、春蝶、春燕等，作为礼物相互馈送。民间如此，皇宫也不例外。在这一天，皇帝要接见群臣，分别赐他们以金银幡胜或者罗幡胜。唐代大诗人杜甫在《人日》一诗中写道：“此日此时人共得，一谈一笑俗相看；尊前柏叶休随酒，胜里金花巧耐寒。”

因为立春之日为春天的首日，象征着万物复苏，所以自宋代起，“人日剪彩”这一民俗活动便逐渐集中到立春这一天了。

宋代，随着经济文化的繁荣发展，造纸业已经非常成熟，许多工艺美术应运而生。当时，在城市的街头出现了许多以剪纸为业的艺人，他们竞相比拼剪技；同时，还出现了很多出售剪纸花样的店铺，其生意非常红火。

宋代剪纸的应用范围逐渐扩大，剪纸成为人们装扮灯彩和礼品的一个重要“材料”。当时，有的妇女甚至将剪纸花卉作为装饰品插在鬓边。女词人李清照在一首《菩萨蛮》中写道：“烛底凤钗明，钗头人胜轻。”

南宋时期，民间已经出现了以剪纸为职业的艺人，他们有的善剪“诸家书字”，有的专剪“诸色花样”。这时候，皮影开始盛行。镂雕皮影的材料，除了动物皮之外，还可以用厚纸，这样就愈加促进了剪纸技艺的发展。

宋代剪纸用于工艺装饰的另一个重要创造，就是瓷器制造的装饰设计。吉州窑瓷器图案的题材广泛，有梅花、枇杷、凤凰和吉祥文字等，造型生动活泼。这些都是作者在施釉过程中，贴上剪纸，然后入窑烧制而成的。

民国时期巧手妇女剪的鞋垫花样

明清时期，民间剪纸艺术达到了鼎盛，剪纸渗入到人们日常生活中的每一个角落，门笺、窗花、喜花、礼花、灯花等等，一应俱全。

女红，是中国传统女性完美的一个重要标志。而作为女红必修技艺——剪纸，是女孩子从小就要学习的。她们从长辈或者姐妹那里讨来剪纸的花样，通过临剪、重剪、画剪，描绘自己熟悉和热爱的自然景物——花草树木、鱼虫鸟兽、亭桥风景等，最后到达随心所欲的境界，信手剪出新的花样来。

清末湖湘巧手妇女剪的狗头帽帽花

明、清时期的史料，也记载了不少剪纸名家。如《苏州府志》记载了明朝嘉靖年间一位名叫赵萼的剪纸高手，他把剪制的花竹禽鸟的图案，点缀在夹纱灯里面。在烛辉的映照下，那些图案犹如真的一样。

旧时，除夕之夜迎神时插在供饭上的供花。

清末学者周学铭主编的《建德县志》，则记载了一位名叫林文耀的剪纸高手。他中年时双目失明，却练就了一手剪纸为字的绝活。在剪纸的时候，他的双手灵巧滑动，宛如游龙飞蛇似的，眨眼之间，一幅作品便完成了，点画之间不差毫发。人们将其装裱之后，便成为一幅绝妙的“书法”挂轴。时人对他有“神剪”的美誉。

清代，因为满族人也有剪纸的习俗，所以剪纸进入了宫廷。在故宫，为历代皇帝举行婚礼做洞房的神宁宫，其墙壁按照满族习俗裱之，四角贴着黑色的双喜字剪纸角花，顶棚中心贴着龙凤团花的剪纸，宫殿两旁的过道壁上也贴有角花。

传说，慈禧太后60岁大寿时，李莲英令朝臣将袍服一律改为“六合同春”的图案。那些权势大的官吏，不惜重金寻找京城的织绣高手，穿针走线赶制朝服。那些官位较低的由于出不起高价，便找剪纸艺人和画工，用纸剪成鹿、鹤、松的“六合同春”图案，然后涂上油彩，贴在袍服上，远看与绣制无异。他们照样参加寿辰盛典，鸭行鹅步，故作潇洒之态，令人忍俊不禁。

山东高密巧手妇女剪的龙凤呈祥鞋面花

我国民间剪纸技法，分为剪刀剪和刀刻两种。前者借助于剪刀，剪完后再把几张（一般不超过8张）剪纸粘贴起来，最后用锋利的剪刀对图案进行加工。后者则是先把纸张折成数叠，放在由灰和动物脂肪组成的松软的混合体上，然后用小刀慢慢刻划。与用剪刀剪相比，刀刻的优势就是一次可以加工多个剪纸图案。

民间剪纸多单色，技巧多变化。

剪纸，依其黑白、阴阳关系在画面上所占主次的不同，从形式上可分为“阳刻法”“阴刻法”和“阴阳混刻”。

“阳刻法”，是中国画线描造型的发展，有些阳刻剪纸作品细如发丝，精巧非凡。“阴刻法”，则是利用剪影效果，在黑色物像上用亮点或白线来表现，形象比阳刻更显朴厚凝重。阳刻与阴刻交替结合，丰富了剪纸的语言。除此之外，同一画面采用两种以上色纸组成的，称为彩色剪纸。

现代，我国民间部分地区仍保留着在春节剪贴窗花的习俗

民间剪纸的题材十分广泛，既有实际生活中常见的牲畜、家禽、蔬菜和花草，也有戏曲人物和民间传说故事等，在创作过程中，人们大都通过谐音、象征、寓意等手法，提炼、概括其自然形态，剪成美丽的图案。

根据用途剪纸大致可分为以下几类：一类是直接张贴于门窗、墙壁或灯彩上供人观赏的窗花、门笺、墙花和灯花；另一类是摆衬用，点缀礼品、嫁妆、祭品等，如礼花、喜花、祭祀花灯；还有一类是刺绣底样，用于衣饰、枕头、鞋帽等。

时至今日，妇女们的娱乐生活已极其丰富，而擅长剪纸手艺的却少见了。但是，剪纸作为一门传统技艺，仍在民间流传着。在生活中，我们仍时常能见到它们那俏丽的容颜。

欢欢喜喜逛庙会

逛庙会，是中国民间一项古老的群体性游艺活动，时至今日，它仍在我国南北各地广泛流行。庙会，又称“庙市”或“节场”，历史十分悠久。它的渊源，可以上溯到古老的社祭，祭祀的对象是社神，也就是土地神。民众向社神祈求风调雨顺，就要进行社祭。

庙会，是中国民间一个古老的习俗

社祭时，不仅要有丰盛的供品，还要有舞乐。据《周礼·春官》记载：“若乐六变，则天神皆降，可得而礼矣；若乐八变，则地示皆出，可得而礼矣；若乐九变，则人鬼可得而礼矣。”可见，自古以来，祭神时总少不了舞蹈、音乐。这对后世庙会上祭神、娱神以至娱人的活动无疑是有深刻影响的。所以，社祭是中国庙会产生的主源。

到了东汉时期，佛教与道教相继兴起，为了生存，两者展开了激烈的竞争。于是，名目众多的宗教活动出现了，如圣诞庆典、水陆道场等。为了争取信徒，招徕群众，祭祀活动中融入了众多媚俗的娱乐内容，如歌舞、戏曲、出巡等。同时，商贾贸易也逐渐加入到这些活动当中。自此，曾经庄严肃穆的祭祀仪式，逐渐变成热闹非凡、万众同娱的游艺活动——庙会。

旧时，每逢庙会，善男信女都要进庙烧香许愿，祭祖拜神。而商贩们则借此机会，在寺庙周围摆摊设点，推销货物。民间艺人也会在此唱戏或表演杂耍。久而久之，庙会便形成了一种定例，一直沿袭至今。

热闹异常的庙市

旧时的庙会与现在的庙会不同，现在的庙会多在春节期间举行，而旧时的庙会不局限于此时。那时候，全国各地几乎是月月有庙会。当然，最热闹的还是春节期间的庙会。

过去，我国民间的庙会大致可分为两种类型：一种是宗教主导型庙会。此类庙会一般围绕着庙宇建筑，有一定的宗教活动和祭祀仪式，并引发人群集会，但娱乐活动和商贸活动不是很发达。庙会期间，人们进香火，以敬神、求子、祈雨等为目的。这类庙会如龙王、城隍、土地、奶娘、大仙等，不过随着社会的进步和人们觉悟的提高，多已衰落或停办。

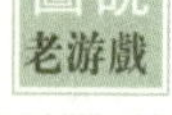

另一种，则是以娱乐和商贸为主导的庙会。此类庙会，着重于娱乐游艺和市集交易，而宗教活动只是一个缘由。时至今日，这类庙会在我国民间仍有较大的影响，较有代表性的是北京厂甸庙会和天津的“娘娘会”等。

北京厂甸庙会，是由灯会逐渐发展形成的。清代文人潘荣陛撰写的《帝京岁时纪胜》记载了乾隆年间厂甸庙会的盛景：“琉璃厂在正阳门外之西。每于新正元旦至十六日，百货云集，灯屏琉璃，万盏悬棚，玉轴牙签，千门联络，图书充栋，宝玩填街，更有秦楼楚馆遍笙歌。”

清末学者震钧在《天咫偶闻》中对清末民初的厂甸庙会也有生动的描述：“自国初罢灯市，而岁朝之游，改集于厂甸，其地在琉璃厂之北，窑厂大门外。百货竞存，香车栉比，自初二日至十六日凡半月，午前游人已集……必黄日始归。”

通过这两段史料，人们可以深切地感受到老北京厂甸庙会的热闹与繁华。当然，类似的庙会在全国

清代天津杨柳青年画《新正逛厂甸》

旧时庙会上以游戏为生意的小贩

各地都有，可谓数不胜数。

庙会的时间往往因地而异，但大都以三天为限，而像厂甸庙会这样持续半个月的应该是少数。三天庙会，各有名目，第一日称“起会”，第二日称“正会”或“正日”，第三日称“末会”。

庙会的规模也是有大有小。一般来说，凡是庙院宽大、庙外宽敞，四通八达、人口较为稠密之地，庙会的辐射面广，规模也大。一些影响较大的庙会，方圆数十里，甚至上百里的人都纷纷前来赶会。因此，在庙会期间出现人山人海的场面，也就不足为奇了。

逛庙会，是我国民间老幼妇孺皆喜欢的一项游艺活动。起会之后，不论是老头、老太太，还是大姑娘、小媳妇，都会欢欢喜喜前来赶会，更不用说那些身强力壮的男人了。此时，乡下的农民也大多放下手中的农活，去逛庙会。四乡八疃聚集来的人，要吃、要住、要买东西、要看热闹，这就为庙会提供了广阔的商机。临时搭建的饭馆、茶摊等，如雨后春笋似的。摊主们一般在席棚或布棚里营业，还有很多小吃摊是露天的。各种节令的饮食应有尽有，如水饺、小笼包、粽子、鸡蛋、枣糕、煎饼、凉粉、豆汁、豆腐脑、豌豆黄，等等。

百货摊上，有锅碗瓢盆、笤帚刷子、菜刀案板、小瓮大缸、针头线脑、鞋帽衣袜等。种类繁多的土特产品、日用百货，让人目不暇接。

各类耍货摊，更是五彩缤纷，夺人眼球。尤其是那些满脸稚气的孩子，每每走到那些耍货摊前，就像被孙悟空使了定身法，大人使劲拽都拽不走。纸糊的各类风筝，泥塑的小狗、小猴、小老虎等，各式各样的戏剧脸谱，木制的刀枪剑戟，吹起来“呜哇”作响的琉璃喇叭，既好吃又好看的糖人儿……琳琅满目的儿童玩具，令人爱不释手。

民国时期，青岛民间的庙会情景图

庙会期间，凡有条件的都要搭台唱戏，俗称“野台子戏”。此外，拉洋片的、唱曲的、说评书的、变戏法的，以及相面算卦的、卖狗皮膏药的、卖大力丸的等等江湖中人，也都要来赶庙会，凑热闹，红火一番。

逛庙会的人，有的是特意前来上香祈福的，有的是来购买生活用品的，还有的是专门来观赏各种娱乐表演的。无论出于何种目的，他们都能自得其乐，满意而归。庙会，为普通百姓的生活带来了无穷的乐趣。

37 如醉如痴看大戏

旧时的戏楼

"过大年，唱大戏。"

旧时，过年看戏，是中国民间一个必不可少的游艺项目。那时，虽然科学技术尚不发达，没有电影、电视等先进娱乐设备，然而无论是在城镇，还是在乡村，人们都有自己的"春晚"，那就是看大戏。

年戏，从初一唱到十五，有些地方甚至唱出正月去，那些平时忙于生计、无心思乐的人们直看得如醉如痴。唱大戏，是在全国各地广泛流行的一项游艺活动。其实，除了逢年过节唱大戏之外，我国民间在许多特殊的日子里，都有搭台唱戏的习俗，比如庙会戏、祠堂戏、庆生戏、祝寿戏、事务戏、平安戏，等等。但后面这一些，都没有过年时唱的大戏令人过瘾。

搭台演戏，在我国民间有着非常悠久的历史，先秦时期就已经出现了职业的演员——"优"。"优"的身份，类似于今天的小品和相声演员，是以滑稽表演取悦观众的一类人。所不同的是，先秦时期的优人是专门为皇帝服务的，他们的身份是奴隶。

唐代的参军戏是在古代俳优的表演基础上形成的，主要以滑稽搞笑的问答为主。"参军"，原本是一种官职的名称，相传是魏武帝曹操创建的，但是参军戏中的"参军"是一个被人戏弄的角色。对参军进行讽刺调侃的另一个角色叫"苍鹘"。参军和苍鹘两个角色在一问一答之间相互调笑以取悦观众。这种演出的形式与今天的相声有几分相似。这样一来，参军和苍鹘就成为戏曲滥觞期最早的两个角色的名称。

宋代佚名画家所绘《宋杂剧图》

宋代的城市经济极为发达，大大推进和刺激了戏曲艺术的发展和最终形成。艺人们开始在世俗的场所卖艺，由此城市中出现了固定的演艺场所，这就是勾栏。

勾栏是一种为演艺活动而搭建的棚子，所以又称“勾栏棚”。大的勾栏有戏台、后台、神楼和腰棚。连成一片的勾栏被称为“瓦舍”。当时的大城市，如杭州、成都，都有数量众多的瓦舍。有了瓦舍和勾栏，就有了以戏曲演出为业的职业艺人和写作剧本的专门机构——书会，在此基础上便产生了民间戏曲的初级形态，即宋代杂剧。

公元1127年，金灭北宋。宋室被迫南迁以后，杂剧演出形成了南北两个中心。南边的被称为“临安杂剧”；北边杂剧演出在金人统治之下也没有断裂，而是以“院本”的称谓继续发展着。元代人陶宗仪撰写的《南村辍耕录》一书记载的院本名目就有690种之多，其演出之繁盛，可见一斑。

在金代院本的基础上，产生了元代杂剧。元杂剧是中国戏曲发展史上的一个巅峰，创作名家辈出，佳作如林，如关汉卿的《窦娥冤》《蝴蝶梦》，王实甫的《西厢记》，郑光祖的《倩女离魂》，白朴的《梧桐雨》，马致远的《汉宫秋》等，这些都是元杂剧中的经典传世之作。

宋、元杂剧的形成与发展，尤其是“南戏”（流行于浙江永嘉

民间地方戏演出演员所戴的盔头

一带）的繁荣，是我国民间戏曲已经成熟的标志。南戏的角色有生、旦、净、末、丑、外、贴七行，这些奠定了中国戏曲的角色体制。南戏早期的作品大都是反映家庭伦理和婚恋生活的，如被誉为戏文之首的《赵贞女蔡二郎》和《王魁》，后来出现的《张协状元》《韫玉传奇》《乐昌分镜》等，也是反映婚恋内容的作品。

南戏到了明代的时候，开始渐渐地被文人雅化，并与江苏昆山的“昆山腔”紧密结合，从而形成了昆曲。

在明代，戏曲受到整个社会的追捧，无论是帝王贵族，还是普通百姓，都喜欢看戏。但是在文人不断的雅化之下，昆曲剧本因为讲究用词和格律而变得越来越难懂。进入清代以后，昆曲就因为失去了普通观众而逐渐衰落了。

到了清代中叶，各种地方戏如雨后春笋一般兴起。比起昆曲的“雅”来，这些地方戏显得杂乱而卑俗，因而被当时的文人鄙视为“花部”。然而就在接下来的“花雅之争”中，地方戏曲笑到了最后。据不完全统计，我国各民族、各地区的地方剧种约有360多种。民间戏曲演艺之繁荣，由此可见一斑了。

旧时，人们看戏除了在一些大城市里的固定戏院之外，大多是在露天观看公演。戏台都是临时搭建的，虽然比较简陋，但并不影响人们看戏的兴致。

旧时的戏剧班社多是草台班子，用现代话说就是半职业剧团。每一个地方剧种都有一批名角，他们深受一方戏迷热爱。同样，每个地方都有一批戏迷，形成一定的观众基础。

一处演戏，方圆十几里的村民都会赶来凑热闹，人们里三层外三层，把戏台围得水泄不通。临近戏台坐板凳的，多是本村的乡亲。稍后站着的，多是外村人。靠不近戏台，又不甘心凑合看的，便会攀上附近的树头、草垛，甚至蹲到墙头上去看。

钹，是戏曲演出时使用的乐器之一

青衣袅袅，胡琴悠悠，一身

古装的演员，在戏台上花枝招展，使人恍若隔世。那四处回荡的唱腔，或悠扬婉转，或悲切如泣，缠绕着每一个看戏者的心。

台上演员声泪俱下，台下观众也跟着哭鼻子、抹眼泪，人们被带进悲剧的氛围中。演到精彩处，满堂喝彩或哄堂大笑。一种相同的韵调，一个相同的故事，不知被那些朴素的戏班子演绎了多少遍。可是，人们仍能够从唱腔里面咂摸出万般滋味来。

在过去，请戏班前来演出，称为“写戏”。逢年过节，或在庙会等重大场合唱大戏时，一般是当地人联合筹资“写戏”。当然，也有一些颇有经济实力的地方富绅独家出资承办的。所请的戏班子，一般都在地方比较有名，演员的表演也比较出彩。

除此之外，还有各村的百姓自发成立的戏班，他们自排自演，谓之“村戏”。村戏的演出，不受经济与时间的约束。农闲之余，村民们随时都可以搭台表演上一番。

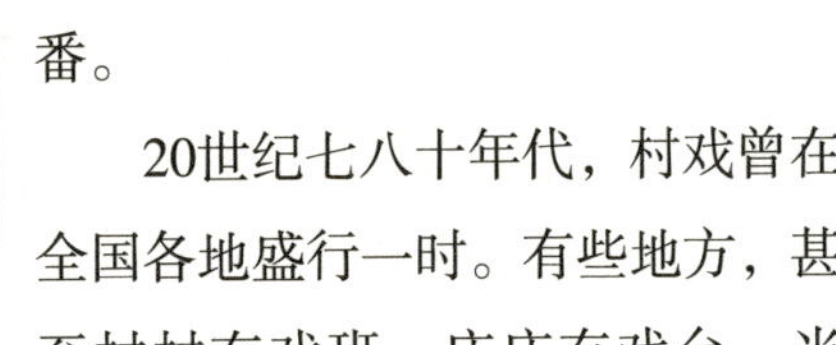

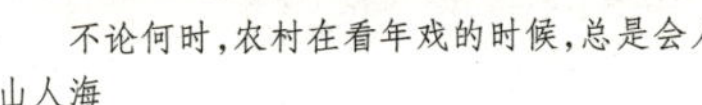

不论何时，农村在看年戏的时候，总是会人山人海

20世纪七八十年代，村戏曾在全国各地盛行一时。有些地方，甚至村村有戏班，庄庄有戏台。当然，大多数的戏台是用碎石乱砖砌成的，只是一个形式而已。

农闲之时看村戏，成为农民最喜欢的娱乐方式之一。有些村庄由于演艺人才缺乏，硬性拼凑起来的戏班水平自然是不敢恭维，但却丝毫不影响人们对村戏的热爱。

某村戏班曾经闹出过这样一个笑话：他们在演出《智取威虎山》时，扮演“座山雕”的演员在上台前有点喝大了。

一开始节目演得挺顺溜，可是等到杨子荣只身深入匪窟威虎厅与众土匪舌战时，那个演员的酒劲上来了。

土匪问：“天王盖地虎?!”

杨子荣答：“宝塔镇河妖!”

……

问着问着，就该轮到座山雕发话了。原本排练的是，座山雕一下子掏出匣子枪，指着杨子荣，恶狠狠地问："脸红什么?!"

可是座山雕挥手一拔枪，脑袋却嗡一下蒙了——枪匣里什么也没有。

原来，他在上台的时候，忘了将那支木头做的道具匣子枪装进枪匣了。

尽管乡村戏班的舞台简陋许多，但演员们却极为投入

扮杨子荣的演员和那几个扮土匪的演员都在台上笑岔了气。虽然出现这么一出闹剧，却没有人出面责怪。这原本就是自娱自乐的演出，大伙儿就是在劳累一天之后图个乐呵。

伴随着那些淳朴的欢笑声，时光转瞬而逝。乡村里早已见不到那些土戏台的踪影了，而那些"咿呀、咿呀"的唱腔，也变成了一种久远的记忆……

灯火璀璨赏花灯

色彩鲜艳的花灯，总会给元宵佳节增添许多喜庆的色彩

元宵节，是一个极为喜庆和热闹的节日，我国民间各地均有张灯、赏灯的习俗，因此又称“灯节”。

旧时，在和平年间的元宵节之夜，不论城市还是乡间，到处都是一番张灯结彩的热闹景象，人们赏花灯，猜灯谜，盛况空前。

灯彩，被列为元宵节庆典的一个重点项目，是从东汉时期开始的。汉武帝时期，时人对“太一神”（天官）的崇拜之情愈加浓重，因此，民间祭祀的典礼也越来越盛大和隆重。燃灯祭祀的活动，逐渐集中在正月十五之夜进行。正月十五这一天，亦称“上元日”。所谓“上元”，含有新的一年第一个月圆之夜的寓意。

据东汉司马迁撰写的《史记》一书记载：“汉家常以正月上元祭祀太一神，以昏时夜祀，至明而终。”从这里可以看出，自汉武帝时，在上元节祭祀典礼中，彻夜燃灯已经成为定规。从此，民间就形成了在正月十五燃灯的习俗，并逐渐演变发展成元宵灯节。

关于元宵节灯彩的起源，在中国民间有许多动人的传说。

相传在很久以前，有一只神鸟因为迷路而降落人间。可是，一个不明真相的猎人却将神鸟射死了。玉帝知道之后非常震怒，便令天兵在正月十五这天到人间去放火，以示惩罚。玉帝有一个女儿非常善良，她不忍心让无辜百姓受难，便冒着触犯天规的危险，将这个消息传递给人间。

莲花灯

闻讯之后，人间一时大乱，却又不知道该如何应对。后来，一位聪明的老人想出一个办法，他让人们在正月十四、十五、十六这三天，每家每户都在门口挂灯笼，燃爆竹，放烟花，用来迷惑天兵。正月十五这天晚上，天兵往下一看，人间一片火海，于是就返回天庭，禀告玉帝不用下凡放火了。

这样，人们便保住了性命和财产。从此，每到正月十五，民间家家户户都要悬挂灯笼，燃放烟花，纪念这个日子。

唐朝是中国历史上最强盛的时代之一，曾先后出现“贞观之治”“开元盛世”等社会繁荣局面，在文化、政治、经济、外交等方面，都曾有过辉煌的成就，是当时世界上最强大的国家之一。

唐代实行的是宵禁制度，夜晚禁鼓一响就禁止人们出行，犯夜的人会受到处罚。但是，唯独在元宵节，皇帝特许开禁三天，称为“放夜”。自然，每年的元宵节灯会是大放异彩，盛极一时。同时，制灯工艺越来越完美，文化内涵越来越丰富，远非前代所能比拟。

龙舟灯

唐睿宗时期，皇亲贵族们为了在灯展中夺得头彩，不惜重金，雇灯彩艺人制作大型的“灯树”。高高的“灯树”矗立在夜空之中，犹如点点繁星，令人称奇不已。

据说有一年元宵节，唐睿宗一时兴起，令人在长安宫城外架起一座高20丈的“灯轮”。

“灯轮”的外架，全部用彩色丝绸围裹，装饰金玉，可以同时悬挂5万盏彩灯，十几里外都可以看清，气势异常雄伟。

唐代不仅在花灯的制作上推陈出新，灯下的歌舞百戏更是令人目不暇给。当时，从宫中选出的歌女，头戴花冠，身穿霞帔。仅一名歌女的服装费，就要花费300贯，整个元宵庆典的豪奢也就不难想象了。

唐代诗人崔液在《上元夜》一诗里写道：“玉漏银壶且莫催，铁关金锁彻明开；谁家见月能闲坐？何处闻灯不看来？”

欢腾社火闹花灯，是元宵节的传统习俗

这首诗生动地描绘了元宵节“放夜”时，人们急于走出家门，观赏花灯的迫切心情。

唐代刘肃撰写的《大唐新语》一书中，也有对长安京城“放夜”时的详细描述：“神龙之际，京城正月望日，盛饰灯影之会。金吾驰禁，物许夜行。贵游戚属，及下隶工贾，无不夜游。车马骈阗，人不得顾。王主之家，马上作乐以相夸竞。文士皆赋诗一章，以记其事。作者数百人，唯中书侍郎苏味道、吏部员外郎郭利贞、殿中侍御史崔液三人为绝唱。”

宋代，民间的灯彩游艺活动更加兴盛。自宋太祖干德五年（967年）开始，元宵节放灯的日子增加为5天。皇帝们更是借此标榜“与民同乐”，在元宵节的晚上登御楼与近臣宴饮。

因为放灯时间延长，商贾们无不绞尽脑汁推出新型的花灯。因此，宋代的花灯制作比唐代更胜一筹。心灵手巧的艺人们，往往将翎毛、兽角、玻璃、皮革、丝绸等材料，巧妙地运用到花灯制作中，从而造出各种各样别出心裁的花灯，比如屏风灯、佛塔灯、子母灯、玉灯、石灯、玻璃灯、羊皮灯、罗帛灯等等。

宋朝皇宫内的灯彩，更是精美绝伦，例如菩萨灯的手臂可以摇动，手指甚至能够喷射出5道细水柱。这都是妙手工匠利用辘轳绞水的原理，设计出的特殊效果。类似的新奇花灯，数不胜数。

北宋年间，猜灯谜活动也开始加入其中。灯谜，就是将谜面贴在花灯上，让人一边赏灯，一边猜谜。由于谜底不易被猜中，就像老虎不易被射中一样，所以灯谜也称“灯虎”。

平安灯

关于元宵节灯谜的由来，在民间还流传着一个非常有趣的故事：

据传，很早的时候，有个姓胡的财主，家财万贯，横行乡里。因为他在别人面前总是皮笑肉不笑，所以人们送他一个“笑面虎”的绰号。“笑面虎”一看到粗衣烂衫的人，便吹胡子瞪眼。可是，他一见到比自己穿得好的人，就拼命地巴结。有一个名叫宋青的后生，决定戏弄他一番。

元宵节即将到来，各家各户都忙着扎制灯笼。宋青也扎了一个又大又亮的花灯，还在上面题了一首诗。

元宵之夜，宋青挑着花灯来到“笑面虎”门前，惹来不少人围观。“笑面虎”正在门前赏灯，一见此景，也忙挤过来看花灯。他见花灯上题着一首诗，自己又识不全，便让账房先生念给他听。账房先生摇头晃脑地念道：“头尖身细白如银，上称没有半毫分；眼睛长在屁股上，只认衣服不认人。”

元宵佳节，人们在赏花灯的同时，还要玩猜灯谜的游戏

“笑面虎”听了气得额头青筋直跳，他大声骂道：“狗小子！你胆敢骂本老爷！”

宋青笑嘻嘻地辩解道：“我这诗，怎么骂你了？”

之后，宋青又大声念了一遍，惹得围观的人哄笑不断。“笑面虎”怒声质问：“你不是骂我是骂谁?!”

这时候宋青才笑着解释道：

老虎灯

"我这首诗是一个谜，谜底就是'针'。大家伙评一评，我的谜底对不对?"

"笑面虎"想了想，可不是哩，他明白自己吃了哑巴亏，在众人的哄笑声中，只得灰溜溜地走开了。

从此，元宵节灯会上就多了一项猜灯谜的趣味活动。随着元宵节活动内容越来越丰富，那些平日深居简出的妇女们，也趁此机会大饱眼福。

自宋代起，民间就逐渐形成了一种专门扎制灯彩的行业。当时的扎灯艺人，大都聚居在都城开封菜市桥一带，至今那里还保留着"花灯巷"的地名。

"歌舞百戏，灯山上彩，金碧相射，锦绣交辉"，这是北宋文学家孟元老在《东京梦华录》一书中，对都城开封灯会盛景的描述。

而南宋文学家周密在《武林旧事》一书里，对京城杭州灯会"百艺群工，竞呈奇技"的繁华盛况，也有过详细的记载。

昔日，每当临近元宵佳节时，街头上就会出现不少售卖花灯玩具的小贩

明朝永乐十九年（1421年），明成祖朱棣将都城迁到北京，北京的灯彩从而兴旺起来。当时，北京的灯会活动是从正月初八开始，至正月十三进入高潮，到正月十七结束。由于大众娱乐和商业活动紧密结合在一起，故灯会也称"灯市"。

白天是繁华热闹的集市，夜晚

娃娃坐瓜灯

是欢乐的灯会。明代时，北京城内出现了很多扎制花灯的手工业作坊。各式各样的花灯，真可谓巧夺天工。作坊主们相互竞争，相互交流，极大地促进了北京民间灯彩艺术的发展。

清代的元宵节灯会虽然又减为5天，但是热闹的气氛并没有因此而冲淡。紫禁城内，每年都要架设“鳌山灯”，负责此项工程的匠人们，会预先在头一年的秋天畜养鸣虫，待放灯之后，再将它们投入灯罩中。这样，人们可以一边赏灯一边聆听虫鸣，颇具诗意。

满族人还从北方引进了冰灯，这成为元宵节灯会的另一大特色。冰灯是北方特有的民间艺术，依照制作方式可分为冷冻和冰雕两种。冷冻制法，就是将水倒入提前设计好的模具里面，然后放在冰冷的室外，冷冻到一定的厚度即可。冰雕则适于制作大型的冰灯。工匠们先将冰块砌成构思的形状，然后用斧子、锯子、铲子等工具，将冰块精雕细琢成各种建筑、山峰、花鸟动物的形状。

气势壮观的北国冰灯

冰灯最初来源于穷苦人，所以在民间又被称为“穷棒子灯”。旧时，松嫩平原上喂马的农夫，在松花江沿岸捕鱼的渔民，生活都非常艰辛。新春佳节和元宵节之夜，他们买不起灯笼，但又不甘寂寞，于是就做几盏冰灯摆放在门前，或者烫孔穿绳，让孩子们提着玩，借此增加节日的喜庆

时至今日，元宵节赏花灯仍是一个重要的节俗

气氛。

民间艺术的魅力，是最真实生动的。晶莹剔透的冰灯，从“穷棒子灯”走入宫廷，并登上大雅之堂，被越来越多的人所喜爱，恰好验证了这个古朴的真理。

清朝乾隆皇帝就曾御制《冰灯联句》，对冰灯大加赞美。他在诗序中这样写道：“片片鲛冰，吐清辉而交璧月；行行龙烛，腾宝焰而灿珠杓。”

近代著名作家夏仁虎在其撰写的《旧京琐记》中，对北京城冰灯的情景也有详细的记载。那时每到正月，北京城里都要举办各种灯会。而六部衙门也是张灯结彩，热闹非凡，名为“六部灯”。六部灯中“有冰灯，镂冰为之，飞走百态，穷工极巧”。什刹海冰窑的工人，还用什刹海天然冰制成各种形状的冰灯造型，内点蜡烛，摆在什刹海东沿义溜胡同西口的街头上，供人观赏。

如今，每到元宵节之夜，我国民间许多地方仍有张挂花灯的习俗。现在扎制的花灯大都采用新型材质，并且配备光电设备，显得更加壮观。绚丽多彩的花灯，给节日增添了更多吉祥喜庆的色彩。

祈福迎祥鞭春牛

立春，是一年二十四节气中的第一个节气。立春，意味着春天来临了，“东风解冻，蛰虫始振，鱼儿上冰”，地上的万物开始呈现出一派欣欣向荣的景象。

旧时，在立春这一天，我国民间要举行隆重的迎春仪式。迎春，就是迎接春神句芒的归来。相传，句芒是西方天帝少昊的儿子，人面鸟身。句芒非常勤快，后来被东方天帝伏羲召去当了助手，主管春天的一切事务，成为春之神，民间俗称“芒神”。句芒在管理春天草木萌发的同时，还掌管粮食的供给，不使百姓饥饿；掌管金银财富，使国家充实；掌管人的寿命，使人延年益寿，不致早亡。所以，人们都很崇拜他，向他祈福、祈食、祈财、祈寿。

到了周代时，随着农业经济的普遍开展，迎春活动被正式列入国家庆典。每逢立春前三日，天子便开始吃素沐浴。到了立春那天，天子亲率公卿百官去东郊迎春，祈求丰收。回来之后，天子还要赏赐群臣，并下诏施惠于民。上行下效，这一活动后来成为世代沿袭的全民迎春游艺活动。

民间供奉的春神句芒塑像

在迎春的仪式当中有一个重要的项目，那就是“鞭春牛”，亦称“打春牛”。何谓“春牛”呢？

春牛，并非普通的耕牛，而是用泥巴塑成的跟真牛一般大小的泥牛。到了清代的时候，有些地区嫌弃泥塑的春牛笨重，便改用彩扎纸牛来作为春牛。

迎春时，以鞭子抽打泥牛的习俗，在周代就已经出现了。古代的迎春仪式热烈而庄重。人们有现成的耕牛可以作为祭祀的礼品，为何要舍近求远，费事塑造一头泥牛呢?

关于鞭打泥牛的起因，在我国民间还流传着这样一个故事：

相传，句芒肩负农事这项重任之后，为了知道哪一天春天真正到来，以便及时播种，便想出一个办法：在寒冬即将逝去前，他采集河边的葭草烧成灰烬，放在竹管内。然后，他守候在竹管旁。到了冬尽春来那一瞬间，阳气上升，竹管内的草灰便浮扬起来，标志着春天来临了。于是，句芒下令大家一起翻土犁田，准备播种。

人们都能听从句芒的号令，可是帮人犁田的耕牛仍沉浸在冬闲的情绪中，懒得爬起来干活。有人建议用鞭子抽打它们，句芒不同意，认为耕牛是人们的得力助手，不应该虐待它们，吓唬吓唬就行了。因此，他让大家用泥巴塑了一头泥牛，放在牛栏里，然后用鞭子狠劲抽打。清脆的鞭响，将那些懒沓沓的耕牛们惊醒了。当看到伏在地上睡觉的同类正在挨鞭子的抽打，它们便乖乖地听从人们的指挥，下地干活去了。由于按时耕作，当年庄稼获得了大丰收。

旧时，人们在立春之日送土牛到城郊鞭牛迎春

从此以后，看灰立春、鞭挞泥牛，逐渐成为古代民间判断时令、及时耕作的定规。

鞭春牛的习俗，在汉代时已经相当流行。据《后汉书·礼仪志》记载：立春日清晨，京城百官身着青衣、戴青帽、立青幡，送土牛于城门外，官员执鞭击土牛，以示劝农迎春。从此，这一立春礼仪被后世沿用下来。

到了唐、宋时期，这套礼仪更是演变成全国上下同时进行的活动：每年夏季，中央历法部门预测来年立春的准确时间，并根据年月干支，决定取哪一方的水土塑泥牛。

此后，各级地方政府都据此规定和样式塑造好一套。到了立春那天，皇帝率领百官在京都先农坛前迎春鞭牛，各地地方长官和大小随员带领百姓在城郊迎春鞭牛。

鞭春牛是一场极其热闹的活动，按照俗规，先由首席长官用装饰华丽的“春鞭”抽第一鞭，而后按照级别大小，依次鞭打。最后，一头泥牛被打得稀巴烂。围观者一拥而上，争抢碎土。

过去，年画艺人以鞭春牛为题材创作的《春牛图》

大家争抢泥牛碎块的习俗，谓之“抢春”。俗称，谁抢得牛肚子里的粮食（塑牛时放进去的），谁家庄稼必定丰收，粮仓满囤流；谁抢得泥牛身上的“肉”，谁家养蚕必定丰收。此外，民间还有这样一种说法：春牛身上的土是天赐的灵丹妙药，只要用布包上它在病患处摩擦一会儿，病马上就会好起来。因此，在“打春”这一天，百姓们都争抢春牛的残块。

这一仪式发展到明、清时期更为隆重了。据清代文人顾禄撰写的《清嘉录》记载：鞭春牛时，“前列社火，殿以春牛，欢者如市，男女争以手摸春牛。”富察敦崇撰写的《燕京岁时记》也有记载：“立春先一日，顺天府官员至东直门外一里春场迎春。立春日，礼部呈进春山宝座，顺天府呈进春牛图，礼毕回署，引春牛而击之，曰‘打春’。”

清代后期还出现了彩扎的纸春牛。人们在一头纸糊的牛肚子里面装上五谷，把它当作“春牛”。在迎春会上，扮“春神”的人举鞭狠抽春牛。牛被打倒，纸被打烂，里面的五谷流了出来，象征着一年五谷丰登。

民国以后，这项古老的民俗游艺活动逐渐消失了。不过，我国民间仍有贴《春牛图》年画或剪纸的，以表示迎春。

近几年，我国有些地区在推出民俗游时，也将鞭春牛作为正月的一项民俗娱乐活动推出。尽管旧时的泥牛或纸牛，已经被披红挂彩的真牛替代了，但它所蕴含的吉祥寓意是相同的。

40 风抚芳郊放风筝

自古至今,放风筝都是孩子们喜欢的一项游戏

放风筝，是中国民间一项古老的民俗游戏，这项活动多在清明节前后和秋季进行。放风筝游戏有许多好处，如古代典籍《续博物志》说：“春日放鸢，因丝而上，令小儿张口而视，可以泄内热。”放风筝时要昂首仰望，还要奔跑疾走，举臂牵引，又多是在空气新鲜的旷野中，对人的身心健康之益是显而易见的。

此外，在过去，我国民间对放风筝游戏还有很多种说法。例如，春天把风筝放到高高的空中，然后剪断引线，让风筝随风飘走，据说可以赶走人们一年中的晦气和郁闷。显然，这是人们一个美好的祈望而已。

据史料记载，风筝最早出现的时候并非娱乐品，而是被作为军事战争的工具来使用。春秋战国时期，是中国历史上诸侯争霸的时期，战争连绵不断，各诸侯国都大力网罗人才，都想打败别的国家。

当时，楚国正准备攻打宋国，楚王请鲁班制造出比云梯更好的工具。鲁班就用木片削制成一只木鸢，在宋国的天空上飞来飞去，恐吓宋国。而墨子是一个和平主义者，主张兼爱、非攻，希望大家互相爱护，不要打仗。他也会制作各种工具和武器。他听说鲁班帮助楚国制作了一只木鸢吓唬宋国，便帮助宋国制作了一只木鸢进行对抗。结果楚国没有办法，只好撤兵。

在古代很长一段时间里，风筝是被作为军事上的一种通信工具

这里所说的木鸢，就是风筝的鼻祖。

公元前202年，刘邦集中韩信、彭越、英布等40万大军，把项羽围在垓下（今安徽灵璧县）。当时项羽兵力不足10万，粮草也快断绝。韩信便用牛皮制作了一只风筝，又让善笛之人吹思乡之曲，命围城汉军高唱楚歌，其声悲凉，极大地动摇了楚军的军心，从而留下“四面楚歌”的历史典故。

秦、汉以后，随着造纸术的出现，纸制的风筝诞生了。西汉初年，汉高祖刘邦率兵离京征伐陈豨时，大将韩信想趁机造反。他用纸制的风筝来测量距离未央宫的路程，准备穿地道入宫。这时的风筝叫“纸鸢”，一直到南北朝时期它还被用于军事。

唐代时，放风筝活动大为盛行。这一时期的风筝，在军事上的应用逐渐减弱，只是偶尔作为通信工具使用。但其作为一种游戏工具，却迅速发展起来。

唐代的风筝在制作工艺上已达到很高的水平，出现了带有灯光和发出哨音的形形色色的风筝。夜晚，带有灯光的风筝在空中如点点繁星。而能够发出哨音的风筝，则是把竹制或苇制的小哨及小笛安装在风筝上面，经力风一吹，它们就会发出阵阵悦耳的声响。这种鸣声，远远传来，就像有人拨动古筝之弦，因此纸鸢就有了“风筝”这一名称。

宋代时，放风筝已经成为民间较为普及的游戏。如在每年的西湖游春活动中，断桥上、苏堤上，都有许多少年儿童竞放风筝。当时还出现了一些以争胜负为主的风筝比赛，但这种比赛不是比谁放得高，放得远，而是参赛者互相勾引绞线，以绞断对方的风筝线为赢。斗风筝的场面异常热闹，南宋文人周密在《武林旧事》中便生

天女散花风筝

动地描绘了这些情景。另外，此书还记载了当时著名风筝艺人周三、吕扁头的事迹。

宋代的皇帝也很喜欢放风筝。宋徽宗刚即位时，喜好玩乐，加之他对绘画颇有造诣，故对风筝情有独钟。他常常在宫中和宫女一起放风筝。据说在风筝飞起后剪断引线可以祛病避邪，因此当时的开封城中，常常有从宫中飞出来的风筝飘落下来。据说，宋徽宗还曾主持编撰了一本《宣和风筝谱》。

因为有文人墨客的参与，宋代风筝的扎制和装饰都有了很大的发展。当时，许多画家也喜欢取放风筝的题材入画。这些因素，直接推动了民间风筝游艺的发展。

明朝初年，当权者由于害怕风筝被用作谋反的工具，因此禁止在京都放风筝。明代刘侗、于奕正撰写的《帝京景物略》记载："风鸢戏，现已禁。"明朝中叶以后，民间放风筝的游艺活动才再度兴起。

明、清时期的风筝，无论大小、样式、扎制技术都比前代有了长足的进步。尤其是风筝的装饰手法和材料，变得更加丰富起来，有贴纸、纸塑浮雕、剪纸、描金银、加纸花等形式。当时的一些年画作坊，还开始采用木版年画来印刷风筝纸。

音响装置也有很大的发展，除了过去的"响弓"之外，又以竹芦贴簧，曰"鹞鞭"。在沿海一带，还有用葫芦、白果壳做哨子的，它们个数大小不一地被装在风筝上，发音极其雄浑，方圆几里都能够听到。

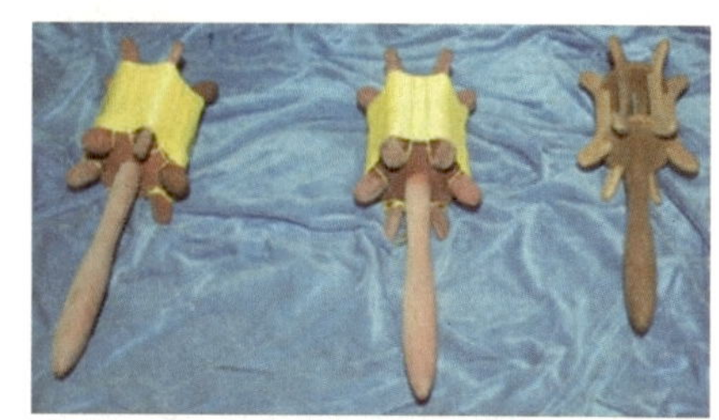
民间放风筝使用的线拐

明末清初著名的戏剧家和

文学家李渔，不但是一位扎风筝的专家，而且还是一位放风筝的高手。或许正是对风筝的钟爱，激发出他的灵感，一部以风筝为题材的名剧《风筝误》诞生了：

在旧时正月的庙会或集市上，有不少专门售卖风筝的摊贩

书生韩世勋题诗风筝上，纨绔子弟戚施在放此风筝时，线断，风筝飘落他处。结果，这一风筝被詹府才貌双全的二小姐淑娟拾到，她另题诗后再放。由此引出了一连串误会与巧合，从而生出了韩世勋、戚施跟詹府两位小姐的两桩相互纠葛的婚事。全剧脉络贯通，情节波澜起伏，引人入胜。

清朝末年，随着民间放风筝活动越来越普及，宫廷也把放风筝当作一项重要的娱乐活动来对待。各地官吏，经常把当地涌现出来的富有创意、制作精巧的风筝，作为礼品进贡。他们还把扎制、绘画的能工巧匠选送到京都，让他们为宫廷扎制风筝，如潍县民间画家于桢培进京后，被慈禧太后赏为“八品画士”。

于桢培不仅擅长绘画，扎制风筝的手艺也异常绝妙。他在未进京之前，曾因一时兴起，跟几位朋友合扎了一个七八丈长的龙头蜈蚣风筝。那几个朋友负责扎制龙头后面的串儿，于桢培则负责扎制龙头。他一边扎，一边画，还把两颗龙睛做得能够转动。

在放飞那天，巨大的风筝在空中上下飞舞，极其壮观。尤其是龙头上的那两颗龙睛，它们不停地转动着，风筝还发出悦耳的鸣声，令人惊叹不已。

龙头蜈蚣风筝

据传，清朝宫廷太监总管李莲英，曾特意安排两名心腹太监到天津找“风筝魏”的制作人魏元泰，为慈禧太后扎制了一个精巧至极的“老寿星骑仙鹤”风筝，慈禧太后心情大悦。

民间放风筝之风越来越盛，风筝制作工艺愈加精良。每到清明扫墓之际，各地倾城的少男少女，纷纷携风筝来到郊外，就在坟前举行放风筝比赛。

清代天津杨柳青年画《十美放飞图》

清代的诗人，留下了许多描写风筝的诗句。如高鼎在《村居》一诗中写道："草长莺飞二月天，拂堤杨柳醉春烟；儿童散学归来早，忙趁东风放纸鸢。"净香居主人在《都门竹枝词》里写道："风鸢放出万人看，千丈麻绳系竹竿；天下太平新样巧，一行飞上白云端。"这些诗写得极富有情趣，又生动地反映出放风筝活动的普遍性。

清代时，由于民间盛行放风筝的游艺活动，故而它在全国各地形成许多不同的风格。除了北京、天津之外，山东的潍坊、江苏的南通等，都因放风筝活动而闻名。这些城市的传统，一直保留到了现代。

飘然潇洒打秋千

打秋千，是我国民间女子和儿童最喜欢的游戏之一

打秋千，是我国民间的一项传统游戏。古往今来，从南到北，我国各地区、各民族都盛行这种娱乐游戏。

在发展过程中，秋千演变出许多种游戏方式，如“荡秋千”“磨秋千”“纺车秋千”“转轮秋千”“担子秋千”，等等。最常见的是“荡秋千”。过去人们通常将两根粗壮的圆木竖着埋入地下，伸出地面的部分有丈余。在圆木的顶端，架一横梁，在横梁上系上两根绳索，在绳索的下端，系好能使人站立或蹲坐的木板。这样，一副秋千架就做成了。游戏时，人站在板上，抓住绳索，用屈腿或蹬腿的力量使自己在空中摆荡；或坐在板上，由别人推起，前后上下摆动。

打秋千是女子和儿童们最喜欢的游戏之一。过去，每到春暖花开之际，民间的妇女与儿童们，即结伙到有秋千的人家去打秋千。普通百姓之家，一般将秋千架于庭院之中。

打秋千是一项既令人紧张兴奋，又具有一定危险性的游戏。过去因为打秋千而意外摔伤的事故，时有发生。然而，这并不能阻止妇女与儿童对这项游戏的喜爱。一些年龄尚小的孩童，甚至不惜挨责打，也要参与这一游戏。古人认为打秋千可以“摆疥”，还可以“释闺闷”。

秋千的起源非常早，据《古今艺术图》一书记载：“秋千，北

齐桓公在征伐山戎时，将打秋千游戏带回了中原

方山戎之戏，以习轻趫者。齐桓公伐山戎，此戏始传入中原。”山戎也叫北戎，春秋时期居住在今河北东部，其地与齐、郑、燕等国境界相接。据说山戎人大都勇猛强悍，善于攀登，打秋千便是山戎人平时训练攀山越岭能力的一种游艺活动。公元前663年，齐桓公为救燕国，发兵进攻山戎，一直打到孤竹（今河北卢龙）才撤兵。很可能，在北伐山戎的过程中，齐桓公看到当地人打秋千的游戏，觉得很有趣，便把它带回了中原。此后，历代宫廷中几乎都设有秋千之戏。

南北朝时期，秋千传到我国的长江流域，每年清明节前后大江南北皆流行这一种游戏，且世代相沿。

到了唐代时，清明节荡秋千的活动更为流行。据五代王仁裕撰写的《开元天宝遗事》记载：唐玄宗天宝年间，每到清明节这天，皇宫内就会竖起一些秋千，供嫔妃、宫女们游戏。由于她们在秋千上荡来荡去，犹如凌空仙子，唐玄宗还为此取了一个“半仙之戏”的名称。

唐代诗人杜甫在《清明》一诗中写道：“十年蹴鞠将雏远，万里秋千习俗同。”刘禹锡也留下“秋千争次第，牵掩彩绳斜”等吟诵秋千的诗句。可见，当时荡秋千的风俗流传之广泛。

清明节荡秋千的主角，主要是那些女孩子们。在随风飘舞的秋千上，女孩们仿佛手持彩练当空而舞的窈窕仙子，魅力四射，令人瞩目。

宋代著名女词人李清照在《点绛唇·蹴罢秋千》中，生动地描写了荡秋千的情景：“蹴罢秋千，起来慵整纤纤手。露浓花瘦，薄汗轻衣透。”

宋代著名诗僧惠洪，曾经吟诵过一首名为《秋千》的诗："画架双裁翠络偏，佳人春戏小楼前；飘扬血色裙拖地，断送玉容人上天。花报润沾红杏雨，彩绳斜挂绿杨烟；下来闲处从容立，疑是蟾宫谪降仙。"

旧时，打秋千是久居闺房的女子们的一种释闺闷的游戏

从这些诗句当中，我们或许能够窥见当时这种游戏的全民性。后来，或许人们感觉传统的秋千有点枯燥了，于是开始寻找新的花样。荡秋千游戏，也因此得以进一步延伸和发展。

宋代的时候，出现了"水秋千"。据南宋文人吴自牧的《梦粱录》一书记载，不管是在北宋都城汴梁的金明池，还是在南宋都城临安（今杭州）的西湖、钱塘江，都举行过这种杂技表演。表演之前，先在水中置两艘雕工精美的大船，船头上竖起高高的秋千架。表演时，船上鼓声大作，表演者依照次序登上秋千，奋力地悠来荡去。当秋千荡到与秋千架的横梁持平之时，他们双手脱绳，借秋千回荡之力跃入空中，在空中翻个跟头，然后投入水中。表演者姿势各异，看上去惊险优美而又变化无穷。"水秋千"，类似于现在的跳水运动。

宋代以后，随着市民阶层的大量涌现，秋千之戏逐渐普及到民间，变成节日中一个狂欢的节目。如在山东一些地区，清明节前后，老幼妇孺一齐出动荡秋千，欢呼为戏。其中，有一种"转秋千"，备受年轻人的喜爱。

转秋千的制作有些特别，它是将一根很长很粗的木头竖着深埋入地下，露在地上的也有10米之长，顶端掏心挖空，外扎铁箍。将一个大车轱辘连同轴插入孔中，形成一个转盘。然后在孔中注入润滑油，再在转盘上向外斜装6根粗木，使整个顶部呈伞状。顶端插

民间年画上的“轮秋千”

红旗，周围镶镜子，扎彩球、绸带，整体看起来宛如一个圆形彩楼。上面6根斜撑粗木的半截处，各系上粗麻绳，拴上“牛索头”，距离地面2米左右。所谓“牛索头”，就是在牛拉车或犁地时，搭在它脖子上的一个木制用具，呈“V”形。

转盘上对称两点，各系一条大麻绳，垂下直拖到地，每条系上一根大木棍，以便多人抓住。拽紧绳子后，像推磨一样推木棍且越推越快，牵引车轮转动。由于离心力的作用，“牛索头”上的人被甩得越来越高，身体侧了起来，像表演空中飞人似的。

明代时，每逢清明节，三宫六院都要设秋千一架，嫔妃宫女相邀嬉戏为乐。到了清代，上自内苑，下至乡村，每逢节日也要竞立秋千架，以嬉戏为乐。对于那种“家家竖秋千为戏”的场面，《燕京岁时纪胜》等史料多有记载。

清乾隆二十年（1755年），寿光知县王椿编修的《续寿光县志》也记载了当时山东民间荡秋千游戏的情景：“寒食清明二日，人家植双木院落，系绳板为秋千。唐人所谓‘半仙戏’也。又或于市町广场，竖巨木高数丈，缚车轮于木杪，而垂屈板于周遭，有多至三十二索者，横巨木于下，以人力推转。妇女靓妆盘旋，空中飞红扬紫，翩若舞蝶，千百为群，蹴尘竞赴。”

这种大规模的女子荡秋千活动，亦反映出此游戏曾在民间风靡一时。时至今日，它仍然深受我国各族人民的喜爱。

文武兼备斗百草

斗草游戏，又叫“斗百草”，是一种极为古老而又简单的游戏，很受妇女、儿童们的喜爱。斗草，一般是在农历五月初五端午节进行。南朝梁人宗懔撰写的《荆楚岁时记》记载：“五月五日，四民并踏百草，又有斗百草之戏。”

斗百草游戏，是由端午节时人们采挖草药的习俗衍生而来

唐人韩鄂撰写的《岁华纪丽》也有记载：“端午结庐蓄药，斗百草，缠五丝。”斗百草游戏之所以在端午节进行，与它本身渊源于古代辟邪驱毒风俗有关。

在古人心目中，农历五月是“恶月”。该月中有蛇、蝎、蜈蚣、壁虎、蟾蜍等五毒，它们经常会给人们造成极大的危害。为了防御疾病，保持健康，人们每到端午之时，便遍踏百草，采集草药，并将采得的药材熬制成汤进行沐浴。当然，人们所采的植物并不一定都是药材，其中也有各种花草。在采挖草药的间隙，人们就用这些采得的花草相互斗嬉取乐，于是就出现了斗草的游戏。

斗草，最初的玩法比较简单，就是相互拉拽植物茎。大家将各自所采的花草茎勾连在一起，然后用力去拽，谁先断谁就是输家，反之则是赢家。这种斗法，俗称“武斗”，深受儿童们的喜爱。

后来，又出现了一种“文斗”的游戏方式。所谓“文斗”，是依靠采集花草的数量和个人的机智来取胜。大家各自将采集到的花草藏好，一方出示一种花草后，另一方也需要出示对应的花草，双方像吟诗答对那样互对花草名。如一方出示“狗尾草”，另一方可以对“鸡冠花”，或其他相应的。当一人报出花草名，另一人对不上来时，报花草名的就算赢了。这种玩法，不仅考验游戏者对花草的识别能力，而且需要游戏者具备一定的应变力。在“文斗”的玩法里面，还有一种纯粹是以采集花草数量的多少来定输赢的，这就简单多了。

斗草这项游戏起源于何时，并无确切的史料记载，但从《荆楚岁时记》的记载来推断，至迟在南北朝时期就出现了。

古代儿童对斗百草游戏总是异常投入

到了唐代时，斗草游戏在民间极为盛行。唐代诗人对斗草游戏也多有吟咏，如王建在《宫词》一诗中写道：“水中芹叶土中花，拾得还将避众家；总待别人般数尽，袖中拈出郁金芽。”在斗草时，游戏者需要将采集来的名贵花草藏好，以防别人看见，等到别人花草斗尽，再拿出袖中的郁金香，最后压倒群芳而获胜。

当时，很多妇女儿童对这项游戏都十分着迷。唐人崔颢在《王家少妇》一诗中写道：“闲来斗百草，度日不成妆。”说一个十五岁的女孩子，刚嫁到王家做媳妇，还是童心不改，喜欢跟女伴们斗草，玩得不亦乐乎，弄得妆都不成样了，煞是可爱。只是不知道，她回到家里会不会挨公婆的白眼呢？从这两句诗，便可窥见当时斗草的盛况了。

在唐代，就是皇室贵族、王公大臣，也都乐于此举。唐人韦绚撰写的《刘宾客嘉话录》记载了安乐公主斗草的故事：唐中宗时，安乐公主在端午节玩斗草游戏，想以特有品种取胜于人。于是，她命人骑快马到南海祇洹寺取东晋谢灵运施给该寺的胡须（谢灵运以胡须美而闻名）。

该美须被装扮在此寺维摩诘像的下巴上，寺僧对其倍加珍爱。然而，安乐公主担心有人再从寺中得到胡须而战胜她，干脆派人将剩余的胡须全部剪掉。这是一个非常有趣的斗草故事，只不过以谢灵运的美须替代百草是否算违规，还是之前有过协商，那就不得而知了。

五代时期，斗草游戏依然深受欢迎。传说，南汉皇帝刘铱在皇宫的后花园种植了大量的奇花异草，每年花草繁茂的时候，他就组织宫女们斗花草娱乐。

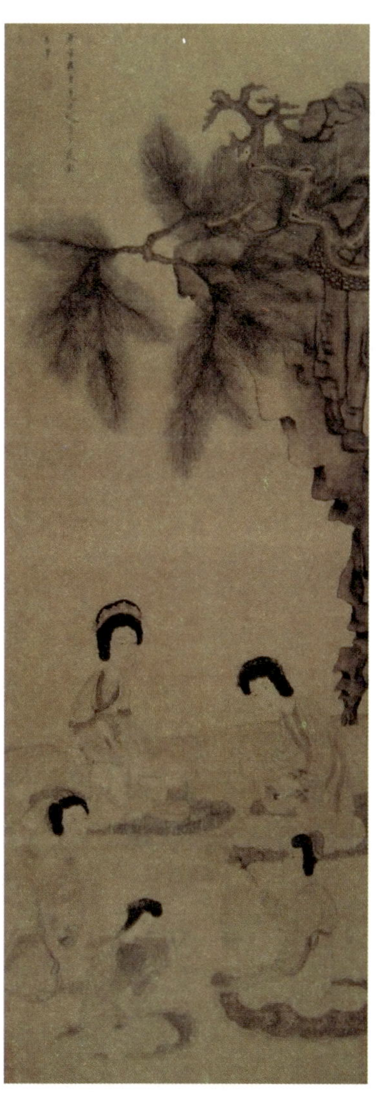
后蜀后主孟昶的宠妃花蕊夫人，经常与宫女们在后宫里玩斗草的游戏

后蜀宫中亦盛行斗草游戏。后蜀后主孟昶的宠妃花蕊夫人对宫女斗百草嬉戏曾进行过生动的描写，她在一首《宫词》中写道："斗草深宫玉槛前，春蒲如箭荇如钱；不知红药阑干曲，日暮何人落翠钿。"宫女们从宫池水畔采来似箭的春蒲、如钱的荇菜，在深宫玉槛前以斗百草为戏，一直玩到黄昏。在芍药阑干曲折幽深之处，不知谁人遗落了金钗翠钿，可见宫女们玩斗百草游戏之专心。

到了宋代，玩斗百草游戏之风更盛，时间也不只限于端午节。宋人范成大的《春日田园杂兴诗》有："青枝满地花狼藉，知是儿孙斗草来。"柳永的《木兰花·清明》词曰："盈盈，斗草踏青。人艳冶，递逢迎。"这些诗词，描写了宋代人们在春社日和清明节玩斗草游戏的情景。

元、明、清各代，斗草游戏相沿袭，并且在民间广为开展。一些文学作品中也频频出现此游戏，元代谢宗可《风筝》一诗中的“蹴罢秋千斗草慵”就是描写仕女打秋千、斗草游戏的。

在这幅名为《群婴斗草图》的画作上面，斗草游戏的两种不同玩法被描绘得十分传神

古典文学名著《红楼梦》第六十二回中有一段对女子斗草游戏的生动描写，表现的是香菱、芳官、蕊官、藕官、豆官、小螺等人斗花草名玩乐的场面，颇有意思，现引录如下：“外面小螺和香菱、芳官、蕊官、藕官、豆官等四五个人，满园玩了一回，大家采了些花草来，兜着坐在花草堆里斗草。这一个说：‘我有观音柳。’那一个说：‘我有罗汉松。’那一个又说：‘我有君子竹。’这一个又说：‘我有美人蕉。’这个又说：‘我有星星翠。’那个又说：‘我有月月红。’这个又说：‘我有《牡丹亭》上的牡丹花。’那个又说：‘我有《琵琶记》里的枇杷果。’豆官便说：‘我有姐妹花。’众人没了，香菱便说：‘我有夫妻蕙。’豆官说：‘从没有听见有个夫妻蕙。’香菱道：‘一个剪儿一个花儿叫做兰，一个剪儿几个花儿叫做蕙。上下结花的为兄弟蕙，并头结花的为夫妻蕙。我这枝并头怎么不是夫妻蕙？’豆官没的说了。”

清代文人涨潮在《补花底拾遗》中说，当时女子生活乐趣之一就是邀约邻家美艳女子一起玩斗草游戏。可见，明、清时期，斗草游戏在女子中是非常盛行的。

到20世纪80年代前后，在我国一些农村地区的儿童中间，还流传着斗草的游戏。不过，他们所玩的方式，无非是以地瓜蔓或其他植物的茎儿，相互扯拽罢了，这应该是比较原始的“武斗”。

到了现代，随着社会的发展，人们娱乐方式的增多，以及人与自然关系的疏远，斗百草这个古老的游戏也逐渐消失了。

第七辑：益智赛巧篇

忘忧清乐下围棋

围棋，是一种十分古老的游戏

围棋，在我国古代被称为“弈”，又有“坐稳”与“手谈”的美称。它是我国古人十分喜爱的一项游戏，同时也是人类历史上最悠久的棋戏之一。相传，它已经有4000多年的历史。

下围棋，不仅能训练思维、锻炼意志、陶冶性情，而且还能培养一个人高瞻远瞩的胸怀和果断机敏的品质。因此，数千年来它长盛不衰，并逐渐发展成为一种国际性的文化游艺活动。

关于围棋的起源，我国民间曾流传这样一种说法：它是由尧和舜两位古代贤明的君主创造出来的。

相传，尧和舜的儿子，一个叫丹朱，一个叫商均。这两个人不仅不务正业，而且性格还很暴躁，做什么事情都显得很笨拙。尧和舜为了教育儿子，就创造了一种围棋，希望通过下围棋这种游戏来增长丹朱和商均的才干，陶冶他们的性情，使他们变得聪明起来。这个传说，在晋代张华撰写的《博物志》里面有过记载，即“尧造围棋以教子丹朱”。

尧和舜是古代原始社会末期的传说人物，当时的社会生产力和人类文化均处于萌芽状态，他们创造出围棋这种高智慧的游戏，似不足为信，或为后人推测、附会之说。但这也说明，长期以来，人们始终把下围棋看成是一种文化教育活动。

春秋战国时期，围棋已经在社会上广泛流行。先秦典籍《左传》曾记载过这样一件事情：公元前559年，卫国的国君献公，被卫国大夫宁殖等人驱逐出国。后来，宁殖的儿子又答应把卫献公迎接回来。文子批评道："宁氏要有灾祸了！弈者举棋不定，不胜其耦，而况置君而弗定乎？"用"举棋不定"这种围棋中的术语来比喻政治上的优柔寡断，说明下围棋在当时已经成为人们经常玩的一种游戏。

在记载孟子及其学生言行的先秦典籍《孟子》一书中，也有关于围棋的记载："弈秋，通国之善弈者也。使弈秋诲二人弈。其一人专心致志，为弈秋之为听。一人虽听之，一心以为有鸿鹄将至，思援弓缴而射之，虽与之俱学，弗若之矣！"

下围棋，是古代文人雅士极为钟情的游戏

从这段记述中我们可以看出，弈秋是当时诸侯列国都知道的围棋高手，而且他还教授学生。这反映出，战国时期的围棋技术已经达到了一定的水平，有了专门教棋的老师，出现了私人授棋的现象。

秦、汉时期，围棋游艺曾一度冷落。东汉初期的史学家在《原弈》中有"今博行于世而弈独绝"之说。但到了汉魏之际，弈棋之风又逐渐盛行，出现了冯翊、山子道、王九真、郭凯等围棋高手。三国时期的曹操、孙策、陆逊、诸葛瑾等均酷爱围棋，其中以曹操的棋艺为最。这些军事家们把下围棋的收放取予，视为战场上的筹略。

当时的文人学士，精于围棋者不乏其人。如"建安七子"之一的王粲，在围棋方面有着很深的造诣，而且记忆力惊人。有一次，他观人下围棋时，棋局突然被碰乱，王粲能够把棋子一一恢复原状。有人对他这种记棋的能力表示怀疑，王粲当场再做示范。他用一块布，把人们正在下着的棋局盖上，然后在另一个棋盘上重摆，结果竟一子不差。王粲复局的本领，令观者无不叹服。

到了南北朝时期，玄学兴起，文人学士以崇尚清谈为荣，追求高雅。于是，下围棋成为代表高人逸士风度的活动。帝王将相、文人学士无不喜爱此游戏。因此，这一时期成为中国围棋发展史上的高峰时期。

当时经常举办规模较大的围棋比赛，涌现出许多高手。一些少年棋手脱颖而出，“九品”的称号也是在那时出现的。

南齐的诸胤，年仅七岁，棋艺不凡。据唐代学者李延寿撰写的《南史》记载，宋文帝刘义隆，对诸胤的评价是：“天下有五绝，而皆出钱塘，诸胤围棋，其一也。”另据唐代史学家姚思廉所著《陈书》记载，梁武帝时期的陆琼，八岁时，能“于客前覆局，由是京师号曰神童”。覆局，就是凭记忆复原全局的始末，和前面所讲王粲的记忆力一样惊人。

明代佚名笔下的《高士蕉下对弈图》

南北朝时的多位皇帝也都是“围棋迷”，如宋文帝刘义隆、宋明帝刘彧、齐高帝萧道成、梁简文帝萧岗等都喜爱下围棋。统治者的提倡，对围棋的发展起到了极大的推动作用。同时，他们也做了不少对围棋发展有一定影响的事情，如宋文帝对弈棋名家给予一定的俸禄。

梁武帝时，更是多次举办全国规模的围棋大赛，皇帝命柳恽品定棋谱，制定天下棋士等级。棋士等级共分“九品”，以“一品”为最高。这就是后来日本围棋“九段”制度的历史渊源。在当时，棋品等级是很受人珍视的。得过“品”的人去世后，别人要把他的品级写入传记中，当作一种荣誉，就连皇帝也不例外。齐高帝萧道成生前就曾得过“二品”，按品级来说，其棋艺应该不凡。

山东高密扑灰年画《对弈图》

这一时期的棋盘与现代围棋棋盘已经相差无几。棋盘上分列纵横19条等距离、垂直交叉的平行线，构成361个交叉点。棋盘上标出的几个小圆点称“星位”。其中，中央的星位又叫“天元”。棋子分为黑白两色，扁圆形。在常规比赛中，围棋棋子的数量多为黑子181枚，白子180枚。

对局的双方各执一色棋子，黑先白后，每次仅能下一子，交替进行。棋子要置于棋盘的点上。棋子下定以后，就不能再移动。下棋时，允许任何一方放弃下子的权利。

按照传统规则，计算胜负的方法如下：首先，拿掉死子。然后，仅数一方围住的点（称为“目”）并记录下来，再数这一方的子数并记录。之后，将目数和子数加起来。此外，若统计的是黑棋，要减去三又四分之三子；若统计的是白棋，则要加上三又四分之三子。最后，结果与一百八十又二分之一相比，超过者胜出。

另外，当时的围棋术语也比较齐备，如“花六持七”“方四聚五”“劫”“侵”“补”“点”，等等。

南北朝围棋发展的又一重要标志是，当时有很多围棋专著先后问世，如《棋势》《棋法》《棋评》《棋品》等。这些都是棋艺研究，虽然已经失传，但也反映了当时围棋发展的成就。

唐代，是古代围棋发展的又一高峰期，围棋的理论与战术，得到更为广泛的发展与提高。唐代的帝王因为酷爱下围棋，故在皇宫里为弈棋高手设有专门的官职，谓之“棋待诏”。正所谓上行下效，当时的官宦阶层、文人学士，乃至妇女都喜欢下围棋。

唐玄宗时期，最厉害的围棋高手名叫王积，他曾任职翰林院的棋待诏，纵横天下，难逢对手。唐玄宗和他对弈时，可以用“不堪一击”来形容。一局结束，他能够将玄宗皇帝所下的子都围成死子捡出去。王积根据自己多年博弈的经验，创作了数部棋艺作品，如《十诀》《金谷园九局谱》《棋诀》等。除了《十诀》之外，其他均已失传。

唐代绢本《仕女弈棋图》

宋代的围棋有了更大的发展，除了宫廷里仍设有棋待诏的官职之外，民间更是流行。北宋何薳撰写的《春渚纪闻》记载了当时一位名叫刘仲甫棋待诏的事迹：刘仲甫在入宫作棋待诏之前，曾周游各地，挂出“江南棋客刘仲甫奉饶天下棋先”的招牌，以银盆酒器等为奖品，邀请民间围棋高手与自己对弈。天下的围棋高手闻讯纷纷前来与刘仲甫切磋。他这样做，就是为了与不同风格的棋手实战，从中吸取经验，以便提高自己的棋艺。

在长达数年的围棋“擂台赛”中，刘仲甫没有输过一盘。后来，他进入京城，做了棋待诏。在此后二十余年的围棋生涯中，他仍保持了不败的纪录。

围棋之戏，在民间更是流行。特别是在南宋都城临安（今杭州），还出现了“棋园”之类的业余围棋组织。宋代有关围棋的著作也很多，如刘仲甫的《棋诀》，张拟的《棋经》，李逸民的《忘忧清乐集》等，其中尤以张拟的《棋经》最为著名。这部著作，包括“棋局”“得算”“合战”“虚实”“审局”等13篇。此书对古代围棋经验作了详细的总结，在许多方面体现了深刻的哲理。

明、清两代，围棋水平得到了迅速提高。其表现之一，就是流派纷呈。明代正德、嘉靖年间，形成了三个著名的围棋流派：一个是以鲍一中（永嘉人）为冠，李冲、周源、徐希圣附之的“永嘉

现代陶艺作品《琴棋书画》

派”；另一个是以程汝亮（新安人）为冠，汪曙、方子谦附之的“新安派”；还有一个则是以颜伦、李釜为冠的“京师派”。这三个流派，风格迥异，布局攻守侧重各有不同。在这些民间围棋高手的带动之下，当时涌现出一大批“里巷小人”的棋手。他们频繁的民间比赛活动，使围棋游戏进一步得到了普及。

清代的棋坛上更是人才辈出，如周懒予、黄龙士、周东侯、施定庵、范西屏等，都是著名的围棋高手。黄龙士自幼成名，棋路宽，能自出新意，穷极变化，且处世淡泊，被时人誉为“弈圣”。周东侯则以棋风勇猛刚强著称，时人对他有“龙士如龙，东侯如虎”的赞誉。这一时期，还诞生了许多由棋艺家编撰的围棋谱，如《适情录》《石室仙机》《三才图会棋谱》《仙机武库》《弈理指归》《桃花泉弈谱》，等等。由此可见，当时无论是围棋技艺，还是围棋理论，都已经达到了相当高的水平。

晚清时期，社会动荡，烽烟四起，加上政治腐败，列强入侵，盛行数千年的围棋活动开始走向低谷。正所谓“国运兴，棋运兴；国运衰，棋运衰也”。直至新中国成立以后，低迷已久的围棋游艺才又开始复兴。

楚河汉界寄闲情

象棋，古称“象戏”，是中国民间一项雅俗共赏的棋类游戏。在古代它虽然不如围棋那样普及，但在民众娱乐活动中也有着深厚的基础。

象棋在我国有着悠久的历史，它的起源自古以来众说纷纭，莫衷一是。但综合起来，不外乎以下几种：其一认为起源于上古时期的黄帝，北宋晁补之撰写的《广象戏图序》云：“象戏，戏兵也。黄帝之战，驱猛兽以为阵。象，兽之雄也，故戏兵以象戏名之。”其二认为是周武王发明的，明人谢肇淛在《五杂俎》中云：“象戏，相传为周武伐纣时作，即不然，亦战国兵家者之流。盖彼时犹重车战也。”

清代牙雕象棋

此外，还有《易经》起源说，韩信始创说，以及印度传来说等。以上种种异说，大都带有附会之意，无法确定真伪。但是有一点可以肯定，那就是象棋这门游戏自古以来就深受中国人的喜爱。

关于象棋游戏最早的文字记载，见于战国时期楚国大夫屈原创作的《楚辞·招魂》，其中有“菎蔽象棊棋，有六簙些。分曹并进，遒相迫些。成枭而牟，呼五白些”的句子，所讲的就是“象棋”和“六博”两种棋类游戏。句中的“分曹并进，遒相迫些”是说棋子分成两群，相互攻守胁迫，描写的是象棋活动的场面。从《招魂》一诗中，我们就可以看出战国时期的楚国已经流行象棋游戏了。

唐代女皇武则天是一位资深的象棋迷

不过，此时的象棋，无论在形式上，还是在下棋的方法上，与现代的象棋应该有较大的差别。唐代之前，象棋作为一种雅俗共赏的游戏，虽然备受广大群众的喜爱，但由于受到古代帝王贵族和文人学士的轻视，在当时的史料中出现甚少。

到了唐代，由于唐太宗李世民喜欢这项棋艺游戏，这才极大促进了它的发展。据说，女皇武则天就是象棋游戏的忠实粉丝与参与者。据《梁公九谏》记载，武则天曾做过一梦，梦见自己与天神大罗天女下棋，被天女“打将”，频输给天女。第二天，武则天向群臣讲述了这个梦，并询问吉凶。这段记载虽说是梦中下棋，但能够看出来，象棋必是当时生活中的常见之物。其中“打将”一词，是现在人们仍在使用的象棋术语。

唐代文人牛僧儒撰写的《玄怪录》，也记述了一则与象棋有关的故事：唐代宗宝应元年（762年）的一天晚上，汝南人岑顺客居在陕州的一所废宅中。睡梦中，他见“天那军”与“金象军”两军相争，双方你来我往，墙壁下的老鼠洞化作了城门。在激战当中，“天那军”大败，其国王逃到了西南角。后来，岑家人根据岑顺梦中的情景，沿着老鼠洞开挖，发现了一座古墓。墓深九尺，墓前有一个金属制成的棋盘，上面摆满了各种铜制的立体象形棋子。原来，是这些棋子成了精怪在打仗。

这个极具神话色彩的故事虽然不足信，但它对象棋爱好者的渲染力很强。由于“鬼话”故事发生在唐代宝应元年，故后世称这种棋戏为“宝应象棋”。在宝应象棋中，实际上已经有王、军师、马、象、车、兵六种棋子，与现代流行的象棋已经非常相似了。

炮，是现代象棋中的一个重要组成部分，那么，它是什么时候进入象棋中的呢？一般人认为，炮是在宋代才增入的，理由是：真正的火器（包括火炮）是在宋代出现的。但是，众所周知，象棋中的炮，一直写作“砲”，从石而不从火。这种砲，从春秋到唐代一直在使用。而象棋中的“砲”，就是来自机发飞石之砲，而不是宋代以后的火炮。因此，最晚在唐代中叶时，炮就已经出现在象棋中了。

宋代，是我国古代象棋发展并成型的一个重要时期。北宋流行的象棋有4种不同的形制：第一种有将、士、象、马、车、炮、卒32枚棋子，棋盘无河界，纵9道、横9道；第二种有将、偏、卒等棋子，棋盘有河界，棋子多少不详，仅流行于士大夫阶层，现已失传；第三种是由北宋晁补之创造的“广象戏”，棋盘纵横19道，用98个棋子；最后一种是北宋司马光创造的“七国象戏”，根据当时流行的两人对局的围棋而创造，棋盘纵横19道，七人对弈，棋子分为不同的颜色。

后三种形制的象棋，多因烦琐、冗赘而未能流传。只有第一种形制的象棋几经演变，到北宋末年，增加了河界，纵线变为10道，终于逐渐定型为我们今天所见到的样子，并在民间广泛流传。

这种游戏的传统方式是，每方各有16个棋子：将（帅）一个，仕（士）、象（相）、车、马、炮各两个，兵（卒）五个。棋子分红黑两种颜色。开局以执红子先行，即红先黑后，然后双方轮流各走一步。结局，以把对方的将或帅困死为胜，术语称为“将死”。或双方子粒拼杀殆尽，均无力战胜对方，经双方同意议为和棋。

象棋，在中国民间是一种雅俗共赏的游戏

南宋年间，象棋之戏大为普及，南宋洪遵在《谱双叙》中有“象戏家喻户晓”之说。另据南宋吴自牧撰写的《梦粱录》记载，当时象棋已被列入日用杂品诸物之中，临安城随处可以买到。其普及程度之广，由此可见一斑。

南宋的皇帝如宋高宗赵构、宋宁宗赵扩等都喜爱象棋，并沿袭唐代之法，选拔著名的象棋高手作为宫廷棋待诏。当时，著名的象棋高手有王安哥、杜黄、林茂、尚瑞、上官大夫、李黑子、沈姑姑等，他们都是宋朝宫廷中的棋待诏。其中，沈姑姑则是我国最早的女象棋国手。社会上的名人学者爱好象棋者也大有人在，如著名诗人李清照、刘克庄等均喜好象棋。宋代也出现了一些象棋专著，如叶茂卿的《象棋神机集》、洪迈的《棋经论》等。令人遗憾的是，这些著作后来都失传了。

明、清时期，是古代象棋的繁荣期，此间涌现出不少象棋高手。明太祖的孙子朱高炽，酷爱下象棋，还多次赋诗赞誉象棋游戏，其中有一首这样写道："两国争强各用兵，摆成队伍定输赢；马行山路当先遣，将守深宫戒远征。乘险出车收散卒，隔河飞炮下重城；等闲识得军情事，一着功成定太平。"

明代的象棋国手，首推李开先。他每逢与人比赛，总是根据对手的水平，或让对手一子，或让对手先走三步，即使让了棋，他还是能取胜。

清代自康熙以后，象棋游戏随着社会经济的繁荣进一步活跃。清朝的乾隆皇帝除了喜好书法之外，也喜欢下象棋。当时朝中有五名大臣棋艺都不错，乾隆就召见他们殿试棋艺。乾隆观棋之后，还令他们编成了《五大臣象棋谱》。上行下效，民间下象棋之风也盛极一时。全国出现了众多象棋流派，涌现出很多象棋高手，极大地促进了象棋游戏的发展。

时至今日，下象棋仍然是一项深受人们喜爱的游戏

清末的慈禧太后也喜欢下象棋，但棋艺很差，棋品也极坏。据末代皇帝爱新觉罗·溥仪在自传《我的前半生》中记载：一次，慈禧太后与一小太监下象棋，下到中局双方对杀时，这个小太监戏语太后说："奴才杀老

祖宗的这只马。”想不到慈禧太后恼羞成怒，不觉脱口而出：“老祖宗杀你一家子。”小太监就因为一句话，被周围的护卫拉出去活活打死了。

清代的象棋名家，清初有王再越、程兰如、张元叔、刘上林等，清末有李荣、陈笙、索万年等。

明、清时期出现的各种象棋著述多达百余种，其中比较著名的有：明代的《梦入神机》《适情雅趣》《自出洞来无敌手》《金鹏十八变》；清代王再越的《梅花谱》，张自文等人汇编的《韬略元机》，以及《竹香斋》《心武残编》等。这些象棋著作，总结整理了古代象棋发展的经验，对近现代象棋的发展及棋艺水平的提高，起到了不可磨灭的重要作用。

如今，下象棋仍然深受人们的喜爱，爱好者不计其数。

斗点取胜玩骨牌

骨牌，是一种古老的牌类游戏，被广泛地应用于赌博当中。但是，我们不能因为这一点，便否认它所具有的娱乐作用。骨牌由于大多数是以牛骨制成的，故得此名。也有些高档的骨牌是用象牙制作的，故而又名“牙牌”。

当然，除了这两种材料之外，还有的是采用木头或竹片制作而成，但人们仍习惯用“骨牌”这个名称。

关于骨牌的来历，清人陈元龙撰写的《格致镜原》曾作过记述：“宣和二年（宋徽宗年号），有臣上疏设牙牌，三十二扇，共计二百二十七点，按星辰布列之位。譬天牌二扇，二十四点，象天之二十四气；地牌二扇四点，象地之东南西北；人牌二扇十六点，象人之仁、义、礼、智，发而为恻隐羞恶、辞让是非；和牌二扇八点，象太和元气，流行于八节之间。其他牌名，类皆合伦理，庶物器用。”

但是，这个老臣所上的关于骨牌的奏章，宋徽宗嫌过于繁复，难以施行。到了宋高宗时期，骨牌才真正开始流行起来。

民国时期的骰子

骨牌这一游戏，其实是由骰戏演变而来的。骰戏，是一种以骰子对掷而博的游戏，形成于南北朝时期。古人所玩的骰戏道具非常简单，一般只要几枚骰子和一个骰盒就可以了。对游戏场地的要求很随意，无论豪华还是简陋，都不影响人们的兴致。一般是众人围着一张桌子，轮流掷骰子，以所投出的点数决定输赢。

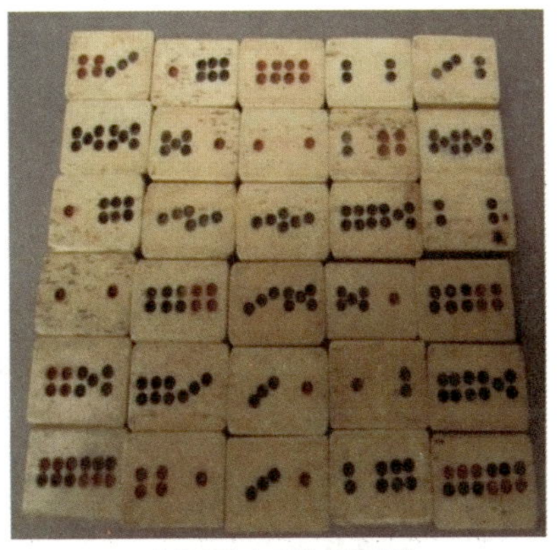
清代有钱人玩的牙雕骨牌

骨牌尽管是由骰子演变而来的，但玩法比骰子要复杂得多。一副骨牌共有32张牌，其中有22张成对的，称为“文牌”，亦称“华队”；还有10张是单牌，称为“武牌”，亦称“夷队”。

每张骨牌上面，都刻着以不同方式排列的点子，2~12不一。而且每一张牌面都可以从中间划分为上下两个部分，这两个部分有相同或不同数量的点，根据两部分点数的对应关系，就可以确定这张牌的名称。比如在22张文牌中，牌上下两部分都是六点，称为“天牌”；牌上下两部分都是一点，称为“地牌”；牌上下两部分都是四点，称为“人牌”；牌上下两部分分别是一点和三点，称为“和牌”或“鹅牌”；牌上下两部分都是五点，称为“梅花”或“梅牌”；牌上下两部分都是三点，称为“长牌”或“长三”等。

武牌亦如此，比如牌上下两部分分别为五点和四点，叫做“红九”；牌上下两部分分别为三点和六点，叫做“黑九”，等等。

骨牌的玩法有很多，最常见的是“打天九”和“推牌九”这两种。打天九牌，一般是二至四人，各方依次摸牌两张，然后较量大小。也有各持8张牌，任意组成4对来互相角胜负的。对子最大，不成对的两牌合计点数，超过十点仅保留尾数。倘若两牌之和正好十点，那就是“别十”，必败无疑。

牌九游戏形成的时间，比天九略微晚一些。牌九有大牌九和小牌九之分，大牌九是4张牌为一组，小牌九则两张为一组，玩法和天九牌差不多，都是以点数来决定胜负。

在牌九中，最大的牌是“至尊宝”，又叫“猴王对”。这组牌是由单数很小的牌配成的，也就是“丁三”配“二四”。歇后语“丁三配二四——绝配”就是这样来的。除了“至尊宝”之外，其他牌

骨牌游戏，是赌场上常见的一种赌博方式，许多人对其敬而远之

由大到小的顺序是“双天”（两张天牌）、“双地”（两张地牌）、“双人”（两张人牌）、“双和”（两张和牌）、“双梅”（两张梅花牌）等对牌。对于不能配成对的杂牌，则以点数来比较大小。

清代后期，随着麻将游戏的兴起，骨牌在博戏舞台上的龙头地位逐渐丧失。但是直到20世纪70年代前后，在广大农村地区，仍有不少上了年纪的老人以玩骨牌游戏为乐。

风靡一时斗叶子

民间传说，叶子戏是由唐代天文学家一行和尚首创的

叶子戏，是中国最古老的纸牌游戏。关于叶子戏的起源，我国民间有多种说法。一种说法认为叶子戏最早是由楚汉争霸时的韩信发明的，当时是为了缓解将士的思乡之愁。因为叶子戏中的牌仅树叶般大小，所以称“叶子戏”。当然，这只是一个传说，可信度不高。

另一种说法，认为叶子戏是由唐代天文学家张遂（一行和尚）发明的。宋代文人王辟之在其撰写的《渑水燕谈录》中提到，张遂创此游戏，供唐玄宗与宫娥们娱乐消遣。

北宋欧阳修在《归田录》中提出了不同的看法，他认为，唐代书籍使用卷轴，查找某些内容时很困难，于是人们就把纸片裁成叶子状，并在上面写上称谓、提示等信息，然后将它们贴在书卷的适当位置处。这可能是“叶子”的雏形。

虽然没有确凿的证据来证明这种游戏是由谁发明的，但可以肯定的是，这种游戏在唐代的时候已经风靡一时，备受士庶百姓的喜爱。尤其是古代妇女，对叶子戏更是格外钟情。唐代文人苏鹗撰写的《杜阳杂编》一书记载了这样一件事情：唐懿宗的女儿同昌公主，下嫁韦保衡，她喜欢玩叶子戏。为了通宵玩叶子戏，公主竟让

民间玩斗叶子游戏时使用的纸牌

人以红琉璃盏盛珍贵的夜明珠，捧在堂中，光明如昼。

中唐时期，叶子戏还是一种特别时尚的酒令。文人士大夫聚在一起宴乐，喜欢以叶子戏作为觞酌罚酒的娱乐。

两宋时期，叶子戏已经非常普及。宋太祖也非常喜欢叶子戏，而且牌艺精湛，他经常在深宫中和嫔妃宫娥们玩得如醉如痴。他甚至还下过一道圣旨，令宫娥们全部学玩叶子戏，借以消夜。

南宋时期，在都城临安（今杭州）的街市上，有专门出售“扇儿牌”（纸牌）的店铺。据西湖老人《繁胜录》记载，临安“行市”里面就有售卖纸牌这一行。由此可见，纸牌在南宋众多的娱乐游戏中，已经有一定的独立地位。

当时，一些艺人甚至训练猴子进行“斗叶子”表演。至于猴子是如何玩这个游戏的，因为没有更加详实的记载，我们只能加以猜测，或许就像今天的杂技演员训练动物识数字和字母一样吧。

宋代还产生了不少与叶子戏有关的专著，如《叶子格》《小叶子例》《偏金叶子格》等。

到了明代时，叶子戏仍广泛盛行于社会各个阶层。明代文学家钱希言在《戏瑕》中说：“凡士人宴会，闺房杂聚，与夫歌台舞榭之间，酒坛博馆之下，盛行叶子，无以加于此矣。”

明刻本《叶子格》书影

明代的叶子戏主要有两种，一种是将骨牌上的点数印到纸牌上，中间印上一些元、明戏曲或《水浒》中人物的形象，称为“骨牌叶子”，是当时广泛流行的一种牌类游戏。另一种时称“马吊叶子”，是一种在中

清代叶子戏之马吊牌

国游戏史上影响非常巨大的纸牌游戏形式。马吊叶子一般一寸宽，三寸长，用裱好的几层硬纸印成，数量为40张，花色共分“十字、万字、索子、文钱”四门，其中“十字门”11张，“万字门”9张，每张上面均画有一水浒人物。牌的面值越大，水浒人物的知名度也就越高，如万万贯为呼保义宋江，千万贯为行者武松，百万贯为短命二郎阮小五，等等。

“索子门”有9张牌，并没有人像图案，只绘有当时用来穿铜钱的索子图案。索子是绳索之意。“文钱门”有11张牌，每张牌上绘有铜钱。另外，再加一张空白，上面写着“尊空设文”四个字。

马吊牌出现之后，迅即在全国风行起来。明代文人陆容撰写的《菽园杂记》记载，明代中期的江南一带，上自官宦士人，下至童仆竖子，都喜欢玩叶子戏。如果有人不会玩，甚至会遭到别人的讥笑。

马吊牌一般是4人对玩，每人摸牌8张，其余8张放在中间。通过骰点来决定庄家，然后轮流出牌，方法是“以大击小”。走完一圈叫一吊，得两吊者保本，三吊至五吊为胜一桌，六吊起当胜二桌。若前七吊“赤手”（一吊未得）也并不可怕，只要最后第八吊得胜，也可以获胜，叫做“抢结”。在具体战术运用上，要求三家同心攻庄家，这是因为庄家有五桌红利的特权，而闲家各只有一桌为底。这就需要双方灵活运用，时刻注意牌局变化，做出正确判断。当然，马吊牌的玩法不仅止于此，变化是很多的，这里就不一一细述了。

清代一户富裕人家在玩斗叶子游戏

清代，叶子戏更为盛行，各种分支纷纷出现，例如“斗虎”“诗牌”“红楼叶戏”等，但是最受欢迎和最普遍的还是马吊牌。时人彭康的《戏咏马吊》称“无人不好之”。

当时，在我国民间的一些城乡结合部，还设立了专门玩马吊的场所——“马吊馆”。清代酌元亭主人撰写的《照世杯》中就有关于“马吊馆”的描写，如“见厅中间一个高台上面，坐着戴方巾穿大红鞋的先生，供桌上将那四十张牌铺满一桌，台下无数听讲的弟子，两行摆班坐着，就像讲经的法师一般”。可见，当时的马吊馆生意十分红火。

由于始于明代的马吊叶子上绘有农民起义军梁山好汉人物，而且在斗牌中又有三家攻一的战术运用，打牌的术语里还有“穿”“闯”，花色里有“大顺”“百闯”“百献”等等——这些都与推翻明代统治的农民战争中的人物有间接或直接的关联，尤其是“大顺”政权和“李闯王”“张献忠”——马吊叶子因此被清朝统治者视为洪水猛兽，有一段时间甚至被明令禁止。然而，要禁一项备受大众喜爱的游戏又谈何容易。随着更多上层人士的参与，这项游戏反而变得更加流行。

清代四川绵竹年画《三猴烫猪》

到了清代中后期，随着麻将游戏的产生，曾风靡一时的叶子戏，像骨牌一样逐渐衰落，并最终退出了民间游戏的舞台。时至今日，“叶子戏”这个名字对大部分人来说，已经变得异常遥远和陌生了。

“国戏”麻将遍天下

相传，麻将这种游戏是由明朝三保太监郑和发明的

只要谁一说“三缺一”，恐怕周围的人马上就会联想到打麻将。麻将，又称“麻将牌”“麻雀”“麻雀牌”等。如今，这种传统牌类游戏仍在中华大地上广泛流行。甚至可以这样说，凡是有中国人的地方就有麻将，否则这一游戏也就不会有“国戏”之盛誉了。

关于麻将的起源，我国民间流传着多种说法，其中有一种说法与明朝的三保太监郑和有关。相传，郑和率领船队下西洋时，船上的娱乐活动很少，时间一久，船上的士兵们便有了思归的念头，甚至因此发生叛乱。郑和为了稳定军心，以纸牌、骨牌等为基础，用一百多块小木片设计出一种新的牌类游戏。当时，郑和的队伍中有一个姓麻的将军，他对这种游戏十分喜爱，而且玩得十分出色。于是，郑和就为这种游戏取名为“麻大将军牌”，简称“麻将”。

另一种说法则更为有趣，据说明代有位名叫万秉超的人，受《水浒传》中一百单八将的启发而发明了麻将。麻将108张为基数，分别隐喻108条好汉，如牌中九条喻为“九纹龙”史进，二条喻为“双鞭”呼延灼，等等。至于分为“万”“饼”“条”三类，是取万秉超本人姓名的谐音，每类从一到九各有4张牌，刚好108张。一百零八条好汉，又是从四面八方汇聚梁山的，所以牌中又加上东、西、南、北、中5个方位，各添4张牌，共计20张。这些好汉来自或富贵或贫穷的各阶层，所以再加上“发”与“白”各4张牌，隐喻富有与穷白。后来，又加上各种花牌，整副麻将牌共计144张。

这些说法虽然颇为有趣，但终究附会的成分过多，难以作为证据。事实上，麻将是由叶子戏、马吊牌演变而来的。这些纸牌游戏，与我国古老的博戏有着亲密的“血缘”关系。

据史料记载，在明末清初之时，马吊牌派生出一种新的品种——默和牌。这种纸牌可以供4个人一起玩，牌数总共60张，包括“万贯”“文钱”“索子”三种花色，每个花色的牌从一至九都为两张；“中、发、白”各为两张。这种纸牌的玩法已经非常接近今天的麻将，但在玩的过程中不许说话，所以叫“默和牌”。后来，人们为了玩得更尽兴，把两副牌合起来玩，于是便出现了“碰和牌”。清末前后，纸牌内又增加了“东、南、西、北”4种风牌。

纸牌数量的增多，给游戏者取舍或组合牌带来诸多不便。于是，人们受骨牌的启发，将纸牌改为骨制的，立在桌上玩。这样，正宗的麻将牌便诞生了。

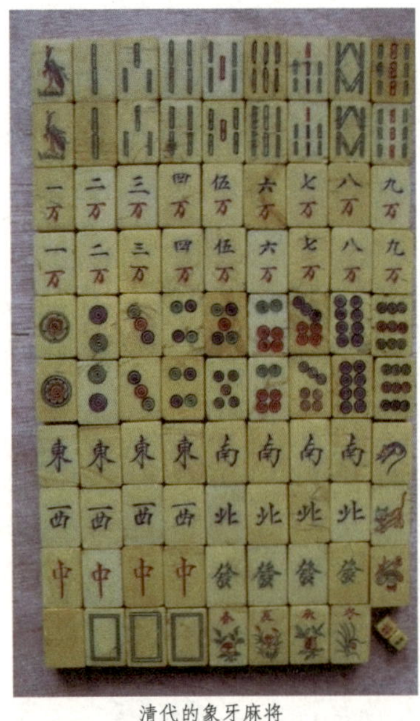
清代的象牙麻将

对此，近代学者杜亚泉在其著作《博史》中曾有这样的考证：“马（麻）将牌始于何时，不能确定，但当默和牌略后。默和牌始于明之末造，则马（麻）将牌之改作，当在明亡之后矣。”

一副麻将牌，计有“万子”“索子”“筒子”以及“字牌”和“花牌”五部分。.其中万子，从“一万”到“九万”，每一数4张，共36张；索子，又称“条子”，从“一条”到“九条”，每一数4张，共36张；筒子，又叫“饼子”，从

“一筒”到“九筒”，每一数4张，共36张。

字牌，包括“红中”“绿发”（即“发财”）、“白板”，简称“中、发、白”，以及“东风”“南风”“西风”“北风”，简称“四风”，每种4张，共28张。花牌，包括“梅、兰、竹、菊”和“春、夏、秋、冬”共8张。以上144张牌，就是一副完整的麻将牌。

麻将需要四人合玩，缺一不可，这就是俗语“三缺一”的由来。一人一方，为东、南、西、北。四人中有一人为庄，称为庄家。

砌牌时，每人摆36张牌，两张一对，共18对，上下两层。36张牌摆成“一”字形，四人合成一个四边形。

接着就可以切牌。简单的切牌法为：庄家掷骰子，按所得的点数从自己数起，数到哪一家时，就从哪一家面前的牌墙上切牌。比如庄家掷得五点，那么就要从对家的墙壁上开始切牌。需要从这个牌墙上从右至左数过五位，从第六对牌切起，按照逆时针方向顺序取牌。每人每次取两对牌，轮取三次后，庄家带头再各取一张，平均每人13张牌。庄家作为首家再取一张，为14张牌。

牌抓齐之后，接着开始吃牌、摸牌、打牌、碰牌，总谓“行张”。通过这些办法，尽快将自己手中的牌编成四套加一个对子，成者就算“和”。所谓“四套”，就是有四组这样的牌：它们或者点数连为三张，算一套；或三张相同的牌，亦算是一套。一副对子又叫“将”，也就是两张同样的牌。

民国时期月份牌的《八仙打麻将》年画

麻将牌的每一张牌之间没有隶属、大小、好坏之分，一万与九万没有大小关系，西风与北风出牌时不必有先后顺序。任何一张牌，既可能是千呼万唤的角色，又可能是惹人嫌的丧门星。问题是这张牌出现在哪里，出现在什么时候。一张决定生死的牌，顷刻间会身价百倍。

麻将具有很强的娱乐性与刺激性，所以很快成为我国最有影响

晚清著名学者辜鸿铭就是一位铁杆的麻将迷

的一种牌类游戏。上至王公贵族，下至布衣百姓，喜欢打麻将的人不计其数。由麻将引发的逸闻趣事，更是数不胜数。近代著名学者梁启超提倡趣味主义人生观，对麻将游戏十分痴迷。一次，几位朋友约他在某日去演讲，他却十分为难地说：“你们定的时间，我恰好有‘四人功课’。”所谓“四人功课”，原来就是麻将局。

另一位大学者辜鸿铭，也是麻将游戏的铁杆粉丝。有一次，他与几位朋友打麻将，打到最后时，发现竟然少了一张牌。原来，由于一时紧张，他将打出去的牌误当成烟卷叼在嘴上了。

麻将，偶尔玩玩，无伤大雅，但许多人视麻将为“洪水猛兽”。反对麻将言辞最为激烈的要数新文化运动的首倡者胡适了。他曾专门写过一篇题为《麻将》的文章，文中谐趣地说：“从前的革新家说中国有三害：鸦片、八股、小脚，其实中国还有第四害，麻将。前三害经近代革新，已成陈迹，而麻将却日昌月盛，没有一点衰歇的样子。”

然而有趣的是，胡适也未能与麻将彻底决裂，他的夫人嗜“麻”如命，三缺一时，胡适抵不住夫人的纠缠，也会偶尔为之。

麻将这一游戏，历经数百年，至今在我国民间兴盛不衰。

民间泥塑艺人以打麻将游戏为题材创作的泥塑作品

掷彩“升官”乐融融

升官图，又名“彩选格”“选官图”等，是一种根据骰子掷出的彩而授予一定官衔的古老游戏。

关于这一游戏的起源，在我国民间主要有两种说法：一种说法认为它起源于唐代，当时人们经常玩一种叫做“彩选”的游戏，就是“升官图”。传说这种游戏是一个名叫李郃的人发明的。玩法是掷骰子，然后根据掷彩进官职。游戏中的偶然性很强，带有一定的赌博色彩。创作这种游戏的初衷，很可能是为了讽刺当时官场的黑暗。

据史料记载，唐文宗开成三年（838年），房千里宦游经过洞庭湖时，遇见几名文人雅士在玩“彩选格”的游戏。对这种游戏，他竟然产生了浓厚的兴趣，后来还专门创作了《骰子选格》一书。他也认为升官图是由李郃发明的，不过并没有实证。

另一种说法，认为升官图游戏起源于明代，是一个名叫倪元璐的人发明的。倪元璐是明朝崇祯时期的五十宰辅之一，在李自成攻陷北京的战斗中殉节。

清代升官图游戏的棋盘

当然，这两种说法都是传说，并没有确切的证据。但从唐代房千里的偶遇来看，这种游戏产生于唐代比较靠谱。

玩升官图游戏，没有人数限制，但至少也要两个人。试想，一个没有竞争对手的“官场”，能有什么乐趣呢？

升官图游戏的道具，是一副棋盘和一枚骰子。棋盘约一米见方，多为木版印刷而成，上面绘制着层层叠叠的方框或圆圈，而且每一层都被分成许多小格，每一个格内都书写着不同的官衔名称。同一圈的，右边的官衔比左边的官衔高；不同圈的，里圈的官衔比外圈的官衔大。

最初级的"官衔"（姑且叫做官衔）就是"白丁"。"白丁"就是社会中目不识丁之人，处于社会的最底层。它是最外围条带的第一个"官衔"，即第一个格子，后面依次是"童生、案首、监生、秀才、贡生、举人、解元、进士、探花、榜眼、状元"。

"状元"是最外围条带的最后一个格子。在进行游戏时，逆时针方向移动，由外向里走，步步升官。

游戏所用的骰子，以骨牙或竹木制成，为正方体，6个面上分别刻有一至六点。通常，人们将四点称为"德"，六点称为"才"，二、三、五点为"功"，一（幺）点为"脏"。掷出"德""才""功"，都可以不同程度地升迁授官；若掷出一点的"脏"，不仅不能升官，还要被贬官，甚至滑入另外的路线。

清代玩升官图游戏时使用的骰子

清代时，骰子多用于赌博，于是人们在玩升官图游戏的时候，改用小陀螺式的捻转儿，其四面分别书有"德""才""功""脏"的字样，并绘有红、绿、金、黑4种颜色。游戏时，以拇指、食指轻捻立柱，捻转迅即离手，捻转儿便快速旋转，停下时侧面为何字，就可决定升降与否。一般是"德"字升两步，"才"字升一步，"功"字不动，"脏"字则退一步。

游戏时每人准备一个标识，置于"白丁"处。然后大家轮流转动陀螺，以转出的"彩"为依据，将自己的标识移动到对应的官衔处。

随着游戏的进行，官衔也在不断升高，但是不是能一直高下去呢？当然不行。棋盘上最大的官衔是“太师”，严格来讲，现实中的太师之职多为大官的加衔，并无实际职权，也不是最高的官，但是因为其地位比较高，所以在棋盘上被列为最高的“官”。

官至太师也就封顶了，如果再升迁，就只能当皇帝。但在古代皇权社会里，开这样的玩笑是要闹出人命来的。那么，在游戏中官至太师是不是就获胜了呢？不是。当玩家升到了“太师”之后，还有一个去处，那就是“告老还乡”，在游戏里叫“荣归”，即荣归故里之意。只有“荣归”才算获得了胜利。官至太师之后，玩家只有用捻转儿转出“德”字才能“荣归”。

民国时期升官图游戏之“八仙过海图”棋盘

升官图游戏在民间广泛流行，除了因为其具有的趣味性之外，恐怕也与时人的心理有关。在封建时代，人们最大的愿望与人生追求，不外乎“升官发财”，享尽人间的荣华富贵。这个游戏，至少从精神上满足了当时人们的人生追求，给人以空幻的安慰和心灵的慰藉。

因此，玩升官图成为一种老少皆宜的游戏，甚至成为旧时年俗中一个重要的娱乐项目。人们在守岁的时候，为了消除困倦，几乎家家都玩此游戏。在北方一些地区，人们还为升官图游戏起了一个更加动听的名字——“凤凰棋”。

到了清末民初时期，升官图游戏早已不再局限于升官发财，又衍生出了许多新的种类，如“八仙过海图”“十二生肖图”“水浒图”“小五义图”“揽胜图”等等。这些新花样的游戏，对于孩子们来说，既是有趣的玩具，又是生动的“教科书”，起到了寓教于乐的作用。

随着时代的发展，以及人们娱乐方式的增多，升官图这样的游戏逐渐失去了生存的空间，最终消失了。

难易互见九连环

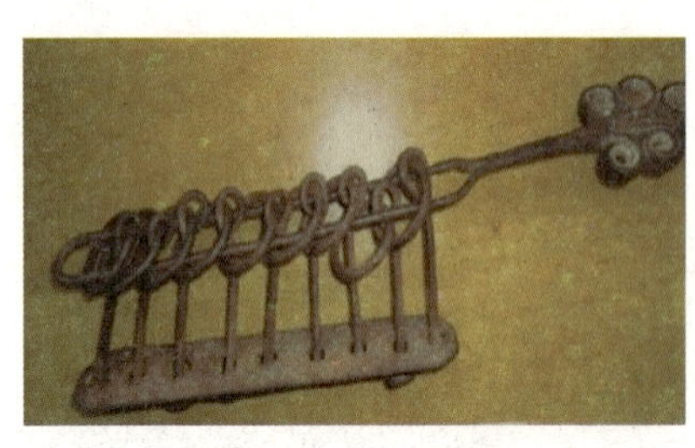
九连环

九连环，是中国古代民间流行时间较长的一种颇为有趣的休闲益智游戏。因环中蕴含着很深的数学原理，有助于培养人的逻辑思维，启发人的智力，故而它又被称为“智环”或“巧环”。

九连环历史悠久，流传甚广，关于它的起源，在我国民间主要有两种说法：第一种说法认为九连环在春秋战国时期就已经出现了。

支持这一观点的人其主要依据有两个：一个是战国时期的哲学家、道家代表人物庄子在《天下篇》中，有“连环可解也”的句子。再一个是在西汉刘向编撰的《战国策》中有这样一个故事：秦昭王派使者给齐国君王后送去一串玉连环，齐国君王后不会解，便让群臣来解。结果，群臣也解不开。君王后就用锤把玉连环砸破了，并告诉秦国使者，环已经解开了。不过，“连环可解”与“玉连环”中的“连环”究竟是不是九连环，是这一说法的最大问题。

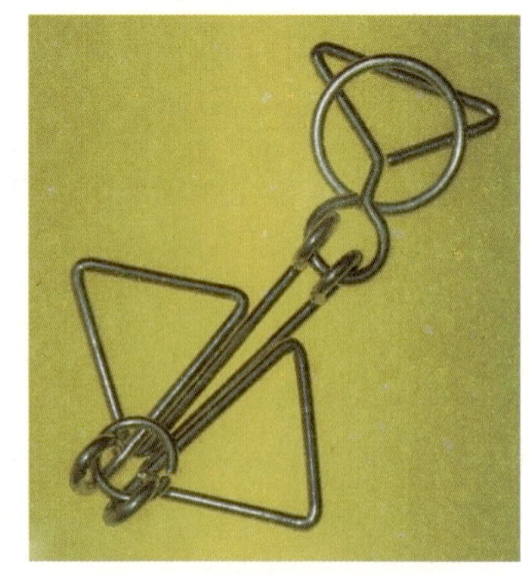
蝙蝠环

另一种说法则与三国时期的蜀国丞相诸葛亮有关。据说诸葛亮在率领军队南征时发明了九连环，目的是为了给出征在外、思念家乡的士兵们解闷消遣。这种说法影响很大，一些著名的专家也采纳了这一说法。

九连环的源头众说纷纭，但有一点可以肯定，那就是它一定是中国人的老祖宗发明的，知道这一点也就足够了。

宋代，解连环游戏得到了进一步发展。北宋词人周邦彦在《商调·解连环》中写道："信妙手，能解连环。"将解连环比喻为聪明、善解疑难。南宋西湖老人在《繁胜录》中提及临安街头的各类耍货时，也提到了九连环。

宋代以后的九连环，多以金属材质制成，品种变得更为丰富，不再局限于环的数量与形状，出现了诸如"凤凰环""鱼环""蝶环""锁环""壶环"等巧环。但在我国民间，人们习惯将这些巧环也称为"九连环"。

九连环的解法多种多样，可分可合，变化多端。熟练且有心得的人，一般得经过81次上下，才能将相连的九个环套入一个柱子中，然后再用256次才能将九个环全部解下来。

清代文人徐珂在其撰写的《清俾类钞》中介绍了解九连环的一种方法："欲使九环同贯于柱上，则先上第一环，再上第二环，而下其第一环，更上第三环，而下其第一、二环，再上第四环，而下其第一环，再上第四环。如是更迭上下，凡八十一次，而九环毕上矣。解之法，先下其第一环，次下第三环，更上第一环，而并下其第一、二环，又下其第五环。如是更迭上下，凡八十一次，九环毕下矣。"

可见，要解开九连环必须付出一番努力，而且游戏者要有相当的耐心。那些性情急躁的人，根本玩不了此游戏。

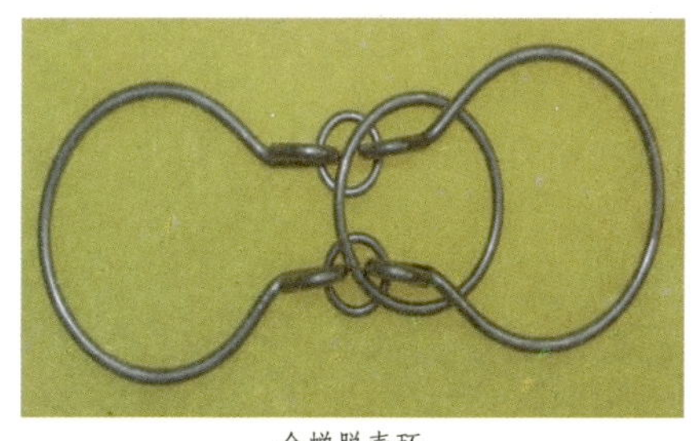
金蝉脱壳环

旧时的集市上，尤其是正月的庙会上，经常能见到卖九连环的摊贩，他们大都是解环高手。在售卖的时候，他们一边吆喝，一边娴熟地抖动和分解手中的铁环。环与环碰撞，发出清脆的声音，在嘈杂的人群里仍清晰可闻。

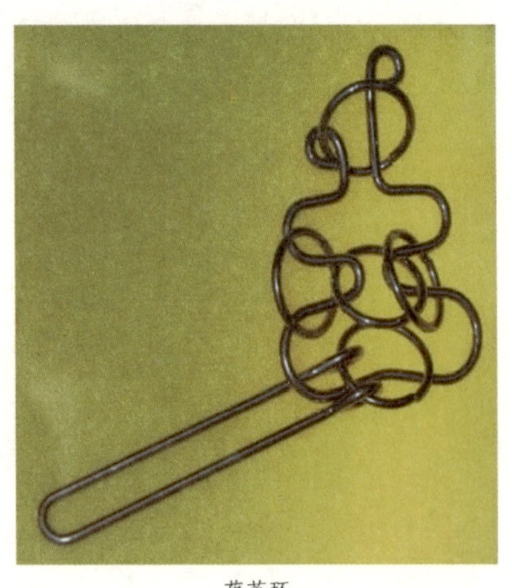
葫芦环

这时候，那些摊贩的身旁往往会围上来不少孩子，他们惊讶地看着摊贩手中游动的铁环，一会儿变成花篮状，一会儿又变成宫灯状。

那些手头宽裕的大人，拗不过孩子的央求，便会给他们购买一个。心愿得以满足，自然极为高兴，然而有些性情急躁，且不太愿意动脑的孩子，将九连环拿在手里之后，玩不了多长时间便泄气了。那些如乱麻一样纠缠在一起铁环，令他们头痛至极。于是，他们干脆将九连环往角落里一扔，任其生锈毁坏了。

而那些乐于动脑子的孩子，则将其视为宝贝，不停地摸索、练习，最终也练出了像那些摊贩一样娴熟的手法，令人啧叹不已。

奇思妙变七巧板

清代象牙七巧板

七巧板，又名“七巧图”“智慧板”等，是中国民间一种广为流传的益智玩具。七巧板看似很简单，只不过是将一块正方形薄板截分成7块而已，但就是这普普通通的7块小板，却能拼出千百种不同姿态的形象。这正是七巧板游戏最吸引人之处。当然，若想利用它们拼出自己想要的图案，还真需要动一番脑筋，否则它们也就不会有“智慧板”这个名称了。

七巧板，是我国古代劳动人民发明创造的。关于它的起源，历来众说不一。七巧板的雏形，最早大概追溯到我国先秦古籍《周髀算经》，其中有正方形的切割术，并由此证明了勾股定理。而当时是将大正方形切割成4个同样的三角形和一个小正方形，所以，它还不能称七巧板。

其实，七巧板并不是突然产生的，而是经历了一个历史的演变过程。它最早起源于北宋，当时有位名叫黄伯思的文人，对几何图形比较感兴趣，而且他热情好客，经常在家里宴请宾朋。为了宴客方便，他运用所掌握的几何知识，巧妙地设计出了“燕几”。

所谓“燕几”，就是组合性质的吃饭桌子。这也是中国历史上最早的组合家具。最早的燕几是由6张桌子构成的。

在招待客人的时候，可以根据客人和用具的多少来决定怎样拼合这6张桌子。后来，黄伯思的一个朋友又提议增加了一张小桌子。之后，7张桌子全拼在一起，会变成一个大长方形桌子，而且变化的能力也大大增强。这时候，因为已从6张桌子变为7张桌子，所以它又称“七星”。这跟七巧板也就越来越接近了。

燕几图

后来，黄伯思根据亲身体会编写了《燕几图》一书，并得以广泛流传。根据《燕几图》记载，燕几中的7张桌子都是长方形，其中包括长7尺、宽1.75尺的大桌子两张，长5.25尺、宽1.75尺的中等桌子两张，长3.5尺、宽1.75尺的小桌子3张。7张桌子拼合在一起时是长方形，分开组合就会有数十种变化，

“燕几图”虽然已经很接近七巧板了，但并没有直接演变成七巧板。到了明代时，画家戈汕对“燕几图”加以改进，发明了“蝶几”。蝶几的用途跟燕几基本一样，主要是用于请客吃饭，但它的设计已经跟燕几有很大的差别了。在数量上，蝶几已经用到了13张桌子，它们大小不同，形状不一，有的是三角形，有的是梯形，能够组成山、亭、鼎、瓶、蝴蝶等形状，变幻无穷。后来，戈汕根据自己的经验创作了《蝶几谱》一书，并流传后世。

在《燕几图》与《蝶几谱》等作品的影响下，中国拼版游戏在明末清初时已经成熟。七巧板最后的定型，也是在这个时候。

清代画家吴友如创作的《海上百艳图》中，就有当时妇女玩七巧板游戏的情景

清代学者陆以湉在《冷庐杂识·七巧图》中，对燕几图、蝶几图和七巧图的演变历史，做了概括性的阐述与论证。他在书中指出：北宋黄伯思的燕几图，可以衍生出二十五体，变为六十八名；而明代戈汕的蝶几图可以产生一

百多种变化形式；而在陆以湉生活的时代已经出现“其变化之式多至千余”的七巧图。他认为经由这样漫长历史演变而来的七巧图，其特点就是“体物肖形，随手变幻”。它的作用就是当游戏来玩，“盖游戏之具，足以排闷破寂，故世俗皆喜为之。”

清朝嘉庆年间，一位号为“碧梧居士”的学者撰写了《七巧图合璧》一书，使得七巧板广为流传。后来，又有一位号“桑下客”的学士编写了《七巧新谱》一书，更加促进了七巧板的推广力度，使得它在中国各地家喻户晓、老少皆知。

七巧板不仅在民间风靡一时，而且在清代宫廷中也十分盛行。在欢度新春佳节时，宫女们会用七巧板拼凑成“六合同春”的吉祥语来游戏应景。清代诗人吴士鉴在一首《宫词》中，对宫中玩七巧板游戏的热闹情景作了生动的描述：“蕙质兰心并世无，垂髫曾记住姑苏；谱成六合同春字，绝胜璇玑织锦图。”诗人将七巧板游戏与“璇玑织锦”相媲美，可见他也被这奇妙的游戏给迷住了。

益智玩具“鲁班球”

七巧板问世之后，不仅在国内广泛流行，还很快传到了国外。它首先传到了欧洲，据说法兰西第一帝国皇帝拿破仑在流放生活中，就曾拿七巧板作为消遣。

1855年，欧洲出版了第一本关于七巧板的书，名为《中国儿童新编七巧图》，书中有24张七巧图，并按字母顺序排列。从此，七巧板在欧美各国流传开来，成为当时最时髦的游戏。它在国外被称为“唐图”，意思是来自中国的拼图。

到了近现代，流行于我国民间的儿童益智玩具的花样不断出新，除了七巧板、九连环之外，还有拼积木、摆智力拼盘以及魔方等等。从后期这些新兴的益智游戏上面，能清晰地看到七巧板对它们的影响。这些游戏，不仅能够启发儿童的智力和创造力，而且对培养儿童的耐心与手的灵巧性，也具有非常积极的作用。